Valeria

Der hohe Turm

Jasmin Jülicher

• Kapitel 1 •

Ich höre das Klimpern der Schlüssel an meiner Zimmertür und mein Blick wandert träge hinüber zur Uhr an der Wand. Sieben Uhr in der Früh. Jeden Tag, pünktlich auf die Minute. Mit einem Gähnen richte ich mich im Bett auf. Gerade, als die Tür aufschwingt, setze ich die bloßen Füße auf den Boden auf.

„Du bist ja immer noch im Bett." Die Hände in die Seiten gestemmt steht Magica dort. Meine Stiefmutter ist bereits tadellos gekleidet, ein edles Kleid aus blauer Seide umschmeichelt ihre Figur. Ihre Augen und Lippen sind geschminkt, doch in ihren Winkeln erkenne ich inzwischen die feinen Falten, die vor ein paar Jahren noch nicht dort waren. Ihre Haare sind zu einer komplizierten Hochsteckfrisur aufgesteckt. Jeden Morgen frage ich mich, wann sie dafür wohl aufsteht. Um vier Uhr in der Nacht? Vielleicht ist sie ein Ghul und muss nachts nicht schlafen. Dann würde genug Zeit für Haare, Make-Up und die Kleiderfrage bleiben. Ich unterdrücke ein Grinsen, als ich aus dem Bett aufstehe. Nein, natürlich ist sie kein Ghul. Nach dem, was ich gehört und dem, was ich in Büchern gelesen habe, sind die Ghule unten auf dem Erdboden im Aussehen kaum noch menschlich, eher wandelnde Leichen als lebende und atmende Menschen. Aber Make-Up kann so einiges verdecken...

„Zieh dich aus." Die harte Stimme meiner Stiefmutter peitscht in meine Gedanken und wie jeden Tag lasse ich mein Nachthemd einfach an meinem Körper herabgleiten. Nackt, nur in meiner Unterwäsche, stehe ich vor ihr. Ich vermeide es, sie anzusehen, blicke einfach an ihrem rechten Ohr vorbei an die Wand hinter ihr.

„Du isst nicht richtig", zischt sie jetzt und kneift mir in den Bauch. „Oder du bewegst dich zu viel."

„Nein", gebe ich zurück. „Ich kann nichts dafür, ich..."

Doch Magica lässt mich gar nicht erst ausreden. „Du bist zu knochig. Du bist zwar jung, aber deswegen musst du nicht weniger wie eine Frau aussehen."

Ich ziehe es vor, nicht auf ihre Worte zu antworten. Ich weiß genau, wie es jetzt weitergehen wird. Als nächstes bemängelt sie meinen zu kleinen Busen, dann meine hervorstechenden Rippen, als nächstes geht es weiter zu meinen zu rauen Ellenbogen, meiner fahlen Gesichtshaut und meinen abstehenden Ohren. Als sie zu meinen strohigen Haaren kommt, fixiere ich den Punkt hinter ihr so intensiv, dass ich das Gefühl habe, er müsste jeden Moment in Flammen aufgehen.

„Naja, dann wollen wir mal versuchen, das Ganze zu retten", sagt Magica endlich mit einem letzten langen Blick auf mich und wendet sich ab, um die Flaschen, Tiegel, Bürsten und Feilen aus dem Schrank mit dem großen Vorhängeschloss zu holen.

Zuerst kommt das Unangenehmste: Magica schrubbt mich von oben bis unten mit einer groben Bürste und einer körnigen Paste ab. Angeblich soll die Prozedur meine Haut weich und rosig machen, allerdings habe ich jedes Mal das unangenehme Gefühl und die absurde Befürchtung, nach ihrer groben Behandlung besäße ich überhaupt keine Haut mehr, nur noch rohes Fleisch. Doch das Gefühl verfliegt, denn Magica reibt mich mit einer dicken Schicht einer weißen Creme ein, die nach Milch und Honig riecht.

„Nicht bewegen", knurrt Magica, als ich einen Schritt zurückstolpere, weil sie die Creme mit so ruckartigen Bewegungen verteilt, dass ich das Gleichgewicht verliere. Nach dem Eincremen glänzt mein gesamter Körper weiß. Inzwischen weiß ich, es wird exakt eine Stunde und acht Minuten dauern, bis die Creme eingezogen ist und ich mich endlich – endlich – wieder anziehen darf.

Als nächstes kommen meine Füße an die Reihe. Auch sie werden geschrubbt, die Haut wird mit einem rauen Stein so lange bearbeitet, bis ich die Zähne zusammenbeißen muss, um nicht zu schreien. Auch die Füße werden im Anschluss eingecremt, aber mit einer dickeren Creme, die mit ihrer gelben Farbe wesentlich fettiger aussieht als die für meinen Körper. Ganz am Anfang, vor ungefähr fünf Jahren, kurze Zeit, nachdem mein Vater gestorben war, habe ich Magica gefragt, was das für Cremes sind und was sie dort mit mir macht. Eine Antwort habe ich nie erhalten, also hörte ich auf zu fragen. Inzwischen sehe ich die Prozedur jeden Tag als eine Art Buße oder Gebet an. In der Zeit, in der Magica meinen Körper schindet, nur um ihn dann wieder mit Creme zu bestreichen, denke ich in Ruhe nach. Ich lasse meine Gedanken wandern, bis ich das Gefühl habe, meinen Körper verlassen zu haben. Dann tragen meine Gedanken mich an fremde Orte, Orte, von denen ich in den zahllosen Büchern gelesen habe, die in den Regalen in meinem Zimmer stehen. Denn Bücher sind die einzige Zerstreuung, die Magica mir zugesteht. Sie sagt immer, ich müsste belesen sein, eine interessante Gesprächspartnerin. Ich weiß zwar nicht, für wen, schließlich ist Magica der einzige Mensch, den ich jemals zu Gesicht bekomme, aber vielleicht hat sie ja vor, sich eines Tages mit mir zu unterhalten. Vielleicht dann, wenn ich schön und auch interessant genug für sie bin.

Die Bürste, mit der Magica durch mein honigblondes Haar fährt, reißt an den Haarwurzeln und ich muss vor Schmerz blinzeln. Schon seit Jahren gebe ich bei der Prozedur keinen Ton mehr von mir, aber die Schmerzen bleiben immer gleich. Sie streicht mir mit der Bürste durch mein Haar, bis meine Kopfhaut ganz taub wird. Als sie endlich damit fertig ist, nimmt sie ein Fläschchen in die Hand. Sie gießt etwas von dem Inhalt in ihre Handfläche und verreibt es zwischen ihren Fingern, bis sie ölig glänzen. Ein intensiver Geruch nach Lavendel breitet sich im Raum aus. Mit präzisen, einstudierten Bewegungen knetet sie die ölige Flüssigkeit in die Spitzen meines hüftlangen Haares.

Ganz am Ende ist mein Gesicht an der Reihe. Ich schließe die Augen. So muss ich Magica nicht ansehen, nicht bei dem zusehen, was sie mit mir anstellt. Ich gebe mir Mühe, an das Buch zu denken, welches ich im Moment lese, darin geht es um die Zeit vor der Ätherkatastrophe. Es geht um einen Mann, der in einem riesigen U-Boot wohnt und damit die Weltmeere bereist.

Doch auch die Gedanken an die wundervollen Worte und die Welt darin, die mir so fremd ist, mir aber gleichzeitig so aufregend erscheint, können mich nicht vollständig von dem ablenken, was Magica mit meinem Gesicht veranstaltet. Auch die Haut dort wird geschrubbt, allerdings mit einer feinkörnigeren Paste als mein Körper, doch sie lässt keinen Zentimeter aus, selbst die empfindliche Haut unter meinen Augen wird nicht verschont. Im Anschluss träufelt sie eine dünne Flüssigkeit darauf, die auf meiner wunden Haut brennt. Ich kenne den Schmerz, ich weiß, er kommt, doch trotzdem zucke ich zusammen, was Magica nur mit einem Lachen kommentiert. Sofort macht sie weiter, trägt auf mein Gesicht eine dicke Schicht einer Creme auf, die unangenehm riecht und mich immer an das Krankenhaus erinnert, in dem mein Vater gestorben ist.

Danach bin ich endlich fertig für den heutigen Tag. Magica lässt von mir ab und tritt einen Schritt zurück, um mich mit zusammengekniffenen Augen zu betrachten. Ich frage mich, was das bringen soll. Mein Körper ist über und über mit einer weißen Cremeschicht bedeckt, Gesicht und Haare glänzen ölig. „Das wird werden", murmelt Magica, bevor sie sich abwendet und alle Utensilien wieder im Schrank verstaut und das Schloss davor befestigt. Ohne einen weiteren Blick auf mich verlässt sie das Zimmer. Sie zieht die Tür hinter sich zu und ich höre, wie sie energisch zweimal abschließt. Mit einem Seufzer entweicht die Anspannung aus meinem Körper, die Magica immer in mir auslöst.

Mit spitzen Fingern greife ich nach meinem Buch, um darin zu lesen, bis die Creme eingezogen ist und ich mich endlich wieder anziehen kann. Doch da höre ich von draußen Gelächter und Rufe. Ich lege das Buch wieder zur Seite und gehe stattdessen zum Fenster hinüber. Halb hinter der Gardine verborgen luge ich hinaus. Unser Turm steht ganz am Rand von Turrim, der Blick aus meinem Fenster zeigt hinaus auf das Nichts, das sich hinter der Stadt erstreckt. Nun, Nichts ist vielleicht nicht ganz richtig. Ich sehe den Äthernebel am Boden, so dicht, so beständig, dass er nichts von dem preisgibt, was sich darunter befindet. An grauen Tagen schimmert er grünlich, an sonnigen fast gelb, aber er verschwindet niemals, nie habe ich eine Lücke darin gesehen. Wenn ich mich ganz dicht an die linke Kante meines Fensters stelle, kann ich einen winzigen Ausschnitt von Turrim sehen, genauer gesagt, die Brücke, die von unserem Turm zu dem unserer Nachbarn auf der linken Seite führt, den Masons. Zumindest haben die Masons früher dort gewohnt, ich habe oft mit ihrer Tochter Margy gespielt. Nur jetzt bin ich seit fast fünf Jahren in meinem Zimmer, ich habe den Turm seitdem nicht verlassen. Aber ich denke oft an die

Menschen, die ich früher kannte. Was, wenn die Masons inzwischen tot sind? Oder Turrim verlassen haben?

So sehr ich mich auch recke, ich kann niemanden auf der Brücke sehen. Die Rufe müssen von einem der öffentlichen Plätze gekommen sein, die in der Stadt zwischen den Türmen verstreut liegen. Turrim besteht aus insgesamt 242 Türmen, sie wurden gebaut, als bekannt wurde, dass die Ätherkatastrophe nicht zu beherrschen ist und sie nicht rückgängig gemacht werden kann. Mein Vater hat mir immer erzählt, wie viele mutige Männer und Frauen bei dem Bau der Türme gestorben sind, entweder durch Unfälle oder durch Ghulangriffe. Wir müssen ihnen dankbar sein, dass sie all das auf sich genommen haben, damit wir ein sicheres Leben fernab des Erdbodens führen können. Und ich bin ihnen dankbar, sehr sogar, doch ich verstehe nicht, warum Magica mir nicht einmal mehr erlaubt, das Haus zu verlassen. Noch vor fünf Jahren bin ich über die Brücken gerannt, habe mit anderen Kindern gespielt, doch nach dem Tod meines Vaters war ich plötzlich nur noch allein. Magica sagt, sie beschütze mich. Doch wovor? Wovor beschützt sie mich mit dieser Einsamkeit? Will sie nur nicht, dass ich auch so krank werde wie mein Vater und sterbe? Grübelnd blicke ich eine Zeitlang aus dem Fenster, so lange, bis die Creme auf meinem Körper endlich eingezogen ist und ich mich anziehen kann. Ich entscheide mich für ein langes T-Shirt und eine lockere Hose aus Leinen.

Eine halbe Stunde später öffnet sich meine Tür erneut, doch nur so lange, wie Magica braucht, um mir das

Tablett mit meinem Frühstück hineinzuschieben. Sofort danach schnappt das Schloss wieder zu, der Schlüssel dreht sich und ich bin wieder allein. Ich habe keinen großen Hunger, doch ich weiß, wenn ich nicht alles aufesse, wird Magica mich dazu zwingen und darauf würde ich gerne verzichten. Es gibt zwei Scheiben Brot, dazu Käse, Rührei und Schinken, als Nachttisch einen Apfel. Ich seufze und beginne zu essen. Schon sehr bald fühle ich mich vollgestopft, doch ich beiße noch einmal in mein Brot. Das Essen fühlt sich seltsam an in meinem Mund. Inzwischen ist mir egal, was ich esse, es ist ohnehin meistens das gleiche, jeden Tag. Essen macht mir keinen Spaß mehr. Früher habe ich gern gegessen, Abendessen mit meinem Vater, Süßigkeiten vom Bäcker... Doch jetzt soll das Essen kein Spaß sein, es soll mich schön machen. Es soll mich so machen, wie Magica mich haben will. Mit dem Brot in der Hand stehe ich auf und gehe zum Fenster.

Erneut blicke ich hinaus, hinab in den Äther, der um den Turm herumwirbelt. Es ist, als reflektierten einzelne Partikel des Äthers das Sonnenlicht, sie tanzen mal hierhin, mal dorthin, sodass der Äther stets seine Form ändert. Kurz entschlossen reiße ich das Fenster auf und atme tief ein, so tief, dass meine Lunge zu platzen droht. Als ich die Luft wieder ausstoße, hänge ich mich über die Fensterbank, mein Kopf baumelt auf Höhe der ersten Steine des Turms unterhalb des Fensters. Ich spüre, wie mir das Blut in den Kopf schießt, doch ich starre weiter hinab in den Abgrund, in den Äther. Wie mag es dort unten sein? Ich kenne die Geschichten, doch wie weit kann man Geschichten wirklich trauen? Ich habe wilde Gerüchte gehört, die Ghule seien zu Kannibalen geworden, sie hätten jede Menschlichkeit verloren, als sie sich verwandelten. Verwandelten... Der Äther macht etwas mit den Menschen, die längere Zeit mit ihm in Berührung kommen. Etwas Grauenhaftes.

Vor Jahren bin ich mit meiner Freundin Margy in die Bibliothek geschlichen, dort gibt es eine Abteilung, die sich mit dem Äther beschäftigt, mit der Geschichte, bevor es Turrim gab. In den Büchern waren auch Bilder. Gemalte Bilder von Ghulen. Sie liefen auf allen Vieren, zur Unkenntlichkeit verkrüppelt, mit dunkelgrüner Haut, so dunkel, dass sie fast schwarz erschien. Und mit Zähnen so spitz wie Nadeln. Damals hatte ich mir gut vorstellen können, wie diese Zähne menschliches Fleisch zerfetzten. Es wirkte alles so... nah, so echt. Ich wünschte, ich könnte mich selbst von dem überzeugen, was ich in meinen Büchern lese, es selbst sehen. Denn gibt es etwas wirklich, wenn man es nicht selbst gesehen hat?

Ich weiß, ich weiß, ich sollte dankbar sein. Ich bin am Leben, ich bin kein Ghul und ich habe jemanden, der sich um mich kümmert. Doch leider ist mir das nicht genug.

Mit einem kräftigen Schwung werfe ich das halbe Brot aus dem Fenster, das ich noch immer in der Hand halte. Ich folge seinem Weg den Turm hinab so lange mit den Augen, bis es im Äthernebel verschwindet. Wie an den meisten Tagen lausche ich auf ein Geräusch, einen

Aufprall, doch der kommt nie, der Turm ist einfach zu hoch und das Brot vermutlich auch nicht groß genug. Ich habe schon öfter darüber nachgedacht, vielleicht eines meiner Bücher hinabzuwerfen, nur unglücklicherweise kann ich das meinen Büchern nicht antun. Doch ich bin neugierig, neugierig zu sehen, wie die Welt inzwischen geworden ist. Wie geht es den Menschen in Turrim, die ich kannte? Gibt es inzwischen neue Forschungen zum Äther, vielleicht zu den Ghulen? Ich weiß es nicht, ich weiß einfach gar nichts. Zwar bringt mir Magica Bücher, aber es sind Romane, keine Berichte, keine Forschungen, keine Tageszeitungen.

Einige Minuten verbringe ich noch damit, aus dem Fenster zu starren und mir auszumalen, wie es wohl auf dem Erdboden aussieht, doch meine Fantasie reicht kaum weiter, als bis zu dem Bild, das ich von den Ghulen gesehen habe, also gebe ich es schließlich auf und schlage das Fenster zu.

Als nächstes tue ich etwas, das Magica mir streng verboten hat: Ich bewege mich übermäßig. Ich beginne damit, auf der Stelle zu laufen. Ganz am Anfang habe ich noch versucht, in meinem Zimmer umherzulaufen, doch das habe ich schnell wieder aufgegeben, dazu ist mein Zimmer einfach nicht groß genug.

Ich laufe auf der Stelle, bis mir warm wird und erste Schweißperlen auf meine Stirn treten. Dann mache ich Kniebeugen, bis meine Beine zittern. Mein Atem geht inzwischen schwer und deutlich hörbar. Doch ich habe keine Angst, Magica könnte mich erwischen. Sie betritt mein Zimmer nur am Morgen, nur zu der Prozedur, für mein Essen öffnet sie lediglich die Tür. Den Rest des Tages habe ich meine – kaum erträgliche – Ruhe. Im Anschluss mache ich Liegestütze. Als ich mit meinem Training begonnen habe, konnte ich nicht eine davon. Ich beugte die Arme – und blieb hilflos wie ein Fisch am Boden liegen. Inzwischen schaffe ich fast zwanzig an einem Stück. Und ich bin stolz auf mich. Auch wenn ich kein bestimmtes Ziel mit meinem Training verfolge, so macht es mich doch stolz, etwas erreicht zu haben. Das Training mache ich nur, um vor Langeweile nicht wahnsinnig zu werden. Magica kann mir noch so viele Bücher in mein Zimmer – mein Gefängnis – werfen, man kann nur eine gewisse Weile in Geschichten versinken, bis man sich wieder nach der echten Welt sehnt.

Es ist inzwischen Nachmittag geworden, ich sehe es an den Schatten, die die Sonne durch mein Fenster wirft. Ich stehe vom Bett auf, auf dem sich vier an verschiedenen Stellen aufgeschlagene Bücher tummeln, und gehe hinüber zum Fenster und öffne es. Behände klettere ich auf die Fensterbank und setze mich in den Schneidersitz. Ich genieße die Sonne auf meinem Gesicht, auch wenn Magica mir gesagt hat, ich solle die Sonne meiden, sie sei nicht gut für meine Haut. Ich weiß nicht, warum ich mich darum scheren sollte, niemand bekommt meine Haut jemals zu Gesicht und mich selbst kümmert mein Aussehen nicht. Den Spiegel, der neben meinem Kleiderschrank hängt, beachte ich schon seit Jahren nicht mehr. Am Anfang dachte ich noch, wenn ich Magica zufriedenstellen würde, würde sie mich wieder aus meinem Zimmer lassen. Ich gab mir Mühe mit meinen Haaren, meiner Kleidung, aber es änderte nicht das geringste. Inzwischen lasse ich mein langes Haar so, wie es ist. Ich weiß nicht, ob ich mich in der Zeit, die ich den Spiegel nun schon ignoriere, verändert habe, aber ich bin nicht neugierig genug, um nachzusehen.

Mit einem Mal erklingt Musik, eine angenehme Melodie, gespielt auf einer Gitarre. Ich lausche den Noten, und nach einigen Sekunden wird mir klar, dass ich das Lied kenne. Mein Vater hat es früher oft für mich gesungen, abends, wenn wir vor dem Kaminfeuer saßen. Spielt jemand auf den Straßen von Turrim dieses Lied? Gibt es womöglich ein Fest? Ich recke den Kopf, doch wieder kann ich auf der Brücke niemanden erkennen. Ich schließe die Augen und genieße das Lied, das mich zu umtanzen scheint. Bevor ich mich davon abhalten kann, öffne ich den Mund und beginne die Worte zu singen, die ich vor Jahren von meinem Vater gehört habe. Je länger ich singe, desto sicherer und kräftiger wird meine Stimme. Schließlich stehe ich auf und singe mit voller Lautstärke. Es ist nicht gerade so, als ob ich gut singen könnte. Und nein, Begeisterung kann fehlendes Können leider nicht ausgleichen, aber was soll's? Selbst wenn mein Gesang jemandem nicht gefällt, was könnte er dann tun? Mich in meinem Zimmer einsperren?

Als ich mit voller Lautstärke singend auf meiner Fensterbank stehe, gerät die Musik für einen Moment ins Stocken und ich bekomme Angst, das könnte schon alles gewesen sein, doch sofort fließen die Töne wieder und ich singe, bis das Lied zu Ende ist und die Musik verstummt. Erschöpft, aber so euphorisch wie selten sinke ich zurück auf die Fensterbank, meine Beine baumeln über dem Rand und ich lehne mich mit geschlossenen Augen zurück. Ich hoffe, es wird ein zweites Lied geben, doch die Musik kommt nicht zurück. Nach einigen Minuten verlasse ich meinen Platz am Fenster und klettere zurück ins Zimmer, wo ich den Rest des Tages mit meinen Büchern verbringe.

• Kapitel 2 •

Es sind fast zwei Wochen vergangen, seitdem die Musik vor meinem Zimmer erklungen ist. Jeden Tag öffne ich das Fenster in der Hoffnung, sie wieder zu hören, doch nichts. Mittlerweile frage ich mich, ob ich sie mir womöglich nur eingebildet habe. Vielleicht war das Lied eine Art Wunschdenken, das beim Gedanken an meinen Vater aufgekommen ist. Ich würde sie gerne noch einmal hören, nur, um zu wissen, ob sie real war.

Der Schlüssel im Schloss dreht sich und die Tür wird mit Schwung geöffnet. Magica tritt herein, doch ihre sonst düstere Miene wird heute von einem Lächeln erhellt. Einem Lächeln, das ich als weitaus unheilverkündender empfinde, als ihren sonstigen unfreundlichen Gesichtsausdruck.

„Ich habe gute Neuigkeiten", verkündet sie, kaum dass die Tür wieder ins Schloss gefallen ist.

Ich schweige, denn normalerweise erwartet Magica keine Antwort von mir. Sie redet ja kaum mit mir, da gibt es die meiste Zeit für mich nicht einmal die Gelegenheit, auf irgendetwas zu antworten. Manchmal habe ich das Gefühl, sie redet gar nicht so sehr mit mir, nicht

mit Geschichten und Abenteuern, sind jetzt leer. Magica hat mir das Einzige genommen, das mir Freude gemacht hat, eine grausame Strafe für meine Flucht.

Die meiste Zeit über sitze ich nun am geöffneten Fenster. Ich versuche, einen Blick auf die Stadt zu erhaschen, auf die Menschen, die über den Teil der Brücke gehen, den ich von meinem Fenster aus sehen kann. Es gelingt mir zwei oder drei Mal, doch der Augenblick ist zu kurz, nach wenigen Sekunden sind die Menschen wieder verschwunden und ich immer noch allein und die Langeweile droht wieder, mich mit sich hinab in ein dunkles Loch zu ziehen.

Ich denke darüber nach, ganz ernsthaft diesmal, mich hinabzustürzen in den Äthernebel. Der Sturz würde mich töten, daran besteht kein Zweifel. Ich würde so tief fallen, das vermutlich kaum etwas von mir übrigbleiben würde. Dann wäre ich frei. Aber der Preis... Ich möchte leben, daran lässt mein Herz, das beim Gedanken an den Sturz wild in meiner Brust umherspringt, keinen Zweifel. Ich will leben, nur nicht innerhalb dieser Mauern und nicht mit diesem William. Mein Blick verliert sich im Nebel, der im Sonnenlicht zu leuchten scheint. Ich würde zu gern sehen, was darunter liegt. Wie die Erde aussieht. Doch auch wenn ich springe, werde ich nichts davon zu sehen bekommen.

Es ist der letzte Abend, bevor William kommt, um mich

zu sehen. Noch immer weiß ich nicht mehr über ihn als seinen Namen und die Tatsache, dass er sehr wohlhabend sein muss, wenn er einen guten Preis für mich zahlt. Wieder sitze ich am Fenster, tief atme ich ein und aus, in der Hoffnung, das Chaos in mir zur Ruhe zu bringen, doch es hilft nicht. Morgen wird dieser Mann herkommen und ich weiß nicht, ob es besser sein wird, mich gut zu benehmen, damit er mich von hier fortbringt, oder ob ich ihn verschrecken sollte, damit er mich hierlässt. Was soll ich nur tun?

Um nicht mehr zu grübeln, stelle ich mich auf die Fensterbank und stimme ein Lied an, ein Lied, das mir in den letzten Tagen nicht mehr aus dem Kopf ging. Margery und ich haben es damals in der Schule gelernt. Es geht darin um die Sehnsucht, auf die Erde zurückzukehren, endlich wieder auf dem Boden unserer Vorfahren zu wandeln. Ich kenne jedes Wort dieses Liedes, denn der Inhalt hat mich schon damals fasziniert. Ich singe laut, lauter als sonst, schreie schon fast und treffe damit kaum eine Note, doch darum geht es mir auch nicht. Mit dem Lied schreie ich die Wut in mir heraus.

„Lass uns zurückkehren, immerwährend
Es wird sein, wie es war
Lass uns zurückkehren, immerwährend
Die Erde wartet, sie liegt einsam da.“

Als plötzlich Musik ertönt, gerate ich in Straucheln und muss mich an den Fensterrahmen klammern, um nicht zu fallen. Die Musik einer Gitarre oder eines ähnlichen Instruments schwebt zu mir empor. Sie kommt nicht aus Turrim, nicht aus meiner Stadt. Sie kommt von unten. Sie kommt aus dem Äthernebel am Fuß des Turms. Mein Gesang verstummt. Angestrengt starre ich in den Nebel unter mir, aber natürlich sehe ich auch jetzt nichts dort unten. Nach einem kurzen Zögern setze ich mein Lied fort und die Klänge der Gitarre passen sich an, folgen meiner Stimme und unterstützen sie. Ich schreie nicht mehr, stattdessen versuche ich, die Töne zu treffen und das Lied damit schöner zu machen, auch wenn es mir nicht immer gelingt.

Ich weiß nicht, wie lange ich im Fenster stehe, aber irgendwann wird es dunkel und die Musik bricht ab. Ich habe das Gefühl, jedes Lied, das ich kenne, mindestens drei Mal gesungen zu haben, aber mein Herz ist leichter als zuvor. Ich weiß, dass morgen der Tag ist, an dem sich entscheidet, ob ich verkauft werde. Aber die Musik hat das Warten darauf leichter zu ertragen gemacht.

Zu gern wüsste ich, wer diese wunderbare Musik gespielt hat, wer mir Trost gespendet hat, doch im Äthernebel ist niemand zu sehen und ich traue mich nicht, zu fragen. Ich könnte hinunterrufen, doch aus irgendeinem Grund habe ich Angst, ich könnte damit den Zauber der Musik zerstören.

• Kapitel 4 •

Am nächsten Morgen erwache ich früh und für einige Atemzüge liege ich einfach nur da. Ich will nicht aufstehen, denn wenn ich aufstehe, dann wird etwas passieren. Doch schließlich hebe ich doch den Kopf, rolle mich zur Seite und schwinge meine Beine über die Bettkante. Es ist gerade einmal zehn nach sechs, laut Magica kommt dieser William am Mittag, mir bleiben also noch einige Stunden, bevor ich ihm vorgeführt werde. Ich ziehe eine Grimasse. Wird er mich direkt mitnehmen, wenn er sich für mich entscheidet? Oder werde ich bis zur Hochzeit weiterhin hier, in diesem Zimmer, wohnen? Es ist unmöglich zu sagen, welche dieser beiden Optionen mir lieber wäre, beide lösen in mir den Drang aus, doch noch aus dem Fenster zu springen.

Gerade, als ich mir meine Socken anziehe, fliegt die Zimmertür auf und Magica kommt herein. Auf ihrem Gesicht leuchtet mir die pure Vorfreude entgegen. Als sie sieht, dass ich bereits wach bin, stutzt sie kurz und schaltet das Licht an. „Du scheinst es ja kaum erwarten zu können." Mit einem Schwung, den ich nicht nachfühlen kann, geht sie hinüber zum Schrank. Offenbar ist sie fest entschlossen, die Prozedur auch heute nicht ausfallen zu lassen.

„Oh ja“, gebe ich sarkastisch zurück. „Ich wünschte, es wäre schon so weit.“

„Keine Sorge, es ist ja nicht mehr lange“, entgegnet Magica, und ich kann nicht erkennen, ob sie meinen sarkastischen Tonfall nicht bemerkt hat, oder ihn einfach übergeht. Mit den ganzen Fläschchen und anderen Hilfsmitteln in der Hand kommt sie auf mich zu. „Wenn du ihm gefallen willst, dann haben wir noch einiges an Arbeit vor uns“, sagt sie mit leicht zusammengekniffenen Augen und legt den Kopf schief. Arbeit? Reicht es nicht, dass sie mich und meine Haut schon fünf Jahre lang bearbeitet hat? Man müsste doch meinen, was jetzt nicht gut an mir ist, das wird es auch nicht innerhalb der wenigen Stunden werden, die uns noch bleiben. Ganz abgesehen davon, dass es mir wirklich vollkommen egal ist, ob ich diesem William gefalle oder nicht.

Es kommt mir vor, als würde die Prozedur heute kein Ende nehmen. Magica schrubbt und schmiert an mir herum, meine Haut brennt wie verrückt, falls nach der ganzen Schrubberei denn überhaupt noch Haut übrig ist. Nach den üblichen Arbeitsschritten verlässt Magica jedoch nicht den Raum und mein erleichtertes Aufatmen bleibt mir im Hals stecken. „Und jetzt machen wir dich präsentabel“, verkündet sie.

Mein Gesicht muss ein einziges Fragezeichen sein, denn sie fügt gönnerhaft hinzu: „Du sollst doch hübsch aussehen.“

Nun, diese Aussage hilft mir nicht gerade dabei, besser zu verstehen, was sie meint. Die Prozedur dient doch auch dazu, mich angeblich hübscher zu machen, oder nicht?

„Wir stecken dir die Haare hoch, dann schminken wir dich und dann habe ich noch etwas ganz Besonderes für dich." Magica zieht die Augenbrauen in die Höhe und sieht mich an, als müsste ich nun in begeisterten Jubel ausbrechen. Damit kann ich jedoch nicht dienen. „Etwas Besonderes?", bringe ich nur lahm heraus. Magica verkauft mich heute und dann hat sie noch etwas Besonderes für mich? Was denn, eine Art Geschenk? Der Gedanke ist so absurd, dass ich ein Kichern unterdrücken muss, das in meiner Kehle aufsteigen will.

„Du musst dich noch ein wenig gedulden." Magica betrachtet meine Haare und hebt sie auf der einen Seite meines Kopfes probeweise an.

Gedulden. Kein Problem, nach fünf Jahren in diesem winzigen Raum ist Geduld quasi mein zweiter Vorname.

Die nächsten Minuten verbringt Magica damit, meine hüftlangen Haare erneut energisch zu bürsten. Dann steckt sie sie mit der Hilfe kleiner Klammern in einzelnen Strähnen hoch, bis sich an meinem Hinterkopf eine Art Nest gebildet hat, die Haare darunter fallen offen auf meinen Rücken.

„Sehr schön", kommentiert Magica und ich werde den Teufel tun und ihr widersprechen. Denn dann geht die ganze Quälerei nur wieder von vorne los. Nein, stattdessen werde ich schön schweigen. Vielleicht will dieser

William mich ja nicht mehr, wenn ich ihm mit einer doofen Frisur gegenübertrete. Wunschdenken, ich weiß, aber mehr als das habe ich momentan nicht mehr.

Nach den Haaren ist mein Gesicht an der Reihe. Magica pinselt und pudert so lange an mir herum, dass ich das Gefühl habe, eine meterdicke Schicht auf meiner Haut zu tragen. Mehr als einmal muss ich niesen. Als Magica endlich zufrieden ist und von mir ablässt, erkenne ich mich im Spiegel selbst nicht wieder. Meine Augen sind dunkel umrandet und wirken durch den Lidschatten darauf unnatürlich groß. Meine Haut hat einen leicht goldenen Schimmer, der sonst nicht da ist. Und meine Wangen wirken so rosig, als hätte ich gerade einen schönen Spaziergang bei Sonnenschein unternommen.

„Perfekt", verkündet Magica, während sie mir ein letztes Mal die Stirn abpudert. „Einfach perfekt. William wird von dir hin und weg sein."

„Wunderbar." Ich versuche, sarkastisch zu klingen, aber mein Sarkasmus ist irgendwo zwischen dem Haareaufstecken und der ganzen Puderei abhandengekommen.

Magica wirft einen Blick auf die Uhr an ihrem Handgelenk. „Wir haben noch eine gute Stunde, bevor er kommt." Ein freudiges Lächeln gleitet über ihr Gesicht. Sie sieht sich vermutlich schon im Geld schwimmen, denke ich bitter. „Ich bringe dir noch eine Kleinigkeit zu essen", verkündet Magica und verlässt den Raum, allerdings nicht ohne den Schlüssel im Schloss zweimal mit Nachdruck umzudrehen.

Ja, das mit dem Weglaufen kann ich wohl vergessen. Ich fahre mit der Hand hoch in meine Haare und versuche, mir die Kopfhaut zu kratzen, denn all das Puder, die Öle und die Klammern, die Magica hineingesteckt hat, jucken fürchterlich. Ich betrachte mich einige Sekunden lang im Spiegel, doch es kommt mir vor, als sähe ich dort einen anderen Menschen. Ich bin nicht dieses Mädchen mit dem puppenartigen Gesicht, das mich daraus mit großen Augen anstarrt. Und diese Haare... Wo hat Magica wohl die Idee mit dieser Frisur her? Gibt es irgendeine Zeitschrift, irgendein Buch, das Frisuren für Mädchen empfiehlt, die verkauft werden sollen?

Nach nur wenigen Minuten wird die Tür zum Zimmer wieder geöffnet. Magica schiebt das Essen nicht wie sonst einfach auf einem Tablett herein, sondern trägt es zu meinem Schreibtisch und stellt es dort ab. „Iss, du brauchst die Kraft“, sagt sie und nickt mit einem Lächeln in meine Richtung. Ein Lächeln ist so untypisch für sie, so ungewohnt und verstörend auf ihrem Gesicht, dass ich mich abwende, um es nicht mehr sehen zu müssen. Ich höre, wie Magica den Raum verlässt, aber das Schließen der Tür höre ich nicht. Als ich mich umdrehe, um nachzusehen, was los ist, steht Magica bereits wieder im Zimmer. In ihrer Hand hält sie ein Kleid aus glänzendem rosafarbenem Stoff. Ein kleidgewordener Alptraum, inklusive Tüllärmeln.

„Das ist für dich, eine kleine Überraschung für das Treffen nachher“, verkündet Magica und betrachtet das Kleid mit strahlenden Augen. Sieht sie dort etwa etwas anderes als ich? Ich sehe nur bergeweise Stoff in einer abscheulichen Farbe, die ich sicher nicht freiwillig anziehen würde. Doch hier ist nichts freiwillig.

„Wie wunderbar“, verkünde ich, während es mich innerlich schüttelt.

„Dann iss jetzt erst und zieh es danach an. Nicht, dass du es noch bekleckerst“, mahnt Magica mit erhobenem Zeigefinger, während sie das Zimmer rückwärts wieder verlässt. Die Tür schlägt hinter ihr zu und ich schüttele mich.

„Wenn ich es bekleckern würde, bestünde immerhin die Chance, dass es danach besser aussieht“, murmele ich vor mich hin, während ich dem Kleid noch einen letzten angewiderten Blick schenke. Wobei... vermutlich würde bei diesem Kleid nur noch verbrennen helfen. Wenn überhaupt.

Beim Anblick des Essens wird mir schlecht. Nicht wie bei dem furchtbaren Kleid, sondern richtig schlecht. Das ist die letzte Mahlzeit, bevor ich William treffe. Ich kann nichts essen, der Knoten in meiner Kehle lässt es nicht zu. Stattdessen laufe ich im Zimmer auf und ab und versuche, mich davon zu überzeugen, dass diese Heirat schon gar nicht so schlimm wird. Es ist gut möglich, dass William ein netter und großzügiger Mann ist. Ein Mann, der mir womöglich meine Freiheit lässt. Der mir erlaubt, zu studieren und arbeiten zu gehen. Ein Mann, der mich nicht wie Magica in seinem Haus einsperrt, sondern mich zu schätzen weiß. Doch egal, wie lange ich mir gut zurede, ich weiß, dass die andere Möglichkeit wahrscheinlicher ist. Nur ein grausamer Mann würde ein junges Mädchen als seine Frau kaufen.

Schließlich klopft es an der Tür. „Falls du noch nicht angezogen bist, sollest du das schnell nachholen“, erklingt Magleas durch das Holz gedämpfte Stimme. „Unser Besuch kommt bald.“

„Ja“, rufe ich zurück, doch mein bleischwerer Körper bleibt einfach auf dem Bett sitzen. Ich will dieses Kleid nicht anziehen. Ich will diesen Mann nicht treffen. Doch meine einzige andere Wahl wäre es, aus dem Fenster zu springen, und das kommt nicht in Frage. Vielleicht erhalte ich ja bei William eine Chance, zu fliehen. Irgendwann.

Unter gemurmelten Flüchen zwänge ich mich in das Ungetüm eines Kleides. Es ist eng und der Stoff wehrt sich förmlich gegen meinen Körper. Ich hüpfe auf der Stelle und endlich rutscht der obere Teil des Kleides über meinen Brustkorb und ich kann ihn die Arme hinaufziehen. Mit einem Schnaufen lasse ich mich aufs Bett fallen und versuche zu Atem zu kommen, was gar nicht so leicht ist, da das Kleid mich beim Einatmen behindert. Es dauert ein paar Minuten, bevor ich die Kraft und den Willen dazu finde, die Knöpfe am Rücken mithilfe einiger Verrenkungen zu schließen. So. Ich streiche den ausgestellten Rock glatt. Die Puppe ist fertig angezogen. Das Theater kann nun also losgehen.

Mein Blick fällt auf das Tablett mit dem Essen, das ich nicht angerührt habe. Kurzentschlossen packe ich es. Ich reiße das Fenster auf und leere die Teller über dem Abgrund. Während ich dabei zusehe, wie meine Brote und mein Apfel hinab in die Tiefe segeln, stelle ich die Teller zurück auf das Tablett. Gerade habe ich die Hand auf den Fensterriegel gelegt, um es wieder zu schließen, da höre ich etwas.

„Danke!“

Ich lehne mich aus dem Fenster, um zur Stadt hinüberzublicken. Zweifellos haben sich dort zwei Menschen unterhalten und daher kam der Ruf.

„Danke für das Essen!“

Diesmal ist eindeutig, woher der Ruf kam. Ich blicke hinab in den Äthernebel. Mein Herzschlag beschleunigt sich, als ich mich vorbeuge. Doch ich sehe nichts, nur das Wirbeln des Nebels.

„Bitte!“, rufe ich, weil mir nichts anderes einfällt. Und nicht zu antworten wäre doch schließlich unhöflich, richtig?

Ein Lachen schallt zu mir herauf und mein Herz, das ein Tempo vorlegt wie noch nie, macht einen Satz. Da unten ist jemand. Ein menschliches Wesen, das sprechen kann. Und das offenbar Brote mag, die von einem Turm herab geworfen wurden. Ist es einer von den Ghulen? Wieder einmal verfluche ich den Äthernebel, der mir die Sicht nimmt. Wäre er ein Ghul, würde er keine Brote oder Äpfel essen, oder? Dann äße er doch Menschenfleisch. Aber andere Menschen gibt es auf dem Erdboden doch nicht mehr. Sekundenlang verharre ich am offenen Fenster, die Hand immer noch schmerzhaft um den Fensterriegel gekrampft. Gerade habe ich mich dazu durchgerungen, dem Wesen dort unten die Frage nach seiner Herkunft zu stellen, da klopft es an der Tür und der Schlüssel im Schloss wird gedreht.

„Valeria?“

Hastig schlage ich das Fenster zu und drehe mich um. Und verschränke die Hände vor dem Bauch und warte. Die Tür öffnet sich und mein Herz scheint in meinem Magen auf und ab zu hüpfen. Magica kommt herein, an ihrem Arm führt sie einen dunkelblonden Mann. Die Falten, die seine Augen umgeben, verraten mir, dass er mindestens Mitte Vierzig sein muss, wenn nicht noch älter. Seine Kleidung sitzt tadellos und wirkt teuer. Er trägt einen grauen Anzug, darunter eine dunkelgrüne Weste und ein weißes Hemd. An einem Arm blitzt eine goldene Armbanduhr unter dem Ärmel seines Jacketts hervor.

„Du bist also Valeria.“ Er bleibt etwa zwei Meter von mir entfernt stehen und mustert mich mit einem Lächeln, das die Falten in seinem Gesicht noch verstärkt.

„Das muss ich wohl sein“, gebe ich zurück und Magica schickt mir einen tadelnden Blick. „Ich wollte sagen: Ja, ich bin Valeria“, verbessere ich mich und dieses Mal nickt Magica wohlwollend.

„So bezaubernd, wie deine Mutter gesagt hat.“ Sein Lächeln vertieft sich, doch etwas stimmt mit seinen Augen nicht. Sie sind starr.

„Meine Stiefmutter“, korrigiere ich ihn. Meine echte Mutter hätte mich sicherlich nicht verkauft. Wobei es ja offiziell kein Verkauf, sondern eine Heirat ist. Aber das Ergebnis ist das gleiche.

„Sie hat mir erzählt, dass du nicht nur wunderschön, sondern auch belesen bist. Das gefällt mir." Er nickt mir zu und ich sehe seinen Blick kurz durch das spärlich eingerichtete Zimmer wandern.

„Ja, ich mag Bücher", antworte ich steif. Nur erscheint meine Antwort alles andere als belesen. ‚Ich mag Bücher', das klingt wie die Antwort eines Kleinkinds. Doch andererseits... Soll er doch denken, was er will.

„Die mag ich auch." Mit einem weiteren Lächeln, das seine Augen nicht erreicht, wendet sich William wieder mir zu. „Ich habe hunderte Bücher in meinem Haus." Er tritt einen Schritt näher. „Mein Name ist übrigens William." Er streckt mir seine Hand entgegen. Für ein paar Sekunden bleibt sie dort hängen, denn ich kann meine eigene Hand erst nicht dazu überreden, sich zu bewegen. Dann jedoch gelingt es mir und seine kalten Finger schließen sich um meine. „Valeria", bringe ich heraus, obwohl wir vorhin ja schon gemeinsam festgestellt haben, dass das mein Name ist.

Doch William nickt nur anerkennend. „Hast du vielleicht Fragen?" Nach Augenblicken des Schweigens scheint es William doch etwas unbehaglich zu werden.

„Fragen?" Verständnislos sehe ich ihn an.

„Ja, Fragen darüber, was ich für uns plane. Darüber, wo du wohnen wirst. Solche Fragen."

Er tut so, als könnte ich mich entscheiden. Als könnte ich Fragen stellen, um herauszufinden, ob es das ist, was ich möchte. Als könnte ich mich auch für eine andere Option entscheiden. Doch so ist das nicht. Und Fragen zu stellen wäre nur zum Schein und um zu wissen, was auf mich zukommt, auch wenn ich es ohnehin nicht ändern könnte. Und obwohl er mich bei jeder Frage ohnehin belügen könnte. „Nun..." Ich hole tief Luft. „Wo werde ich wohnen?" Es ist mir gleichgültig. Ich werde nicht mehr hier in diesem Zimmer wohnen. Aber frei werde ich deshalb noch lange nicht sein.

„Ich wohne auf der anderen Seite der Stadt, direkt am Park", erklärt William bereitwillig. „Einrichten kannst du unseren Turm ganz so, wie es dir gefällt, oder du lässt ihn, wie er ist. Das liegt bei dir." Wieder lächelt William. Ich fühle mich in seiner Nähe unwohl, es ist dieses Lächeln und die Frage, warum er mich kaufen will. Warum will er ein siebzehnjähriges Mädchen heiraten?

„Warum haben Sie ein Interesse daran, mich zu heiraten?", platze ich schließlich mit der Frage heraus, die mich so brennend interessiert, dass sie alles andere in den Hintergrund verdrängt.

William lacht laut auf, während Magicas Gesicht plötzlich jegliche Farbe verliert.

„Du bist wirklich herrlich", bemerkt William und betrachtet mich mit hochgezogenen Augenbrauen. „Einfach bezaubernd."

Ich bin nicht bezaubernd und auch nicht herrlich. Ich habe einfach nur Angst, was auf mich zukommt, aber das werde ich diesem Mann nicht auf die Nase binden. Stattdessen recke ich das Kinn vor. „Also?"

„Abgesehen davon, dass Magica nur in den höchsten Tönen von dir spricht?"

Ich werfe Magica einen kurzen Blick zu. Sie spricht über mich? Und dann auch noch positiv?

„Meine Frau ist letztes Jahr gestorben", fährt William fort. „Sie war lange krank und das war für mich eine schreckliche Zeit. Und jetzt möchte ich wieder jemanden an meiner Seite. Aber auf eine unkomplizierte Art." Er holt deutlich hörbar Luft. „Auf das ganze Kennenlernen, Verlieben, Pläneschmieden oder was sonst noch mit einer Beziehung einhergeht, habe ich einfach keine Lust mehr. Keine Kraft. Und es führt zu oft zu nichts und dann habe ich mich vollkommen umsonst engagiert."

„Und deswegen heiraten Sie eine Fremde?" Ich kann einfach nicht glauben, was ich da höre.

„Ganz genau." William nickt entschlossen und sein Blick wandert für einen Moment in die Ferne. Denkt er an seine Frau? „Ich finde aber, wir sollten uns duzen." Er lächelt wieder sein offenbar obligatorisches Lächeln. „Wir werden schließlich bald verheiratet sein." Bei diesen Worten dreht er den Kopf und schenkt auch Magica ein Lächeln, die aus ihrer steifen Haltung erwacht.

„Sie sind also einverstanden?" Sie wirkt so froh, dass ich fast erwarte, sie würde im nächsten Moment wie ein Kind in die Hände klatschen. Doch sie begnügt sich damit, Williams Hand zu schütteln. „Das werden Sie sicher nicht bereuen."

„Das glaube ich auch nicht." William mustert mich ein letztes Mal von oben bis unten.

„Und für wann soll ich die Hochzeit planen?", hakt Magica eifrig nach. Ihr scheint es nicht genug zu sein, dass William in die Heirat einwilligt. Sie will die ganze Sache in trockenen Tüchern wissen. Vermutlich will sie auch wissen, ab wann sie endlich über ihr neues Vermögen verfügen kann. Und wann dieses Zimmer endlich frei wird.

„Was meinst du, Valeria?“ William wendet sich wieder mir zu und greift nach meiner Hand. Ich widerstehe meinem ersten Impuls, sie ihm sofort wieder zu entziehen.

„Ich weiß nicht“, sage ich ehrlich und vollkommen überfordert. Die Antwort ‚nie‘ wäre ihm vermutlich nicht recht, von Magica ganz zu schweigen.

„Wie wäre es denn in zwei Wochen?“, fragt William, der noch immer meine Hand mit einem zu festen Griff in seiner hält, und sieht Magica fragend an. „Wäre das zu schaffen?“

„So schnell?“ Magica ist anzusehen, dass sie sich über den so schnellen Abschluss des Geschäfts freut, aber gleichzeitig daran denkt, was sie dafür alles organisieren muss. „Zwei Wochen sind sehr knapp. Ich meine, die Gäste müssen eingeladen werden, das Essen, die Blumen, der Termin beim Pfarrer…“ Sie hebt die Hand, um all die Dinge, die erledigt werden müssen, an den Fingern abzuzählen.

„Dann sagen wir drei Wochen“, entgegnet William lachend. „Drei Wochen sollten doch zu schaffen sein, nicht wahr?“ Er schenkt Magica ein strahlendes Lächeln und mir gleich darauf einen schelmischen Blick, der an einem jüngeren Mann nett, vielleicht sogar anziehend gewirkt hätte, bei ihm jedoch einen ganz und gar unpassenden Eindruck macht. „Wir wollen mit unserem gemeinsamen Leben doch so rasch wie möglich beginnen, nicht wahr?“

Ich traue mich nur zu nicken, denn ich bin mir nicht sicher, ob ich Worte über die Lippen bringen würde.

„Dann übernehme ich den Pfarrer und das Essen“, wendet William sich wieder an Magica. „Wir teilen uns die Arbeit, dann geht es schneller.“

„Natürlich, eine gute Idee.“ Magica neigt den Kopf zum Einverständnis und ich sehe ein leises Lächeln, das ihre Mundwinkel umspielt. Sie kann es gar nicht erwarten, mich loszuwerden. Ganz offenbar denkt sie keine Sekunde lang an mich und an das, was aus mir werden wird. William sucht nicht nach Liebe oder einer ebenbürtigen Gefährtin. Er will irgendjemanden, damit er nicht allein ist. Aber ich werde allein sein, ganz allein in seinem großen Turm sitzen und mein Leben hassen. Ich schlucke, denn die Bilder, die in mir aufsteigen, sind nur zu real.

„Dann ist es also abgemacht.“ William lässt ganz plötzlich meine Hand los und klatscht lautstark. Ich zucke zusammen. „In drei Wochen, ich würde sagen am Samstag, werden wir Mann und Frau.“ Triumphierend lächelt er mich an. Ich habe das Gefühl, ich sollte auch meine Mundwinkel in die Höhe zwingen, aber die Muskeln scheinen mir ihren Dienst zu versagen.

„Ich werde alles vorbereiten“, verspricht Magica ihm und legt ihm eine Hand auf den Rücken. Mit sanftem Druck dirigiert sie ihn zurück zur Tür.

„Nichts anderes erwarte ich“, sagt William und dreht sich an der Türschwelle noch einmal um.

Ich bin bereits in mich zusammengesackt, weil ich gedachte habe, ich wäre endlich wieder allein. Ich straffe mich so rasch, dass einer meiner Wirbel protestierend knackt.

„Ich würde gerne für einen kurzen Augenblick mit Valeria reden, wenn Ihnen das recht ist. Allein.“

Magicas Blick gleitet zu mir, dann wieder zu William. „Natürlich.“ Als William auf mich zukommt, sieht sie mich mahnend an. Ich soll mich benehmen, das ist mir klar. Sie schließt die Tür hinter sich und ich bin zum ersten Mal allein mit meinem zukünftigen Ehemann.

„Also…“, beginne ich, während William mich nur mit interessierter Miene mustert. Es ist nicht der Blick eines Mannes, der sich eine Frau ansieht. Eher der Blick eines Forschers, der ein Insekt unter seiner Lupe betrachtet. Ich muss etwas sagen, einfach irgendetwas, damit er mich nicht mehr so ansieht. „Sie haben also viele Bücher?“

„Ja, die habe ich.“ Mit seinem starren Lächeln im Gesicht kommt William noch näher. Als er vor mir steht, steigt mir der Geruch seines teuren Parfüms in die Nase. „Aber du wirst sie niemals zu Gesicht bekommen.“

Er sagt die Worte in einem so liebenswürdigen Tonfall, dass mir erst Sekunden später klar wird, was er da eigentlich gesagt hat. „Wieso nicht?“

„Valeria, Valeria.“ Er schüttelt herablassend den Kopf. Wieso tut dieser Mann so, als wäre ich ein naives

Kleinkind? „Du glaubst doch nicht wirklich, dass ich so viel für dich bezahle, damit du in meinem Haus Bücher liest?“

Was soll ich darauf antworten? „Und wofür dann?“ Ich recke das Kinn vor.

„Um mir alle Wünsche zu erfüllen. Und die meiner Gäste.“ Das Lächeln auf seinem Gesicht wird zu einem Grinsen, seine Augen jedoch bleiben weiterhin kalt und tot und direkt auf mich gerichtet. Er will sehen, wie ich auf seine Worte reagiere.

Instinktiv unterdrücke ich jede Regung auf meinem Gesicht. „Wer sind denn ihre Gäste? Und was sind das für Wünsche?“ Die Panik, die mich befällt, schnürt mir die Kehle zu. Bitte, lass ihn sagen, dass ich putzen und das Haus in Ordnung halten soll.

„Meine Gäste sind Männer aus der oberen Gesellschaft von Turrim und anderen Städten. Vermutlich niemand, den du kennst.“ William lacht höhnisch auf. „Und die Wünsche...“ Er schnalzt mit der Zunge. „Es würde doch den Spaß verderben, wenn ich dir schon jetzt davon erzähle, nicht wahr?“ Am liebsten würde ich ihm sein Grinsen aus dem Gesicht wischen, doch ich bin wie gelähmt. Unfähig, mich zu bewegen, starre ich ihn nur an. „Aber lass es mich mal so sagen: Ich hoffe, du bist nicht allzu empfindlich, wenn es um Schmerz geht.“

Schmerz? Nun zucke ich doch zusammen, was William ein erneutes Lachen entlockt. Schmerz? Was hat er nur mit mir vor? Die Panik, die ich vor seinem Besuch verspürt habe, ist nichts im Gegensatz zu der, die ich jetzt empfinde. Ich soll keine Ehefrau werden, so viel ist mir jetzt klar. William hat vor, mich zu verletzen!

„Das mit Ihrer Frau…“

„Oh, meine Frau ist wirklich verstorben.“ Von dem Lächeln, das seine Worte begleitet, wird mir schlecht. „Ich freue mich auf unsere Hochzeit in drei Wochen. Wenn ich erstmal dein Ehemann bin, kann uns niemand mehr trennen.“ William beugt sich nach vorn und flüstert mir ins Ohr: „Dann gehörst du mir und ich kann mit dir machen, was ich will.“ Er streicht mir mit dem Zeigefinger am Kiefer entlang. Einen Moment lang glaube ich, er wolle mich küssen. Doch ein abartig breites Grinsen breitet auf seinem Gesicht aus, als er sich wieder aufrichtet und zur Tür hinübergeht. „Ich kann es kaum erwarten.“

Bei geöffneter Tür verbeugt er sich in meine Richtung, dann ist er fort. Die Tür schließt sich hinter ihm, doch Magica dreht den Schlüssel nicht, das geschieht erst ungefähr zwei Minuten später. Vermutlich will sie verhindern, dass William mitbekommt, wie sie mich einsperrt, damit ich ihn heirate. Natürlich, welcher Mann würde auch gerne sehen wollen, dass seine Zukünftige wie eine Gefangene gehalten wird? Außer William. Das ist vermutlich genau sein Ding. Aber das weiß Magica wohl nicht.

So schnell ich kann, schäle ich mich aus dem Monstrum von einem Kleid, das mir den Atem raubt, wobei mir der Tüll am Saum beinahe einen Strich durch die Rechnung macht, weil er sich um meine Beine schlingt und mich nicht wieder freigeben will. Doch schließlich, nach vielen Tritten und noch sehr viel mehr Flüchen schaffe ich es endlich, mich zu befreien. Sofort schlüpfe ich in eine ausgeleierte Hose und ein T-Shirt, dessen Farbe irgendwo zwischen grau und braun liegt. Vor dem Spiegel gelingt es mir, sämtliche Klammern wieder aus meinen Haaren zu entfernen und alles, was Magica mir hineingeknetet hat, wieder herauszubürsten. Mein Gesicht allerdings ist eine ganz andere Herausforderung. Zuerst versuche ich es mit einem Tuch und Wasser, doch die Schminke in meinem Gesicht scheint mit meiner Haut eine untrennbare Bindung eingegangen zu sein. Ich schrubbe, bis meine Haut schmerzt, doch meine Augen sind noch immer dunkel umrandet, die Lippen und Wangen rot. „Verdammt", murmele ich und reibe das nasse Tuch über die Handseife neben meinem Waschbecken in der winzigen Nasszelle, die ich in meinem Zimmer habe. Gerade einmal eine Dusche, ein Waschbecken und eine Toilette, alles auf so engem Raum, dass ich mit der Nase im Waschbecken hänge, sobald ich mich auf die Toilette setze.

Die Seife hilft ein wenig und nach und nach löst sich die Farbe endlich von meiner Haut. Schlussendlich wasche ich mein Gesicht ein letztes Mal mit klarem Wasser ab und sehe der Farbe dabei zu, wie sie im Abfluss verschwindet. Wird William von mir verlangen, dass ich das jeden Tag tue? Dass ich mich jeden Tag schminke, mir die Haare mache und mich in furchtbare Kleider quetsche? Meine hektische Aktivität hat mich von dem abgelenkt, was vorhin geschehen ist. Von dem, was William gesagt hat. Er wird mir wehtun. Ich habe in seinen Augen gesehen, dass er es ernst meinte und er sich schon darauf freut. Wie soll ich damit nur leben?

Als ich aus der Nasszelle komme, steht ein weiteres Tablett mit Essen auf dem Boden. Vermutlich ein verfrühtes Abendessen, da Magica keine Lust hat, nachher noch nach mir zu sehen. Doch ich habe weder Appetit noch Hunger und so lasse ich das Tablett stehen. Stattdessen werfe ich mich aufs Bett und lege mir das Kissen über den Kopf und drücke zu. Um mich herum wird es dunkel und so still, dass ich das Blut durch meinen Körper rauschen hören kann. Ich möchte weinen. Weil ich verkauft werde. Weil ich bald bei einem Mann leben muss, den ich nicht kenne und der definitiv nichts Gutes mit mir im Sinn hat. Und weil ich niemanden haben, der sich um mich sorgt. Doch die Tränen wollen nicht kommen. Stattdessen kreisen meine Gedanken immer mehr darum, was ich tun kann. Wie ich es verhindern kann. Obwohl meine Vernunft längst aufgegeben und die Situation akzeptiert hat, kann mein Herz es offenbar nicht. Meine Gedanken verselbstständigen sich und kreisen immer wieder um die Frage, was es für einen Weg gibt. Was ich tun kann. Wie ich William und einem Leben an seiner Seite entkommen kann. Ich finde keine Lösungen, sondern immer nur mehr Fragen und Ängste. Ich könnte es Magica erzählen, doch es würde sie nicht interessieren. Nicht, solange sie das Geld bekommt. Schlussendlich werfe ich das Kissen fort und atme pfeifend ein. Es klatscht gegen die Wand und dann auf den Boden. Ich rolle mich auf den Rücken und starre mit ausgebreiteten Armen an die Decke, als stünde dort die Lösung für mein Dilemma. Doch die Decke ist einfach nur so weiß wie immer. Frustrierend weiß, wo sich für mich doch alles geändert hat. Genervt setze ich mich wieder auf. Zu gerne würde ich jetzt schlafen und so zumindest für einige Stunden alles vergessen, doch es ist gerade einmal später Nachmittag, viel zu früh, um jetzt schon ins Bett zu gehen. Bücher habe ich nicht mehr und auf eine Sporteinheit habe ich keine Lust.

Schließlich gehe ich wieder ans Fenster. Nach kurzem Zögern beginne ich zu singen, zornige Lieder, die ich von Jungen in meiner Klasse gehört habe. Nach dem zweiten Lied halte ich kurz inne, um Luft zu holen und mir zu überlegen, welches Lied als nächstes folgen soll. Eine Stimme unterbricht mich in meinen Überlegungen.

„Hey, du da oben, gibt es nur Gesang oder noch etwas zu essen?"

Es ist die gleiche Stimme wie schon ein paar Stunden zuvor. Schalk spricht daraus. Es ist die Stimme eines Mannes, das kann ich erkennen, doch sein Alter... Ich vermute, er ist jünger, aber es fällt mir schwer, das zu schätzen.

Ein paar Augenblicke lang kann ich nicht antworten, zu überrascht bin ich von seinem Ruf. „Ist dir mein Gesang etwa nicht genug?", rufe ich schließlich zurück.

„Der ist wunderbar, aber er macht nicht satt", schallt es sofort zurück und ich grinse.

„Wie wäre es mit einem Brot und..." Ich werfe einen Blick zu dem Tablett neben der Tür. „Einer Orange?"

„Brot klingt gut. Was ist eine Orange?"

Wer weiß denn nicht, was eine Orange ist? Kurz wundere ich mich, dann fällt mir siedend heiß ein, dass derjenige, mit dem ich mich unterhalte, auf dem Erdboden ist. Und dass dort unten vermutlich keine Orangen mehr wachsen. „Das ist eine Frucht, sie ist süß und sehr lecker", rufe ich zurück.

„Klingt gut, die nehme ich auch", kommt prompt die Antwort.

Mit einem leisen Lachen hebe ich das Tablett auf und trage es zum Fenster. „Ich werfe jetzt, Achtung!", warne ich ihn vor, bevor ich das mit Käse belegte Brot aus dem Fenster werfe. Wieder verfolge ich seinen Flug, doch sobald es in die Ätherschicht eintaucht, entschwindet es meinem Blick. Zu gern wüsste ich, mit wem ich dort unten reden. „Vorsicht, jetzt die Orange!" Auch die orange Frucht segelt den Turm hinab. Ich lausche auf einen Aufprall, doch nichts ist zu hören.

Das kleine Törtchen, das sich auf dem Tablett befindet, behalte ich selbst. Mit plötzlichem Heißhunger hebe ich es hoch und beiße hinein. Magica gönnt mir nur selten solche Leckereien, heute ist es vermutlich die Belohnung für mein gutes Betragen und für das Geld, das ich ihr schon so bald einbringen werde. Was für eine Freude.

„Meinen herzlichsten Dank", schallt es wieder von unten herauf und ich lehne mich mit meinem Törtchen aus dem Fenster.

„Schmeckt es?", rufe ich herab, weniger aus Interesse, sondern weil ich nicht will, dass unsere Unterhaltung schon beendet ist.

„Allerdings." Diesmal ist sein Ruf dumpf, ganz offensichtlich hat er gerade den Mund voll. Ich kichere.

„Wie ist dein Name?" Mit angehaltenem Atem warte ich auf eine Antwort. Längere Zeit ist nichts zu hören und ich glaube schon, der Fremde ist mit meinem Essen verschwunden, doch dann: „Aaron."

Aaron. Ein schöner Name. „Ich bin Valeria", rufe ich nach unten, obwohl Aaron gar nicht danach gefragt hat.

„Valeria, das klingt hübsch." Ich höre das Grinsen in seiner Stimme. „Bist du hübsch?"

Ich lache überrascht. „Hübsch?" Das also will er von mir wissen? „Ich weiß es nicht", antworte ich wahrheitsgemäß. „Vielleicht. Hässlich bin ich zumindest nicht." Vermutlich. Bisher hat sich niemand beschwert und William hat mich vermutlich nicht dank meiner – ihm unbekannten – inneren Werte gekauft.

„Das klingt ja mal vielversprechend." Aaron schweigt und ich warte darauf, dass er weiterspricht. „Wie ist es bei euch da oben?"

„Hier ist es...", setze ich an, doch ich weiß nicht weiter. „Was genau meinst du?"

„Wo lebst du?"

„Ich lebe in Turrim", antworte ich wahrheitsgemäß, aber vorsichtig.

„Das weiß ich", kommt es leicht genervt zurück. „Du hältst mich wohl für völlig ungebildet, was? Ich meine doch, wo bist du gerade? Wie sieht die Stadt aus? Was gibt es da bei euch so?"

„Wir wohnen in den Türmen", rufe ich zurück, verzweifelt darum bemüht, meine Stadt einem völlig Fremden zu erklären. „Zwischen den Türmen sind die öffentlichen Plätze, zwei Parks, Geschäften..." Ich überlege. „Und ich bin momentan in meinem Zimmer, da bin ich immer."

„Immer?", kommt sofort die Gegenfrage. „Wieso denn das? Darf man bei euch nicht raus?"

„Doch", erwidere ich. „Man schon, ich nicht. Meine Stiefmutter sperrt mich ein." Eine Gänsehaut zieht sich plötzlich über meinen Körper. Ich plaudere hier Geheimnisse vor einem völlig Fremden aus, jemandem, den ich nicht mal sehen kann und von dem ich nicht das Geringste weiß. Was, wenn er mich verrät? Was, wenn uns jemand belauscht? Plötzlich panisch blicke ich mich zu allen Seiten um, doch ich kann niemanden sehen. Unser Turm liegt weit außerhalb, nicht einmal in der Nähe der öffentlichen Plätze, die Wahrscheinlichkeit, dass mich jemand hören kann, ist also sehr gering. Trotzdem sind mir meine Worte mit einem Mal unangenehm. „Das hätte ich nicht sagen sollen", rufe ich rasch. Oder vielleicht doch? Was kann mir denn noch Schlimmeres passieren, als an einen eiskalten Fremden verkauft zu werden, der vorhat, mir wehzutun?

„Deine Stiefmutter sperrt dich ein?" Die Stimme klingt jetzt entrüstet. „Wieso? Und für wie lange?"

„Bisher seit fünf Jahren", erwidere ich leiser und etwas kleinlaut. „Und das Wieso..."

„Fünf Jahre?“ Aaron klingt, als hätte ihn gerade der Schlag getroffen. „Fünf Jahre? Das ist ja eine halbe Ewigkeit.“ Einen Moment lang schweigt er. „Und warum? Was gibt ihr das Recht dazu? Oder ist das bei euch normal? Macht man das einfach so?“

„Nein, normal ist das nicht“, gebe ich zurück. Normal nicht, erlaubt schon. „Sie hat es getan…“ Ich beiße mir auf die Lippe. „Sie hat es für sich selbst getan“, sage ich schließlich leiser.

„Was?“, ruft Aaron von unten hoch.

„Nichts, ich… Sie sperrt mich ein, um mich für einen Mann aufzubewahren. Um das Geheimnis größer und damit den Preis höher zu machen.“

„Preis?“ Nun klingt Aaron eindeutig verwirrt. „Du wirst verkauft?“

„Das bin ich schon“, gebe ich bitter zurück. „Gerade geschehen. In drei Wochen bin ich eine Braut.“

„Das klingt aber eher nach einer unwilligen Braut“, gibt Aaron zu bedenken und gegen meinen Willen muss ich lächeln.

„Ja, könnte man wohl sagen.“ Ich will William nicht heiraten, auch jetzt nicht, wo ich ihn kennengelernt habe. Oder jetzt erst recht nicht. Ich kenne ihn nicht wirklich, aber ich weiß, dass ich auf keinen Fall mit ihm allein sein will.

„Und wenn du einfach ‚Nein‘ sagst?“ Aaron scheint das Thema zu schaffen zu machen.

„Das kann ich nicht“, erkläre ich mit pochendem Herzen. Natürlich habe ich auch schon daran gedacht, die Hochzeit abzulehnen. „Also, ich kann es sagen, aber es wird nichts bringen. Sie darf es, meine Stiefmutter hat die Vormundschaft für mich und damit darf sie mich auch verheiraten.“

„Scheiße.“ Ich kann Aarons Kopfschütteln förmlich vor mir sehen. „Das ist mies.“

„Das ist es“, gebe ich zu. Ja, es ist wirklich mies. „Aber es ist nicht das Ende“, rufe ich den Turm hinunter. „William wird lange vor mir sterben und dann werde ich frei sein.“

Aarons Lachen schallt den Turm empor. „Netter Gedanke“, frotzelt er und ich muss mitlachen.

„Genug von mir“, sage ich schließlich. Aaron hat mich so viele Dinge gefragt, er weiß mehr über mich als sonst irgendjemand, abgesehen von Magica. „Was ist mit dir? Bist du hübsch?“ Ich grinse, als ich das frage.

„Klar“, kommt es prompt von unten. „Aber hallo.“

„Und so bescheiden“, antworte ich sarkastisch. „Gefällt mir.“ Es tut gut, mit jemandem zu sprechen. Mit jemandem, der nicht meine Stiefmutter oder mein zukünftiger Ehemann ist. Und auch nicht diese verräterische Margery. „Wie alt bist du?“ Ich stütze mich mit den Ellenbogen auf die Fensterbank.

„Ich bin achtzehn“, kommt es nach einer kurzen Pause zurück. „Und du?“

„Siebzehn.“ Mit einem Mal wird mir bewusst, mit wem ich hier eigentlich spreche: Mit jemandem von da unten. Aus dem Äthernebel. Einem Ghul. Eine Gänsehaut breitet sich erst auf meinen Armen, dann auf dem ganzen Rest meines Körpers aus. „Bist du..." Ich muss es ihn fragen, doch ich traue mich nicht. Er kann mir nichts tun, er ist dort unten, ich hier oben, aber schon beim Gedanken an die Frage wird mein Mund trocken. „Bist du ein Ghul?"

Auf meine Frage folgt als erstes nur Stille. Ist er fort? Habe ich ihn beleidigt?

„Ein Ghul?", ertönt da seine Stimme wieder, diesmal eindeutig irritiert. „Was soll das sein? Ist das eure Bezeichnung für einen richtig tollen Typen?"

Ich weiß, er versucht einen Witz zu machen, doch seine Stimme klingt anders als vorher. Irgendwie zu angestrengt. „So heißen die Menschen, die vom Äther verändert wurden. Die nicht mehr aussehen wie normale Menschen."

Wieder Schweigen. Diesmal dehnt es sich länger aus und ich befürchte, Aaron ist einfach gegangen. Vermutlich hat er keine Lust auf meine seltsamen Fragen. „Dann bin ich wohl ein Ghul", kommt schließlich doch noch die Antwort, allerdings sehr viel leiser und sehr viel ernster als zuvor.

Nach der Antwort auf meine eine, sehr drängende Frage, tauchen jetzt noch sehr viel mehr auf. Wie ist es auf dem Erdboden? Wie sieht er aus? Isst er Menschenfleisch?

„Tut mir leid, Valeria, es war wirklich nett..." Ich höre ein Räuspern. „Aber ich muss jetzt weiter. Bis dann."

„Halt!" Ich will nicht, dass er geht. Wenn er fort ist, bin ich wieder ganz allein. Ganz allein mit den Gedanken an die furchtbare Hochzeit und das mit Sicherheit elende Leben, das ich danach führen werde. Doch mein Ruf verhallt zwischen den Türmen. Er ist wirklich fort.

• Kapitel 5 •

In den nächsten Tagen beginnt Magica mit den Hochzeitsvorbereitungen. Beschwingt geht sie in meinem Zimmer ein und aus, nimmt die Maße für mein Hochzeitskleid, für meine Schuhe, für meine Handschuhe... Sie vermisst mich so oft, dass ich mir schließlich vorkomme, wie eine lebende Kleiderpuppe. Und sie redet in einem fort davon, wie wunderbar die Hochzeit werden wird. Es ist, als wäre sie tatsächlich davon überzeugt, mir einen Gefallen zu tun und nicht nur sich selbst. Ich vermute, sie hat das Geld von William bereits erhalten, oder zumindest einen Teil davon, sonst wäre sie nicht so fröhlich.

In all der Zeit, die sie um mich herumscharwenzelt, antworte ich ihr kein einziges Mal auf ihr Geplapper. Mir ist völlig egal, was sie sagt. Sie hat mich verkauft, das ist es, was zählt. Es geht ihr nicht um mich, das ging es nie. Es geht ihr nur um sich selbst. Ich frage mich inzwischen, wie ich all die Jahre glauben konnte, sie hätte mütterliche Gefühle für mich. Entweder hat sie sie glaubwürdig vorgetäuscht, oder ich war so verzweifelt, dass ich sie mir einfach eingeredet habe.

Die nächsten zwei Abend lang stelle ich mich abends ans Fenster und werfe einen Teil meines Essens den Turm hinunter. Ich versuche es auch wieder mit Gesang, aber ich höre keinen Mucks mehr von Aaron. Zu schade. Endlich hatte ich einen Gesprächspartner und schon ist er wieder fort. Lag es an meiner letzten Frage? Hätte ich nicht erwähnen dürfen, dass ich ihn für einen Ghul halte?

Am fünften Tag gebe ich es auf. Er wird nicht mehr kommen. Vermutlich hat er Besseres zu tun, als mit einem Mädchen hoch oben in einem Turm zu sprechen. Und ja, ich beginne damit, mich selbst zu bemitleiden. Ich habe niemanden: Niemanden, der mit mir reden möchte, niemanden, der mich versteht, und niemanden, der sich um mich kümmert. Magica hält mich am Leben, aber das ist auch alles, was sie tut. Ich verbringe die letzten Tage meiner „Freiheit" damit, auf dem Bett zu liegen und ins Nichts zu starren. Magica hat mir zwar einen Teil meiner Bücher zurückgegeben, aber ich habe keine Lust zu lesen. Ich will nur hier liegen und mir selbst leidtun.

Am sechsten Tag, es muss schon später Nachmittag sein, höre ich eine Stimme durch das geschlossene Fenster. Jemand ruft etwas, das ich durch das Glas nicht verstehen kann. Jemand aus der Stadt? Ich beschließe, die Rufe zu ignorieren. Was geht es mich an, was irgendjemand in Turrim ruft?

Doch nach zehn Minuten ununterbrochenen Rufen geht mir das Geschrei auf die Nerven – auch deshalb, weil ich nichts davon verstehen kann. Missmutig gehe ich also zum Fenster und öffne es.

„Ich gehe nicht wieder weg!"

Die Stimme kenne ich. Das ist der Fremde. Das ist Aaron! „Hallo!", rufe ich hastig zurück und meine Stimme überschlägt vor lauter Aufregung, weil der Fremde doch zurückgekehrt ist.

„Du bist ja doch da", gibt er zurück und ich meine, eine Spur von Erleichterung in seiner Stimme mitschwingen zu hören. „Ich dachte schon, du hättest mich belogen und wärst gar nicht da oben eingesperrt."

„Warum sollte ich bei so etwas lügen?" Ich lache hell auf. „Da hätte ich mir was Besseres überlegt."

„Zum Beispiel?"

Darüber muss ich nur kurz nachdenken. „Na, ich hätte behaupten können, ich wäre eine Prinzessin, wahnsinnig schön und unglaublich reich."

„Aber das wäre dann doch ein bisschen dick aufgetragen gewesen, meinst du nicht?"

Ich muss grinsen. „Kann schon sein", gebe ich zurück. „Und wo warst du die ganze Zeit?" Er war fünf Tage lang nicht am Turm, was hat er in der Zeit gemacht? Hat er einen Beruf, der ihm keine Zeit gelassen hat? Oder ist es dort unten womöglich gefährlich und er hat sich nicht an den Turm herangetraut?

„Ich hab was gemacht", kommt die äußerst präzise Antwort.

„Was gemacht, aha.“ Will er nicht darüber reden? Oder will er, dass ich nachhake? Ich beschließe, dass es mir egal ist, was Aaron will. „Und was genau?“

„Ich musste was besorgen.“ Ein Rumpeln erklingt aus der Tiefe. Hat irgendetwas gerade unseren Turm getroffen? Meine Hände krampfen sich um die Fensterbank. Mit klopfendem Herzen blicke ich hinunter in den Nebel. Was geht dort unten vor?

„Sag mal“, rufe ich beunruhigt hinunter, „warst du das gerade?“

„Ja, war ich.“ Seine Stimme klingt jetzt abgehackt.

„Und was machst du da?“ Hat er womöglich mehr Ghule mitgebracht? Haben sie vor, Turrim zu stürmen? Habe ich etwa Turrim in Gefahr gebracht, indem ich unsere Existenz verraten habe? Ich kann nicht verhindern, dass meine Stimme einen schrillen Klang bekommt. „Verrate mir bitte, was du da unten tust.“

„Keine Sorge, ich versuche nur, dir zu helfen“, kommt es zurück. „Warte einfach, in ein paar Minuten wirst du es schon sehen.“

Sehen? Was denn sehen? Unruhig laufe ich vor dem Fenster auf und ab. Kurz denke ich sogar daran, nach Magica zu rufen, doch das macht erstens keinen Sinn, denn sie ist einkaufen gegangen und zweitens bin ich mir immer noch nicht sicher, ob ich Aaron wirklich verraten will. Eine Zeitlang höre ich nichts mehr von ihm, obwohl ich angestrengt lausche. Dann erklingt plötzlich ein Knirschen und Schaben, das immer lauter wird. Mit wachsender Panik warte ich, das Umhergehen habe ich mittlerweile eingestellt, weil ich Angst habe, was hinter meinem Rücken geschehen könnte. Plötzlich schält sich etwas aus dem Nebel. Ein Kopf. Mit schwarzem Tuch verhüllt, aber eindeutig ein Kopf. Ich höre ein Keuchen, als die Person sich höher zieht und dann etwas aus dem Nebel zerrt. Den Teil einer Leiter. Geschickt schnürt sie den Teil an das, worauf sie offenbar im Nebel steht, und klettert dann weiter empor. Die verhüllte Person, von der ich stark vermute, dass sie Aaron sein muss – ist jetzt nur noch gut zwei Meter von meinem Fenster entfernt. Sie tastet an er Mauer empor.

„Verdammt!“, höre ich sie fluchen und beuge mich weiter aus dem Fenster.

„Aaron?“

„Erwartest du noch jemanden?“, gibt er außer Atem zurück.

„Ich erwarte eigentlich nicht mal dich“, erwidere ich fassungslos. „Du bist den ganzen Weg hier hochgeklettert?“ Die Türme sind immerhin gut hundertzwanzig Meter hoch, mit einer selbstgebauten Leiter ein enormes Stück.

„Ja, bin ich“, sagt er und blickt zu mir hoch. Von seinem Gesicht ist nicht viel zu sehen, nur wunderschöne goldene Augen. Eine Augenfarbe, die ich noch nie gesehen habe und die haargenau so glänzt, wie ein Schmuckstück aus Gold. „Wobei... den ganzen Weg stimmt nicht.“ Er lacht freudlos und deutet auf die Lücke, die zwischen seiner Leiter und meinem Fenster klafft. „Da scheint was zu fehlen.“ Er nimmt eine Hand von der Leiter und tastet an der Außenmauer des Turms umher. „Und hier kann man sich nirgendwo festhalten."

„Naja, dann wäre der Turm ja auch ziemlich ineffektiv", sage ich immer noch davon überrascht, dass Aaron zu meinem Turm hochgeklettert ist. Und wenn er hier hochklettern kann... „Wissen die anderen auch von Turrim? Bist du überhaupt allein?" Plötzlich wieder panisch beuge ich mich aus dem Fenster, auch wenn es natürlich sinnlos ist. Durch den Nebel sehe ich nichts. Es könnte sich eine ganze Armee hinter Aaron verstecken, ich würde sie nicht sehen.

„Die anderen?" Aaron kneift seine Goldaugen zu schmalen Schlitzen zusammen.

„Na, die anderen..." Ich will Ghule sagen, aber ich verkneife es mir im letzten Moment. „Die anderen Menschen da unten. Deine Familie, deine Freunde, Bekannte..." Meine Stimme wird immer leiser, denn Aaron schüttelt den Kopf.

„Niemand versucht, zu euch hochzukommen", antwortet er nach einigen Sekunden. „Das kostet viel Kraft. Und wozu?" Er zuckt mit den Schultern und für einen Moment befürchte ich, er könnte mit der Leiter umkippen, doch er balanciert sie so lässig aus, als stünde er mit beiden Beinen auf der sicheren Erde. „Eure Städte sind klein. Zu klein, als dass es sich lohnt."

Klein? Turrim ist in seinen Augen klein? Im Gegensatz zu den anderen Städten, die es noch gibt, ist unsere Stadt eher von mittlerer Größe und ganz bestimmt nicht klein.

„Eure Städte werden gut bewacht und mit der Beute, die es bei euch zu holen gibt, kämen wir nicht mal eine Woche aus, das bringt nichts. Zu viel Arbeit für zu wenig Lohn."

„Zu klein?", bringe ich nun doch noch hervor. „Wie viele seid ihr denn?"

Ich sehe Aarons Zögern.

„Viele", gibt er mir irgendwann die ausweichende Antwort.

Viele. Offenbar sehr viel mehr als wir in Turrim. Ich habe immer gedacht, der Erdboden wäre leer, abgesehen von ein paar Ghulen vielleicht. Aber nicht, dass dort noch viele Menschen wohnen. Denn Aaron ist kein Ghul, so viel ist mir inzwischen klar.

„Valeria, hör mal zu." Seine Stimme klingt jetzt ernst. „Ich habe nicht vor, ewig auf dieser Leiter herumzustehen. Eigentlich wollte ich dich retten." Mit einem verlegenen Lachen deutet er wieder auf die klaffende Lücke zwischen Leiter und Fenster. „Ich wollte dich mitnehmen und von hier fortbringen."

„Mitnehmen?" Ich komme mir inzwischen vor wie ein Papagei. Ich kann doch nicht einfach immer nur die Worte wiederholen, die er von sich gibt. „Wohin? In eure Stadt?"

„Genau, in unsere Stadt." Er nickt entschlossen und richtet seine goldenen Augen dann wieder auf mich.

„Einfach so?" Ich kann kaum atmen vor Aufregung. Dieser Junge will mich mitnehmen, mir ein anderes Leben ermöglichen als das, zu dem Magica mich verdammt hat.

Ich müsste nicht heiraten. Ich müsste nicht zu William ziehen. Diese Wünsche, diese Schmerzen... ich müsste sie nicht ertragen. Aber weiß ich, was da unten auf der Erde auf mich wartete? „Werde ich nicht sterben? Ich meine, der Nebel..." Meine Worte werden immer leiser, denn Aaron schüttelt schon den Kopf.

„Du wirst nicht sterben", entgegnet er ruhig. „Der Äther bringt dich nicht um. Der hier oben ist kein richtiger Äther mehr."

Diese Information muss ich erstmal auf mich wirken lassen. Ist der Äther gar nicht gefährlich? Verstecken wir uns völlig unnötig all die Jahre hier oben in den Türmen? „Und ich darf mitkommen? Deine Familie hat nichts dagegen?"

„Ganz sicher nicht." Aarons Stimme klingt jetzt anders. Doch ich kann sein Gesicht unter dem Tuch nicht sehen und weiß nicht, was gerade in ihm vorgeht.

„Na schön", sage ich schließlich entschlossen und knalle meine Hände auf die Fensterbank. „Ich komme mit." Mein Entschluss lässt das Herz in meiner Brust auf und ab hüpfen wie einen Flummi. Ich weiß, meine Entscheidung ist Wahnsinn, aber der Gedanke daran, die nächsten Jahrzehnte als Besitz eines älteren, sadistischen Mannes zu verbringen, lässt mich das Risiko eingehen. Egal, welches Risiko es auch sein mag.

„Das ist schön, aber da ist immer noch dieses kleine Problem mit der Distanz." Ich höre die Frustration in Aarons Stimme.

„Stimmt." Wie soll ich auf diese Leiter kommen?

Selbst wenn ich mich an den Armen aus dem Fenster hängen würde, könnte ich sie nicht erreichen. Abgesehen davon, dass die Aussicht, ohne Sicherung so weit über der Erde zu baumeln, nun wirklich nicht gerade angenehm ist.

„Was ist mit deinen Haaren?"

„Meinen Haaren?" Was haben die denn mit der Situation zu tun?

„Ich habe gehört, die Mädchen aus den Türmen schneiden ihre Haare nie und lassen sie ganz lang wachsen", erwiderte Aaron, als wüsste das doch jeder. „Du könntest deine Haare irgendwo festbinden und dich dann daran herunterlassen. Und dann schneidest du sie ab, wenn du auf der Leiter bist."

Ich kann nicht anders, dank seines verrückten Vorschlags muss ich schallend lachen. Sofort presse ich mir eine Hand auf den Mund.

„Was ist?" Jetzt klingt Aaron eindeutig unwirsch.

„Ich muss dich enttäuschen, aber so lang sind meine Haare nicht", erwidere ich. Hüftlang reicht nicht, um sich damit an einer Turmwand abzuseilen.

„Na toll", gibt Aaron zurück. „Dann weiß ich auch nicht weiter."

Ich habe Tränen in den Augen vor Lachen, doch als ich mich in meinem Zimmer umsehe, weiß ich, was zu tun ist. „Warte kurz", rufe ich Aaron zu und wende mich vom Fenster ab. Ich laufe hinüber zum Bett und ziehe hastig das Bettzeug ab. Anschließend versuche ich, es in Streifen zu reißen, doch es ist gar nicht so einfach, den

Anfang zu machen. Irgendwann versuche ich es mit den Zähnen und endlich höre ich das befriedigende Reißen des Stoffes. Ein Glück, dass ich es Magica nicht wert bin, mir teure Bettwäsche zu kaufen, ich kriege immer nur die billige, die, die ein wenig kratzt. Und zum Glück auch die, die sich in Streifen reißen lässt. Aaron ruft draußen ungeduldig nach mir, vermutlich glaubt er, ich hätte es mir anders überlegt, aber das Gegenteil ist der Fall. Je länger ich darüber nachdenke, desto mehr bin ich davon überzeugt, dass es richtig ist, zu fliehen. Hier in Turrim hält mich nichts. Meine Eltern sind tot, meine beste Freundin hat mich verraten, und in den letzten fünf Jahren war ich sowieso quasi schon fort. Meine Hände finden ihren Rhythmus: Mit den Zähnen einen kleinen Riss machen, dann mit den Händen einen langen Stoffstreifen abreißen. Am Ende betrachte ich mein Werk. In Reih und Glied liegen vor mir zwölf Stoffstreifen, alle ungefähr zwei Meter lang. Ich nehme sie in die Hand und verknote das eine Ende. Ich ziehe so fest daran, wie ich kann. Dann ziehe ich mein Bett hinüber zum Fenster und befestige den Knoten hinter einem der Beine. Anschließend beginne ich damit, die Stränge miteinander zu verflechte, so dass ein dickes – und hoffentlich reißfestes – Seil entsteht. Als ich am anderen Ende ebenfalls einen Knoten hineinmache, schlägt mir das Herz bis zum Hals. Nun gilt es. Wenn mein Werk nicht hält, dann war es das, so einfach ist es. Ich ziehe meine Lederschuhe an und strecke den Kopf wieder über die Fensterbank. „Ich komme jetzt runter“, rufe ich Aaron zu, der mit leerem Blick auf die Turmmauer starrt. Sofort ruckt sein Kopf zu mir herum. „Wie? Was hast du gemacht?“, ruft er, obwohl ich mein improvisiertes Seil bereits über die Brüstung geworfen habe, und es ungefähr einem Meter über seinem Kopf in der Luft pendelt.

„Äh, ich klettere an dem Seil da runter“, sage ich und deute auf das Bettwäsche-Seil.

„Ein Seil?“ Aaron hält seinen Blick auf mich gerichtet und so langsam werde ich misstrauisch.

„Ja, ein Seil. Ich habe es aus meinem Bettzeug gemacht, ok?“ Ich klettere auf die Fensterbank. Um das, was mit Aaron los ist, kann ich mich auch später noch kümmern, denn inzwischen treibt mich die Angst an, Magica könnte von ihrem Einkauf wieder zurückkehren. Mit beiden Händen umfasse ich das improvisierte Seil und ziehe probehalber daran. Das Bett bewegt sich nicht und es fühlt sich stabil an. „Ich komme jetzt runter.“ Aaron tritt eine Stufe tiefer. Ich atme noch einmal tief durch, dann setze ich mich auf die Fensterbank und lasse meine Beine über den Rand baumeln. Sofort erfasst mich ein Schwindel. Ich sehe den Äther, diese wabernde Masse, in die ich jetzt eintauchen will. So hoch über dem Boden. Ich muss verrückt sein. Warum tue ich das? Warum tue ich mir das an? Was, wenn der Äther mich umbringt? Oder ich stürze?

„Und? Kommst du nun?“ Aaron sieht mit seinen goldenen Augen zu mir auf und ich beschließe mich nur auf diese Augen zu konzentrieren. Ich atme tief ein und aus, dann packe ich das Seil fest mit beiden Händen und rutsche näher an die Kante der Fensterbank, so nah, dass ich fast hinunterfalle. Ich drehe mich auf den Bauch, nun hängen nicht nur meine Beine, sondern auch mein Gesäß und ein Teil meines Bauches in der Luft. Langsam robbe ich rückwärts, bis ich schließlich nur noch an meinen Händen hänge. Und ich bin sehr viel schwerer, als ich gedacht habe. „Scheiße!", bringe ich gerade so hervor.

„Was ist los?", fragt Aaron besorgt unter mir. „Kommst du runter?"

„Ich versuche es", murmele ich durch meine zusammengebissenen Zähne. Nur mühsam kann ich meine rechte Hand davon überzeugen, für ein paar Sekunden das Seil loszulassen, um tiefer zu greifen und mich so langsam hinabzulassen. Dann die linke Hand, wieder die rechte Hand. Ich arbeite mich das Seil hinab, ohne ein einziges Mal nach unten zu blicken. Schließlich berührt mich etwas am Bein. Vor Schreck hätte ich fast losgelassen, doch ein Blick hinunter verrät mir, dass es nur Aaron ist, natürlich. Er dirigiert meinen Fuß auf die oberste Sprosse der Leiter und klettert dann selbst ein Stück weiter hinab, allerdings ohne mein Bein loszulassen. Ganz langsam lotst er mich weitere Sprossen hinab, bis ich endlich das Seil loslassen und nach der obersten Sprosse greifen kann.

„Das Schwerste ist geschafft", versichert mir Aaron, während wir die Leiter hinabsteigen. Ich glaube ihm kein Wort. Es ist nicht nur anstrengend, ein Seil hinabzuklettern, es ist auch verdammt anstrengend, sich panisch festklammernd eine Leiter hinabzusteigen. Aber das verrät einem ja niemand vorher. Meine Arme zittern heftig, ganz zu schweigen von meinen Beinen, die aus Wackelpudding zu bestehen scheinen. Trotzdem zwinge ich mich immer wieder, eine Hand zu lösen und umzugreifen. Schon bald haben wir den Äthernebel erreicht. Mein Kopf ist noch über der Nebelschicht, aber mein Körper ist schon eingetaucht. Als ich an mir herabsehe, kann ich meine Arme nur schemenhaft darunter erkennen. Ich kann noch zurück. Ich kann zurückklettern und den Äther Äther sein lassen und den Erdboden vergessen. Und natürlich auch Aaron. Ein letztes Mal atme ich tief ein, dann tauche ich mit dem Kopf durch den Äther. Es ist nicht so schlimm, wie ich es mir immer ausgemalt habe. Der Äther verätzt meinen Körper nicht, er erstickt mich nicht. Doch ich kann deutlich fühlen, dass es nicht mehr nur Luft ist, die mich umgibt. Der Äther scheint mehr zu wiegen, er lastet auf meinem Körper wie eine Decke. Und er riecht anders, nach… Ich kann den Geruch nicht genau bestimmen, eine Mischung aus dem Wind, den die Luftschiffe bei ihrer Einfahrt mitbringen, und der Erde im Park, wenn es geregnet hat. Aber ich sterbe nicht davon, und ich werde auch nicht plötzlich ein Ghul und verspüre eine Lust auf Menschenfleisch. Ich fühle mich ganz normal.

„Geht es noch?“, ruft Aaron zu mir hoch. Er klingt eindeutig besorgt. Hat er Angst, dass ich es nicht schaffe? Dass ich doch zu schwach für den Abstieg bin?

„Alles in bester Ordnung“, rufe ich so munter, wie ich

nur kann, zu ihm hinab. Sofort bringe ich meine Arme und Beine dazu, schneller zu klettern. Aaron soll nicht denken, ich könnte nicht mit ihm mithalten. Denn das kann ich. Der Äther lässt mich leicht verschwommen sehen, hin und wieder bildet er einen Schleier vor meinen Augen. Und dann greift meine rechte Hand plötzlich ins Leere, ich verliere das Gleichgewicht und meine Füße rutschen von der Leiter. Einen winzigen Augenblick falle ich, dann wird mein Fall von meiner anderen Hand gebremst, die sich noch immer an die Leiter klammert. Hastig taste ich mit den Füßen nach der nächsten Sprosse und erwische sie auch direkt im ersten Anlauf. Sofort presse ich mich dicht an die Leiter, umklammere sie mit beiden Armen und begnüge mich für die nächsten paar Sekunden damit, einfach nur ein- und auszuatmen. Gut, vielleicht kann ich doch nicht mit ihm mithalten. Kein Wunder, nach fünf Jahren, die ich nur in meinem kleinen Zimmer verbracht habe. Bei dem Gedanken sehe ich nach oben. Doch ich kann unseren Turm und auch mein Fenster nicht sehen, der Äther über mir ist zu dicht. Naja, macht nichts. Ich habe es lange genug von innen gesehen.

„Ist irgendetwas? Geht es dir nicht gut?“ Aarons Stimme klingt deutlich weiter entfernt als vorhin. Er hat also nichts davon gemerkt, dass mein Ausflug beinahe vorzeitig beendet gewesen wäre.

„Es ist nichts, ich habe mich nur kurz ausgeruht.“ Mit einigen Schwierigkeiten bewege ich meine Arme und Beine dazu, wieder ihre Arbeit aufzunehmen und die Leiter hinabzuklettern. Zu meinem Erstaunen lichtet sich der Äther nach ein paar weiteren Metern. Ich sehe auf einmal klarer, die Schleier vor meinen Augen verschwinden und auch der Geruch wird schwächer. Ich kann nicht anders, ich muss wieder innehalten. Fest an die Leiter geklammert blicke ich mich um. Ungefähr zwanzig Meter unter mir erstreckt sich der Erdboden. Er sieht anders aus, als ich ihn von Bildern und Beschreibungen kenne. Er ist grün, zumindest alles, bis auf einen Kreis um unseren Turm herum. Nicht grün gefärbt, sondern über und über mit Pflanzen bedeckt. Hauptsächlich niedrige Pflanzen, aber hier und da sehe ich hohe Bäume, in Richtung Horizont meine ich sogar einen ganzen Wald erkennen zu können. „Oh“, stoße ich hervor. So habe ich mir das nicht vorgestellt, so... schön.

„Ist etwas passiert?“ Inzwischen kann ich auch Aaron erkennen, der nur wenige Meter unter mir an der Leiter hängt und zu mir hochsieht.

„Nein, der Ausblick ist nur so unerwartet.“

„Ach so.“ Aaron wendet seinen Kopf von der Leiter ab. „Ja, der Äther hat sich vor ein paar Jahren teilweise verzogen. Der ist nicht mehr überall.“

Nicht mehr überall... „Dann könnten ja alle Menschen wieder auf dem Erdboden leben“, sage ich, doch ich weiß nicht, wie ich mich bei dem Gedanken fühle. Auf der einen Seite bin ich erleichtert, da mir wohl doch keine Gefahr droht. Auf der anderen Seite will ich eigentlich nicht, dass Magica mir hierher folgt. Der Nebel ist vermutlich das einzige, das sie davon abhält, mich gefangen nehmen zu lassen. Schon wieder.

„Das würde ich denen da oben nicht raten.“ Aaron deutet auf die Stadt über unseren Köpfen. „Der Äther ist nicht weg. Der ist überall: In den Pflanzen, den Tieren, im Boden ...“

„Oh, ok.“ Nickend steige ich die Leiter weiter hinab. Weit kann es eigentlich nicht mehr sein, doch statt nach unten zu schauen, konzentriere ich mich einfach auf den Abstieg. Ich habe mich ja schon damit abgefunden, dass der Äthernebel mich vielleicht töten wird. Oder eher wahrscheinlich. Dass Aaron noch lebt, hat nicht allzu viel zu sagen, schließlich sind so viele Menschen daran gestorben. Nur wie lange wird es dauern? Wochen? Monate? Oder doch Jahre?

Plötzlich prallt mein rechter Fuß hart auf. Die Erde. Mein Fuß steht auf der Erde. Ungläubig lasse ich die Leiter los. Zum allerersten Mal berühre ich den Erdboden, der lange Zeit so weit entfernt gewesen ist. Rund um den Turm wächst nichts, nicht eine einzige Pflanze. Hier gibt es nur den nackten braunen Boden. Ich kann nicht anders und bücke mich. Langsam lasse ich die Erde durch meine Finger rieseln und beobachte, wie die winzigen Klumpen zu Boden fallen. „Ich kann nicht glauben, dass ich wirklich hier bin“, sage ich an Aaron gewandt.

„Damit hättest du auch kaum rechnen können“, gibt der zurück. „Wie viele von euch sind schon mal aus euren hohen Städten rausgekommen?“

„Vermutlich sehr wenige.“ Und ich bin froh, dazuzugehören. Nun kann ich all die Dinge sehen, von denen ich nur in Büchern gelesen habe: Flüsse, Berge, ganze

Wälder... „Wo gehen wir jetzt hin?“ Ich wende mich erst nach links, dann nach rechts, doch außer den Türmen von Turrim sehe ich nichts, das einer Stadt auch nur ähnelt.

„Zurück in meine Stadt“, sagt Aaron und wendet sein Gesicht von mir ab. Er deutet nach links, dorthin, wo ich von weiter oben den Wald gesehen habe. „Ist ein Zweitagesmarsch. Ich hoffe, das kriegst du hin.“

„Kriege ich“, sage ich entschlossen und Aaron nickt.

„Schön, dann mal los.“

„Ich kann es kaum erwarten, deine Familie kennenzulernen.“ Rasch laufe ich an seine Seite, da er schon mehrere Meter weit gegangen ist. „Sind sie so nett wie du?“

„Könnte man so sagen“, entgegnet Aaron ausweichend und sieht zur Seite.

„Hast du Geschwister?“, frage ich weiter. Nun, da ich den Erdboden tatsächlich erreicht habe, fühle ich mich aufgekratzt und euphorisch. Es ist hier nicht so schlimm, wie es immer erzählt worden ist. Es ist wunderschön. Überall, wo man hinsieht, Pflanzen, alles ist grün und lebendig, völlig anders als Turrim.

„Ja.“

Das ist alles, was Aaron dazu sagt. Seine Stimme klingt jetzt abweisend, so ganz anders als zuvor.

„Brüder? Oder Schwestern? Beides? Etwa Ghule?“ Wenn wir zwei Tage lang laufen sollen, dann muss er doch mit mir reden.

„Nur Brüder“, erwidert Aaron und beschleunigt seine Schritte noch. „Verdammt!“ Er ist über einen Stein gestolpert, den ich bereits aus mehreren Metern Entfernung gesehen habe. „Komm weiter." Immer noch fluchend läuft er vor mir her. Ich beschließe, vorerst nichts mehr zu fragen. Aarons Laune ist wohl gerade auf dem Tiefpunkt, obwohl ich das nicht nachvollziehen kann. Meine war selten so gut wie in diesem Augenblick. Zwar wird die Sonne durch den Nebel, der am Himmel hängt, getrübt, doch alle Farben erscheinen mir trotzdem strahlender als in Turrim und alle paar Meter entdecke ich etwas Neues. Eine Eidechse, die rechts von mir auf einem Felsen hockt, einen Busch, an dem dicke rote Beeren hängen, und einen einzelnen Baum, in dessen Rinde jemand irgendwelche Buchstaben geritzt hat, die für mich jedoch keinen Sinn ergeben.

Ich bin mir nicht sicher, wie lange wir gelaufen sind, meinem Gefühl nach, sind fast zwei Stunden vergangen, da taucht ein Wald vor uns auf. Hohe Bäume wachsen in den Himmel und bilden zusammen eine durchgehende Masse aus Pflanzen.

„Da gehen wir durch?" Aus der Ferne ist mir der Wald noch hübsch und beruhigend erschienen, aus der Nähe allerdings wirkt er bedrohlich. Zwischen den einzelnen Bäumen ist es düster, als absorbierten die Pflanzen jeden Lichtstrahl, der sich durch den Äther quält. Außerdem sind die Äste verkrüppelt, ineinander verschlungen und verdreht, als litten die Bäume furchtbare Schmerzen.

„Da gehen wir durch", erwidert Aaron ungerührt.

„Und das ist nicht gefährlich?" Ich ducke mich unter einem Ast hindurch, der nach meinen Haaren zu greifen scheint. Aaron geht nun langsamer, vielleicht ist er von seiner schnellen Lauferei erschöpft, meine Beine jedenfalls können die kleine Ruhepause gebrauchen. „Gibt es hier keine gefährlichen Tiere? Oder giftige Pflanzen? Oder irgendwelche Menschen, die wir stören?“

„Kannst du bitte still sein?“, fährt Aaron mich an und dreht sich kurz zu mir um. „Einfach nur still sein und nichts sagen?“

Schockiert bleibe ich stehen. Wie redet er denn auf einmal mit mir? Ich habe doch nur einfache Fragen gestellt.

Als Aaron sich wieder umdreht und weitergehen will, übersieht er einen Baum und prallt frontal gegen seine Rinde. „Verdammt!“, brüllt er den Baum an.

Wie konnte er den Baum übersehen? Er steht mitten vor ihm und so düster ist es nun auch wieder nicht, dass er einen so großen Stamm übersehen könnte, schließlich ist er zu breit, um ihn mit ausgestreckten Armen umfassen zu können.

„Aaron, bleib doch mal stehen“, rufe ich ihm nach, als er sich an der Rinde des Baumes entlangtastet und dann um ihn herum geht. „Warte mal.“

Aaron geht noch drei Schritte, dann bleibt er stehen und dreht sich zu mir um. „Was ist denn?“

Selbst im Halbdunkel des Waldes erkenne ich das Gold seiner Pupillen. Er blickt mich an, doch gleichzeitig habe ich das Gefühl, sein Blick gehe direkt durch mich hindurch.

„Du kannst nicht sehen“, hauche ich. Unglaublich,

dass mir das nicht schon vorher aufgefallen ist, aber Aaron ist blind, oder zumindest fast blind.

„Wie kommst du darauf?“, gibt Aaron unwirsch zurück. Ich kann seinen Gesichtsausdruck hinter dem schwarzen Tuch, das Mund und Nase bedeckt, zwar nicht erkennen, doch ich höre an seiner Stimme, dass das Thema ihm unangenehm ist.

„Was ist denn passiert?“, frage ich weiter, ohne auf seine Gegenfrage zu antworten. „Wieso bist du...“

„Ein Krüppel?“, fällt Aaron mir ins Wort.

„Das wollte ich nicht...“

„Hör mir mal zu: Ich komme bestens zurecht.“ Aaron beugt sich zu mir herunter, so dass unsere Nasen sich fast berühren. Ich bin entschlossen, nicht vor ihm zurückzuweichen.

„Ich will doch nur wissen, wie das passiert ist“, rufe ich, als Aaron sich abrupt umdreht und weitergeht. Und ich will wissen, ob dieser Kerl mich nicht gerade ins Verderben führt. Schließlich kann er nicht sehen, um Himmels Willen! Was ist, wenn er gar nicht mehr weiß, wo wir sind? Oder wo es zu seiner Stadt geht? Oder was ist, wenn irgendwo eine Gefahr lauert, die ich aber nicht erkenne, weil mir diese Welt hier völlig fremd ist, und Aaron sie nicht sehen kann?

Doch Aaron schweigt eisern und nach einigen Minuten gebe ich es auf, auf eine Antwort von ihm zu warten. Stattdessen konzentriere ich mich darauf, ihm durch den Wald zu folgen. Und das ist gar nicht so leicht. Inzwischen weiß ich zwar, dass er blind ist, aber das bedeutet nicht, er würde langsamer laufen. Ganz im Gegenteil: Er scheint mir unbedingt beweisen zu wollen, dass seine Blindheit kein Problem ist.

Es dauert nicht lange und mein Körper protestiert gegen die ungewohnte Anstrengung. Dauerlauf durch unwegsames Gelände war in den letzten Jahren nicht gerade mein Ding. Meine Beine werden bleischwer und meine Arme scheinen nur totes Gewicht zu sein, das meinen Körper zu Boden zieht. Mein Kopf dagegen fühlt sich gleichzeitig leicht und zu voll an. Ich würde mich gerne setzen, um zu verschnaufen, doch ich will Aaron nicht darum bitten. Ganz abgesehen davon, dass er meine Worte vermutlich wieder ignorieren würde. Was bitte ist passiert? Vor meinem Fenster war er nett, ein lustiger junger Mann, der den Eindruck machte, gern mit mir zu reden. Ich wäre ihm niemals auf den Erdboden gefolgt, wenn ich diese Seite von ihm gekannt hätte. Ist das sein wahres Ich? Doch wenn ich ihm so lästig bin, warum hat er mich dann aus meinem Turm befreit? Niemand hat ihn dazu gezwungen.

Meine Füße werden immer träger. Zuerst habe ich noch die ganzen Pflanzen um mich herum bewundert, jetzt jedoch halte ich meinen Blick auf den Boden gerichtet, um ja nicht über eine Wurzel zu stolpern, die hier zuhauf aus dem Boden brechen und mich unbedingt in die Knie zwingen wollen. Inzwischen wird es auch merklich dunkler. Nicht mehr lange, und auch der letzte Rest Licht wird verschwunden sein. Mir wird bei dem Gedanken, im Dunkeln durch den Wald zu stolpern, mulmig. „Aaron? Sollten wir uns nicht für die Nacht irgendwo zurückziehen?“ Wieder keine Antwort, doch seine Schritte hallen zu mir herüber. „Aaron?“

„Noch ein paar Minuten“, gibt er mir schließlich die Antwort. Immerhin redet er wieder mit mir. Selbst als ich in meinem Turm eingesperrt war, habe ich mich niemals so allein gefühlt wie in diesem Augenblick.

Wir laufen in Wirklichkeit noch mehr als nur ein paar Minuten. Vielleicht eine Stunde, vielleicht auch nur eine halbe, aber es ist inzwischen schon so dunkel, dass ich die Wurzeln am Boden kaum noch erkennen kann und alle paar Schritte stolpere.

„Hier rein.“ Ich sehe Aaron nur noch als Schemen vor mir, doch ich folge einfach seiner Stimme. Er steht vor einem großen Felsen, in dem ein Loch klafft. „Eine Höhle?“ Aufgeregt betrachte ich den Eingang und die pechschwarze Finsternis dahinter.

„Genau. Geh rein.“ Aaron schiebt mich weiter, dann tritt er an mir vorbei und verschwindet in der Dunkelheit. Unschlüssig stehe ich da. Was ist in dieser Höhle? Ich kann nichts erkennen. Ich nehme nur diesen Geruch wahr: Nach Feuchtigkeit und Moder, nach Erde und... „Lebt irgendein Tier hier in der Höhle?“, rufe ich ängstlich in die Dunkelheit.

„Nicht mehr“, kommt Aarons Antwort.

Na wunderbar. Aber wenn er sich in diese Höhle wagt, dann kann ich das ja auch, oder? Ich atme noch ein paar Mal tief ein und aus, dann gebe ich mir einen Ruck und betrete die Höhle. Um mich herum ist es so finster, dass ich die Hände vor mir ausstrecke, um ja nirgendwo gegenzustoßen.

Plötzlich packen mich warme Hände. Mein Herzschlag setzt für einen Moment aus.

„Setz dich doch schon mal“, murmelt Aaron und drückt mich in eine Ecke. Dann lässt er mich wieder los. Ich ertaste eine kühle raue Wand hinter mir und lasse mich daran hinuntersinken.

„Hier.“ Etwas Weiches peitscht mir ins Gesicht und bringt einen modrigen Geruch mit sich. Ich taste danach und fühle Stoff unter meinen Fingern. Eine Decke. Dankbar nehme ich sie und setze mich darauf, den Rest des Stoffes wickele ich mir um den Oberkörper. „Danke.“ Ich höre, wie Aaron weiterhin in der Höhle umhergeht. Ich höre es rascheln, dann klappern. Schließlich klingt es, als rutsche Aaron neben mir an die Wand.

„Was zu essen?“

„Ja, bitte.“ Ich bin hungrig wie selten zuvor. Die viele Bewegung, die Aufregung und all die neuen Eindrücke geben mir das Gefühl, fast zu verhungern. Aaron greift nach meiner Hand und dreht sie um. Dann landet etwas Kaltes darauf. „Was ist das?“ Ich ziehe meine Hand zu mir heran und rieche an dem, was darauf liegt. Ein durchdringender würziger Geruch geht davon aus. Nach Rauch und Kräutern, die ich nicht kenne.

„Rind“, gibt Aaron mir die Antwort. „Geräuchert.“

Vorsichtig knabbere ich an einer Ecke des Fleisches. Es schmeckt nicht schlecht. Der Geschmack ist kräftig und nach wenigen Bissen gewöhne ich mich an das faserige Gefühl in meinem Mund. „Also... du warst wohl schon öfter hier.“ Eine kluge Feststellung meinerseits, denn vermutlich befinden sich auch auf der Erde nicht in jeder Höhle Vorräte und Decken.

„Ja.“ Seine Antwort fällt knapp aus. Und obwohl sein Tonfall mir verrät, dass er an einem weiteren Gespräch nicht interessiert ist, kann ich die Fragen nicht bremsen, die plötzlich aus mir herausdrängen. „Wie weit ist es noch bis zur Stadt? Warum warst du am Turm?“ Ich hole tief Luft. „Und warum bist du blind?“

„Wir werden morgen Abend in der Stadt ankommen“, kommt die Antwort nach ein paar Sekunden. „Ich war am Turm, weil ich nach etwas gesucht habe. Und ich bin blind...“ Ich höre, wie er auf dem Boden herumrutscht. „Ich bin blind, weil ich es eben bin.“

Tolle Antwort. Im Grunde bin ich nun genau so schlau wie zuvor. „Was werde ich in der Stadt tun?“

„Wir finden schon was für dich.“

„Wie hast du die Leiter zum Turm gebaut? Woher wusstest du, wie hoch sie sein muss?“

„Mit Ästen und Nägeln“, gibt Aaron zurück. „Und jeder weiß, wie hoch die Türme sind. Das steht in jedem Buch über die Zeit damals, als sie gebaut wurden. Und jetzt iss auf und dann schlaf, der Marsch morgen wird noch anstrengender als der Tag heute.“

Obwohl ich noch so viele Fragen habe, dass mein Kopf überzuquellen droht, esse ich rasch das Fleisch auf. Dann wickele ich mir die Decke bis zum Kinn und rutsche an der Wand herab in eine einigermaßen bequeme Position. Morgen Abend also. Eine andere Stadt als Turrim. Andere Menschen, die vermutlich so sind wie Aaron. Aufregung und Nervosität ergreifen Besitz von mir und es dauert lange, bis ich einschlafe.

• Kapitel 6 •

Als ich am nächsten Morgen erwache, zucke ich zusammen. Über mir sehe ich im Zwielicht eine raue Felsdecke, rings um mich herum ist es feucht, der Boden ist hart und kalt. Ich bin nicht in meinem Bett! Ich bin nicht in Turrim. Nach und nach fällt mir alles wieder ein, was am Vortag geschehen ist. Ich stemme mich hoch und schiebe die klamme Wolldecke von meinem Körper. Wo ist Aaron? In der Höhle ist er nicht, das erkenne ich beim herrschenden Zwielicht. Ich sehe nur seine Decke, die er säuberlich zusammengefaltet und zurück in einen Korb gelegt hat. Ich mache es ihm nach und falte meine Decke ebenfalls. Nicht so fein säuberlich wie er, aber ich gebe mir Mühe. Unsicher, was ich als nächstes tun soll, bleibe ich in der Hocke sitzen. Soll ich nach draußen gehen? Oder soll ich hier in der Höhle auf Aaron warten? Ist er überhaupt noch da?

Kurz entschlossen stehe ich auf und verlasse die Höhle. Suchend sehe ich mich draußen um, doch alles, was ich sehe, sind Bäume und Sträucher. Kein Aaron. Mein Blick gleitet hektischer über die Umgebung, doch nichts.

„Aaron?“, rufe ich laut und gehe noch ein paar Schritte weiter. Ich traue mich nicht, mich weiter von der Höhle zu entfernen, aus Angst, ich könnte sie nicht mehr wiederfinden. „Aaron?“

„Was machst du denn für einen Lärm?“

Die tadelnde Stimme lässt mich herumfahren. Aaron steht da, nur wenige Meter von mir entfernt, mit einem Lederschlauch in der einen und ein paar Beeren in der anderen Hand. Und zum ersten Mal sehe ich ihn ohne den Stoff vor seinem Gesicht. Hohe Wangenknochen, eine gerade Nase, und eine blasse Narbe am Kinn. Doch seine Augen sind und bleiben das Markanteste an ihm.

„Ich wusste nicht, wo du bist.“ Ich komme mir lächerlich vor, jetzt, da er wieder hier ist. Wie konnte ich nur denken, er würde mich allein lassen. Würde er das wollen, hätte er mich nicht mit solcher Mühe aus dem Turm holen brauchen.

„Es tut mir leid, ich war...“ Ich straffe mich und sage mit selbstbewussterer Stimme: „Ich dachte, du brauchst vielleicht meine Hilfe.“

Aaron lacht schnaubend auf. „Deine Hilfe?“

„Ja.“

„Die brauche ich nicht“, gibt er schroff zurück und hebt dann beide Arme. „Ich habe Wasser und etwas zu essen besorgt. Es sei denn natürlich, du warst schon auf der Jagd und hast ein sehr viel besseres Frühstück zu bieten.“

Da er mich glücklicherweise nicht sehen kann, verdrehe ich die Augen. „Nein, habe ich nicht.“ Mir läuft das Wasser im Mund zusammen, als er mir die Beeren hinhält. Sie sind leuchtend rot und sehen unglaublich saftig aus. Der Verzicht auf Nahrung in den letzten Tagen und der lange Marsch gestern haben mich hungrig gemacht. Ich hege die Hoffnung, dass es ein richtiges Abendessen geben wird, wenn wir in Aarons Heimatstadt ankommen.

Ich will nicht verzweifelt erscheinen, also nehme ich mir mit spitzen Fingern eine Beere. Ihr Süße zerplatzt förmlich in meinem Mund und der klebrige Saft verteilt sich. Ich muss ein Stöhnen unterdrücken, weil sich der Fruchtzucker so gut in meinem Mund anfühlt. Sogleich spüre ich, wie mein Körper neue Energie gewinnt. Wortlos hält Aaron mir auch den Wasserschlauch hin, den ich ergreife. Ich trinke mehrere Schlucke, dann gebe ich ihn ihm zurück und werfe mir noch eine Beere in den Mund.

In Stille essen wir, bis keine Beere mehr übrig ist. Der Schlauch mit dem Wasser ist noch halb voll, doch den möchte Aaron vermutlich mit auf unsere weitere Wanderung nehmen.

„Wir sollten aufbrechen.“ Das sind die ersten Worte, die Aaron seit zehn Minuten an mich richtet.

„Ja“, stimme ich ihm zu, obwohl ich weder weiß, wie spät es ist, noch in welche Richtung wir gehen müssen.

„Schaffst du den Weg heute?“

Ich weiß nicht, wie weit der Weg sein wird, doch der herablassende Unterton in Aarons Stimme provoziert mich. „Der Weg ist kein Problem“, gebe ich selbstsicher zurück. Ganz egal, wie beschwerlich der Weg wird, ich werde mir nicht die Blöße geben, vor ihm zuzugeben, dass ich nicht mehr kann. Auch wenn wir zehn Stunden am Stück marschieren müssen, ich werde durchhalten. Und wenn es nur ist, um ihm zu beweisen, dass ich dazu in der Lage bin.

„Schön, dann los." Aaron wendet sich von mir ab, den Wasserschlauch befestigt er im Gehen an seinem Gürtel.

Es ist wie am Tag zuvor: Er geht voran, ich gebe mir Mühe, ihm zu folgen. Das ein oder andere Mal stolpere ich, einmal pralle ich sogar mit dem Knie gegen einen umgestürzten Baumstamm und Schmerz zuckt durch mein Bein. Doch ich gebe keinen Laut von mir. Stattdessen bleibe ich Aaron auf den Fersen. Er ist meine einzige Hoffnung. Wenn er mich nicht zu seiner Stadt bringt, bin ich hier unten auf der Erde verloren. Ich würde allein weder den Weg zurück nach Turrim finden noch lange genug überleben, um schlussendlich eine Stadt auf dem Erdboden zu finden.

Gegen Mittag – ich sehe die hochstehende Sonne immer mal wieder zwischen den Zweigen der Bäume hindurchblitzen – halte ich es nicht mehr aus. „Aaron?"

„Hm?"

„Warum hast du mich aus dem Turm geholt?"

Schweigen. Es zieht sich lange hin und ich verliere den Glauben daran, er könnte noch antworten.

„Du hast meine Hilfe gebraucht", sagt er schließlich ernst. „Und außerdem hat mir dein Gesang gefallen."

„Ja?"

„Ja, außer mir habe ich bisher niemanden so schief und falsch singen hören.“ Er wendet mir sein Gesicht zu und grinst mich an.

„Hey.“ Entrüstet renne ich ein paar Schritte, bis ich neben ihm bin und schlag ihm mit der Faust gegen den Oberarm.

„Was soll denn das?“ Lachend bleibt er stehen.

„Du kannst doch nicht einfach meine Gesangskünste beleidigen und glauben, du würdest damit einfach so davonkommen.“

„Gesangskünste? So nennst du das also? Oder ist diese Art von Gesang in deiner Stadt der letzte Schrei?“

Aufgrund seiner Frechheit fehlen mir für ein paar Sekunden die Worte, dann breche ich in lautes, befreiendes Lachen aus. Ich schütte mich förmlich aus vor Lachen, nun, da die Last Turrims und meiner Zwangsheirat nicht mehr auf mir liegt. „Entschuldige“, keuche ich irgendwann, denn Aaron sieht mehr als verwirrt aus ob meines Ausbruchs. „Tut mir leid.“ Langsam bekomme ich mich wieder in den Griff und wische mir die Lachtränen aus den Augen. „Vielleicht singe ich wirklich etwas schief“, gebe ich mit einem Grinsen zu.

„Sag ich ja.“

Ich sehe Aaron in die Augen, in diese goldenen Augen, die nichts sehen können, obwohl ich mir manchmal fast sicher bin, dass sie mich fixieren. „Wo ist eigentlich deine Gitarre?“ Unter meinem Turm hat er auf dem Instrument gespielt, wo also ist es jetzt?

„Das liegt sicher zuhause. Als ich zurückgegangen

bin, um alles Nötige für deine Rettung zu tun, habe ich sie dort gelassen."

„Ach so. Und du hast mich nur aus meinem Turm befreit, weil ich dir leidgetan habe?", hake ich noch einmal nach.

„Und wegen deines Gesangs", ergänzt Aaron bemüht scherzhaft. Doch ich merke, dass er nur ablenken, mich auf eine falsche Fährte führen möchte.

„Weswegen war es wirklich?", hake ich leise nach.

„Ich weiß es nicht", erwiderte Aaron und setzt seinen Weg fort. „Ich habe dich gehört und ich wollte dir helfen. Das war's."

Seine Stimme wird bei den letzten Worten abweisend und ich traue mich nicht, noch weiter nachzubohren. Vielleicht wird sich ja später auf unserer Reise noch eine Gelegenheit ergeben, ihn zu fragen.

Wieder gehen wir eine Weile schweigend nebeneinanderher. Der Wald um uns herum ist üppig und grün und immer öfter stelle ich mir die Frage, wie sich jemand ohne Augenlicht so gut zurechtfinden kann. In den meisten Fällen streckt Aaron nicht einmal die Hände vor sich aus. Hat er keine Angst, zu stolpern? Befürchtet er nicht, gegen einen Baum zu stoßen? Ein paar Mal schließe ich die Augen und versuche selbst, im Dunkeln ein paar Schritte zu gehen, doch mir fehlt jedes Mal der Mut. Nach zwei Schritten weiß ich nicht mehr, wo ich mich befinde, und öffne die Augen wieder.

„Was machst du da eigentlich?", fragt Aaron mich nach meinem dritten Testlauf.

„Was meinst du?“

„Du stolperst da hinten herum wie ein unbeholfenes Fohlen. Nichts hier im Wald macht gerade mehr Lärm als du.“

„Entschuldige.“ Glücklicherweise kann er nicht sehen, wie meine Wangen rot anlaufen. Mit ein paar Schritten bin ich neben ihm. „Verrätst du mir, wie du dich zurechtfindest?“ Ich bemühe mich, nicht zu neugierig zu klingen, doch es interessiert mich. „Weil du doch blind bist.“

„Nun...“ Wieder geht Aaron eine Weile schweigend. Kann er nicht auf irgendeine Frage mal direkt antworten? Muss er immer erst darüber nachdenken, was er sagen will? Ungeduldig stapfe ich neben ihm her.

„Versuch doch mal, deine Schritte etwas leichter zu setzen. Siehst du, so wie ich es tue.“ Er deutet auf seine Füße, die weiche Lederstiefel mit bronzefarbenen Schnallen zieren. Er setzt bei jedem Schritt sanft die Hacke auf und rollt den Rest des Fußes dann elegant ab.

„Tut mir leid, ich bin seit Jahren nicht mehr richtig gelaufen. Und ich war noch nie in einem Wald. Das ist alles neu für mich.“

„Ja, richtig“, murmelt Aaron, als hätte er tatsächlich vergessen, dass ich nicht aus dieser Welt stamme.

Wir gehen weiter und ich gebe acht auf meine Schritte, so wie er es gesagt hat. Mit der Zeit bekomme ich Übung darin, den Fuß an den richtigen Stellen aufzusetzen und ihn geschickt abzurollen. Allerdings bin ich so sehr darauf fokussiert, keine Geräusche zu verursachen, dass ich einen Ast auf Kopfhöhe übersehe und mit der Stirn dagegen stoße. „Au!“

Mit der Hand fahre ich hinauf zu meiner Stirn und betaste den Schaden. Als ich meine Finger zurückziehe, klebt Blut an ihnen. Nicht viel, aber doch genug, dass ich mir vermutlich einen ganz schönen Kratzer zugezogen habe.

„Was ist passiert?“ Aaron hat sich ruckartig zu mir umgedreht und die Arme ausgestreckt. Langsam kommt er auf mich zu.

„Ich habe mir den Kopf gestoßen. So ein dummer Ast hing tief und ich habe ihn nicht gesehen.“

„Hast du dich verletzt?“ Echte Besorgnis spricht aus seinen Worten. Die Arme immer noch ausgestreckt kommt er noch näher, bis seine Hände schließlich meine Schultern ertasten. Er fährt darüber, dann mit beiden Händen hinauf zu meinem Hals. Seine Berührungen sind sanft und in meinem Bauch breitet sich ein wunderbar warmes Gefühl aus.

„Nur ein Kratzer“, murmele ich. Seine Hände liegen zu beiden Seiten an meinem Hals und die Wärme seines Körpers strömt in meinen hinein.

Für einen Moment überzieht noch Besorgnis sein Gesicht, dann zucken seine Mundwinkel. „Und ich dachte, ich wäre hier der Blinde.“

„Hey, ich habe auf meine Schritte geachtet, wie du es gesagt hast.“ Ich will entrüstet sein, doch ich stimme in sein Lachen mit ein. Seine Hände lösen sich von mir und eine Sekunde lang will ich sie festhalten. Ich will nicht, dass die Wärme jetzt schon verschwindet. Doch ich lasse ihn gehen. Er tritt einen Schritt zurück und wendet den Kopf in die Richtung, in die wir schon seit Stunden gehen.

„Ich kann die Umgebung zusammensetzen. Aus dem, was ich höre. Der Schall. Dazu orientiere ich mich am Stand der Sonne. Ich spüre die Sonnenstrahlen. Und ich war hier schon hunderte Male."

„Also siehst du die Umgebung? Nur nicht mit den Augen?" Ich versuche mir vorzustellen, wie das mit dem Schall funktionieren mag, doch dazu fehlt mir die Vorstellungskraft.

„So könnte man es nennen", erwidert Aaron, während er vor mir hergeht. Der Weg durch den Wald ist recht schmal und ich muss achtgeben, nicht von den Zweigen der Bäume und Büsche rechts und links des Weges erwischt zu werden. Ich habe noch viele Fragen an Aaron und will gerade dazu ansetzen, sie zu stellen, da hebt er die Hand und dreht sich zu mir um. „Sei ganz still", flüstert er mir zu. Er dreht den Kopf von rechts nach links. „Sei still, bis ich dir etwas anderes sage."

„Was ist denn los?", gebe ich ebenso leise zurück.

„Wir kommen gleich durch die Todesschneise", flüstert Aaron und deutet den Weg weiter entlang.

Die Todesschneise? Ich habe keine Vorstellung, was das sein könnte, aber allein vom Namen beschleunigt sich mein Herzschlag. Ich habe keine Möglichkeit, Aaron weitere Fragen zu stellen, denn er hat sich bereits wieder von mir abgewendet. Er bewegt sich nun noch geschmeidiger als zuvor. Er geht gebückt, eine Hand am Boden und arbeitet sich so langsam weiter voran. Ich mache es ihm nach und komme mir dabei furchtbar albern vor. Statt in meinem Turm zu sitzen, krabbele ich nun also hier über den Waldboden. Ich spüre die trockenen Blätter unter meinen Fingern und einmal glaube ich, dass sich etwas unter meiner Hand bewegt. Rasch reiße ich die sie wieder hoch und husche Aaron so schnell hinterher, wie ich mich traue. Bald lichtet sich der Wald, die Sonnenstrahlen gelangen nun auch zum Boden und blenden mich. Der Wald endet.

Direkt vor uns fällt eine Schlucht steil ab, es geht gut zwei Meter tief hinab. Nun weiß ich, warum dieser Ort hier Todesschneise genannt wird. Der Boden der gesamten Schlucht, die gut vierzig Meter im Durchmesser misst, ist schwarz vor Asche und überall liegen Knochen verstreut. Nichts wächst in der Schneise, kein Strauch, kein Baum, ich sehe nicht ein einziges grünes Blatt.

Hinter der Schneise steht eine Mauer aus silbernem Metall, die an vielen Stellen schwarz von Ruß ist. Es gibt mehrere Abschnitte, an denen die Mauer durchbrochen ist. Dort ragen Zahnräder heraus.

Ich krabbele neben Aaron an den Rand der Schlucht, direkt hinter einen breiten Baumstamm. Aaron hält das Gesicht zur Schneise gewandt und dreht nur hin und wieder leicht die Ohren zur Schlucht hin.

„Was machen wir jetzt?“, frage ich im Flüsterton, doch Aaron legt statt einer Antwort einen Zeigefinger an seine Lippen. Dann wendet er der Schlucht das rechte Ohr zu.

„Wir müssen ganz still sein, wenn wir die Schneise durchqueren“, erwidert er schließlich leise, fast unhörbar.

„Aber wieso?“ Ich will Aaron eigentlich nicht widersprechen, doch die Worte verlassen meinen Mund, bevor ich sie daran hindern kann. Weit und breit ist niemand zu sehen, nicht einmal ein Tier. Aus welchem Grund sollten wir leise sein? Wer könnte uns schon hören?

„Sie sind hier“, flüstert Aaron.

„Wer?“

„Ghule.“

„Ghule?“ Ich dachte, Ghule gäbe es nicht. Schließlich ist Aaron auch ein Mensch. Hastig schlucke ich und lasse meinen Blick erneut durch die Schneise gleiten. Doch wie zuvor: Außer uns sehe ich kein Zeichen von Leben.

„Sie sind hier“, sagte Aaron tonlos. „Sie sind immer hier. Ihr Lagerplatz ist ein paar hundert Meter in diese Richtung.“ Er deutet nach rechts. „Aber sie patrouillieren durch die gesamte Schneise.“

„Warum?“

„Sie suchen nach Beute.“

„Und wir sind die Beute?“ Mein Mund ist auf einmal trocken. Die Konsequenz aus Aarons Worten ist zu schrecklich, um sie wirklich zu verstehen.

„Wir sind die Beute.“

„Oh.“ Also gibt es die richtigen Ghule doch. Und ich hatte gedacht, nur weil Aaron normal war, gäbe es diese Wesen nicht.

„Wenn wir auf der anderen Seite an der Mauer ankommen, sind wir in Sicherheit, aber erst dann, hast du das verstanden?“ Aarons Stimme wird eindringlicher, er blickt mir direkt in die Augen. Und obwohl ich weiß, dass er blind ist, habe ich das Gefühl, er sieht mich tatsächlich an.

„Verstanden“, sage ich tapfer. Ich werde das tun, was er sagt. Er kennt sich in dieser Welt aus, er kennt die Gefahren, die hier lauern.

„Tritt nur dahin, wohin ich trete. Folge mir auf jeden Fall.“ Aaron wendet sich ab und hangelt sich die Kante der Schneise hinunter. Als ich meine Füße über den Rand schiebe, ergreift er sie und zieht mich langsam zu sich herunter.

„Und jetzt keinen Mucks mehr“, flüstert er so dicht an meinem Ohr, dass ich seinen warmen Atem spüre. Ich nicke nur. Ich will keine Geräusche machen und traue meiner Stimme ohnehin nicht. Vor Aufregung scheint das Herz in meinem Brustkorb auf und ab zu hüpfen.

Aaron setzt seine Schritte noch vorsichtiger als im Wald und ich versuche, es ihm gleichzutun. Auf dem staubigen Boden der Schneise ist es leichter als auf den Blättern und Zweigen des Waldes, doch gleichzeitig ist es hier so viel stiller, jedes Geräusch scheint meterweit zu tragen. Wir kommen nur langsam voran und ich beginne, mich immer wieder hektisch umzuschauen. Wo sind die Ghule, von denen Aaron geredet hat? Was, wenn sie gleich hinter mir auftauchen? Links und rechts von uns ist verbrannter Boden, alles ist schwarz oder in Abstufungen von Grau getaucht. Hin und wieder liegen große Steinbrocken in der Schneise, es gibt so etwas wie Holzstapel, die scheinbar wahllos angeordnet sind. Verbergen sich dahinter die Ghuls?

„Schneller", flüstert Aaron. „Wir sind zu langsam."

Noch schneller? Ich habe bereits das Gefühl, ich schleiche so schnell und so leise ich kann. Doch ich halte mit, als Aaron sein Tempo beschleunigt. Ich setze meine Füße dorthin, wohin er die seinen gesetzt hat. Ich halte meine Arme leicht ausgestreckt, so wie er es tut und merke, wie es mein Gleichgewicht verbessert.

Nur leider bemerke ich die Augen nicht, die mich beobachten. Viel zu spät hebe ich den Blick und sehe den Schatten hinter einem Felsen. Grün leuchtende Augen, hinter denen sich ein ausgemergelter Körper verbirgt.

„Da ist einer", flüstere ich panisch. Aaron ist derjenige, der etwas tun muss. Er weiß, was wir unternehmen müssen!

„Wo?", flüstert er zurück.

„Rechts von uns, hinter einem Felsen."

„Wie weit?"

Mit den Augen schätze ich die Entfernung. „Vielleicht zwölf Meter." Mein Herz hämmert in meiner Brust. Ein Ghul, ein richtiger Ghul. Nicht wie in den Büchern. Er steht gleich hier, nur einen Katzensprung entfernt. Und im Gegensatz zu den Momenten beim Lesen meiner Bücher bin ich hier nicht in Sicherheit, behaglich in mein Bett gekuschelt.

„Dann müssen wir rennen."

Endlich hat Aaron also einen Plan. Aber Moment... Rennen? „Wir rennen?“, flüstere ich ihm hektisch zu. „Aber dann sieht er uns auf jeden Fall.“

„Er hat uns schon gesehen“, gibt Aaron ruhig zurück. „Und gerochen. Vermutlich spürt er auch unsere Herzen pochen.“

Ich schlucke. Dieses Wesen hat uns bereits im Visier? Plant uns als seine nächste Beute? „Wenn ich sage ‚Lauf‘, dann läufst du, verstanden? Bleib nicht stehen, schau nicht zurück, lauf bis zur Mauer und klettere den Abhang hoch. Hinter der Mauer bist du in Sicherheit.“

Ich nicke stumm und mit weit aufgerissenen Augen. Die Art, wie Aaron mir die Anweisungen gibt, macht mir Angst. Seine Stimme ist tonlos, er wendet den Blick nicht in meine Richtung. Auch er hat Angst.

„Lauf!“

Ich habe noch nicht mit seinem Befehl gerechnet, doch meine Beine brauchen mein Gehirn nicht, um zu reagieren. Sie fliegen über den mit Asche bedeckten Boden. Wolken von dunklem Staub stieben um mich herum auf, als ich auf das andere Ende der Schneise zu renne. Nur weg hier, nur zur Mauer. Nicht umdrehen!

Ich keuche, die Mauer, die vorhin noch gar nicht so weit entfernt gewirkt hat, scheint sich nun immer weiter von uns fortzuschieben. Ich muss zur Mauer! Noch einmal strenge ich mich an und mobilisiere meine Reserven.

Aaron, der vor mir gelaufen ist, wird langsamer und ich überhole ihn. Nicht zurückschauen! Das hat er mir eindringlich gesagt. Nicht zurückschauen, sonst holt der Ghul mich ein. Ich keuche und Tränen laufen mir vor Anstrengung über das Gesicht, als ich endlich den Rand der Schneise erreiche. Der Rand liegt etwa auf Brusthöhe und ich springe hoch. Mir gelingt es, mich mit beiden Armen über die Kante zu ziehen. Völlig entkräftet rolle ich auf den Rücken. Ich muss zur Mauer! Aaron hat gesagt, hinter der Mauer wäre ich sicher. Nicht am Rand der Schneise, hinter der Mauer. Stöhnend erhebe ich mich und schiebe mich durch den Spalt der Mauer. Große Kräfte müssen auf die Mauer eingewirkt haben, denn sie wirkt förmlich entzwei gespalten. Zahnräder hängen heraus, doch ich kann es im Inneren summen hören und als ich den Spalt passiere, richten sich kurz alle Haare an meinem Körper auf und ein Kribbeln erfasst mich. Doch so schnell es gekommen ist, ist es auch schon wieder verschwunden. Hinter der Mauer bleibe ich stehen und wage es nun endlich, mich umzudrehen. Ich erwarte, Aaron zu sehen, doch er ist nicht da, ich sehe ihn auch nicht in dem Teil der Schneise, den ich von hier oben einsehen kann. Panik erfasst mich. Ohne Aaron bin ich auf dem Erdboden verloren. Hastig suche ich die Schneise noch einmal mit den Augen ab, aber komme zu dem gleichen Ergebnis: Aaron ist nicht da.

Kurz entschlossen dränge ich mich erneut durch den Spalt in der Mauer, obwohl Aaron eindringlich gesagt hat, ich solle mich nicht umdrehen. Doch das ist mir nun egal. An der Kante angekommen, entdecke ich Aaron endlich. Doch nicht nur ihn.

Mein Begleiter steht einem Ghul gegenüber. Das Wesen hockt auf den Hinterbeinen und hat einen Arm aufgestützt. Den anderen hat es erhoben und mitsamt der langen Fingernägel daran nach vorn ausgestreckt. Ungefähr drei Meter trennen Aaron von der rettenden Felskante. Drei Meter, doch wenn er losläuft, wird der Ghul es ebenfalls tun. Ich glaube nicht, dass Aaron dann eine Chance hätte.

Aarons Kopf bewegt sich hektisch von einer auf die andere Seite. Vermutlich versucht er, sich ein Bild von der Umgebung zu machen, um einen Ausweg zu finden. Doch da ist keiner.

„Aaron?", rufe ich leise. Der eine Ghul ist ohnehin bereits auf uns aufmerksam geworden, aber ich muss ja nicht noch mehr von ihnen an unsere Position locken.

„Ich habe dir doch gesagt, du sollst nicht zurückschauen", gibt Aaron mit zusammengebissenen Zähnen zurück.

„Tja, zu spät", murmele ich. „Ich komme runter und helfe dir", rufe ich ihm etwas lauter zu.

„Nein!" Aarons Antwort peitscht laut durch die Schneise und ich bleibe schreckerfüllt stehen. Mit weit aufgerissenen Augen lausche ich, ob seinem Ruf noch etwas folgt. Das Geräusch von Schritten, oder ein Heulen oder wie auch immer die Ghule miteinander kommunizieren mögen.

Aarons Kopf zuckt zwischen dem Ghul und der Kante hin und her. Ich weiß, was er tun wird, noch bevor er es tut. Doch ich kann es nicht verhindern. Mit einem Satz dreht Aaron sich um, streckt die Arme vor sich aus und rennt auf die Felskante zu. Ich hocke an der Kante und kann nur dabei zusehen, wie Aaron um sein Leben läuft. Wieder einmal ist ihm nicht anzumerken, dass er blind ist. Zielsicher finden seine Füße den richtigen Pfad. Doch dann bleibt er an einem Stein hängen und stolpert.

„Aaron?“ Schreckerfüllt sehe ich ihm dabei zu, wie er sich aufrappelt und weiterläuft. Doch die kleine Unterbrechung hat der Ghul genutzt und ist nähergekommen. Er ist nun nur noch etwa zwei Meter hinter Aaron und zum ersten Mal kann ich ihn besser sehen. Seine Haut ist von einem schlammgrünen Ton und wirkt lederartig. Seine Finger sind lange dünne Klauen, der Kopf ist kahl. Das Gesicht darunter ist zu einer Fratze verzerrt, die kaum noch etwas Menschliches erkennen lässt. Die Eckzähne des Wesens ragen über seine Lippen hinaus und haben tiefe Furchen hineingegraben. Geifer tropft daran herab.

Aaron ist nun fast an der Kante angekommen, er macht einen langen Satz und seine Arme tasten in der Luft nach dem Felshang. Hastig greife ich nach seinen umherrudernden Händen und ziehe sie in Richtung der Kante. Aaron greift zu und versucht, sich daran hochzuziehen, doch da springt der Ghul ebenfalls und bekommt seine Füße zu fassen.

„Scheiße!“ Aaron rutscht zurück und droht, den Halt zu verlieren. Ich grabe meine Hände in seine Arme und ziehe. Kurz kann ich ihn wieder ein Stück über die Kante ziehen, offenbar habe ich den Ghul mit meinem Eingreifen überrascht. Dann jedoch entgleitet mir Aaron wieder, Zentimeter für Zentimeter.

„Hau ab“, keucht Aaron und versucht, mir seine Arme zu entziehen. „Bring dich in Sicherheit.“

„Ich lass dich doch nicht allein.“ Verbissen halte ich ihn fest, kralle mich mit aller Kraft in sein Fleisch. Wenn ich ihn loslasse, ist er tot. Und wenn er tot ist, werde ich es auch sehr bald sein. „Gib nicht auf“, bringe ich heraus. Aaron muss mit mir kämpfen, wenn wir hier wieder rauskommen wollen.

„Lauf weg.“ Aaron stößt einen Schmerzensschrei aus und ich sehe über seinen Kopf hinweg, wie der Ghul seine Fangzähne in seiner Wade versenkt. Blut tropft aus der Wunde hinab in die Asche der Schneise.

„Ganz ruhig.“ Ich keuche panisch. Mir muss etwas einfallen. Ich muss Aaron retten. Ich muss einfach. Hastig blicke ich mich um. Überall nur Fels und die glatte Metallmauer. Doch dort, da wo die Mauer entzweigebrochen ist, liegt ein kurzes Stück Metall. Es ist so lang wie mein Arm und die eine Kante glänzt scharf. Es liegt gut einen Meter von mir entfernt, das kann ich schaffen. Innerlich wappne ich mich. Dann lasse ich Aarons Arme los. Er schreit überrascht auf, doch ich achte nicht darauf. Ich werfe mich zur Seite und greife nach dem Metallstück. Es liegt schwer in meiner Hand und gibt mir Mut. Sofort bin ich auf den Beinen und renne zur Kante. Ohne eine Sekunde zu zögern, springe ich hinunter und lande in der Asche, die sofort in einer dichten Wolke um mich herum aufsteigt. Meine Augen beginnen zu tränen, doch ich halte sie weit geöffnet. Dort ist der Ghul. Er hat Aaron zurück hinab in die Schneise gezogen, doch mein Auftauchen scheint ihn zu irritieren. Seine grün leuchtenden Augen schweifen von Aaron zu mir, dann wieder zurück zu der Beute, die zu seinen Füßen liegt. Ich nutze den Moment, den der Ghul braucht, um sich zwischen uns zu entscheiden, und greife an. Das Metallteil über den Kopf erhoben mache ich zwei schnelle Schritte auf den Ghul zu und lasse es mit einer raschen Abwärtsbewegung nach unten sausen. Mit einem Klatschen trifft das Metall den Körper des Ghuls, doch leider nur seine Schulter und nicht wie geplant den Kopf. Der Ghul stolpert nach hinten und stößt ein schrilles Quietschen aus, das mir die Ohren klingeln lässt. Aaron robbt auf allen Vieren ein paar Zentimeter von ihm weg, und ich rücke nach. Der Ghul ist noch lange nicht besiegt. Tatsächlich hat er sich auf Füße und Hände fallen lassen und faucht mich jetzt mit schräg gelegtem Kopf an. Ich schiebe mich zwischen ihn und Aaron. Jetzt hat er keine Chance mehr, ihn anzugreifen, vorher muss er an mir vorbei. Ich hebe das Metallteil erneut. Der Ghul lässt es nicht aus den Augen. Er duckt sich auf den Boden und ich weiß instinktiv, dass er sich für einen Sprung bereitmacht. In dem Moment, in dem er sich vom Boden abdrückt, reiße ich das Metallteil mit der spitzen Seite nach oben. Ein widerliches Schmatzen ertönt, als sich das Metall in den Körper des Ghuls bohrt. Warmes Blut läuft meinen Arm hinunter. Kurz halte ich dem Schwung des Sprungs stand, dann jedoch prallt der Körper des Ghuls gegen meinen und wir gehen gemeinsam zu Boden. Ich lasse das Metallteil los und drehe mich so, dass nur die Beine des Ghuls auf meinen landen. Hastig rappele ich mich auf und schiebe den Körper von mir, dann springe ich zurück. Ist er tot? Nein, sein Brustkorb hebt und senkt sich, das Auge, das ich sehen kann, schielt bösartig zu mir auf. Er ist nicht tot, nur verletzt. Und damit umso gefährlicher. Getroffen habe ich ihn irgendwo am Bauch, aber reicht das, um ihn außer Gefecht zu setzen?

„Los!“ Ich schnappe mir Aarons Hand und ziehe ihn auf die Füße.

„Was ist passiert?“ Aarons Blick irrt umher. Vermutlich konnte er die Geräusche, die er gehört hat, nicht zuordnen.

„Wir müssen hier weg.“ Ich reiße Aaron hinter mir her zur Kante. „Ich mache dir eine Räuberleiter. Beeil dich.“ Ich verschränkte die Hände und halte sie ihm hin. Ohne weiteren Widerspruch und ohne weitere Fragen zu stellen, hebt Aaron einen Fuß und ich dirigiere ihn zu meinen Händen. Ich spanne den Rücken an und mit Schwung wuchte ich Aaron hoch, damit er sich auf die Kante hinaufziehen kann.

„Und jetzt du.“ Aaron beugt sich hinab und hält mir seine Hand hin. Sofort ergreife ich sie. Alles was ich jetzt will, ist raus aus dieser Schneise. Weg von dem Ungeheuer hinter mir. Ein letztes Mal wende ich den Kopf, um mich zu vergewissern, dass der Ghul keine Einbildung war. Doch er liegt nicht mehr dort, wo ich ihn zu Boden geworfen habe.

Aaron zieht an meiner Hand und ich lasse es zu. Mein Blick huscht hin und her und als ich nach rechts schaue, blicke ich direkt in die Augen der Bestie. Saphirgrün, unergründlich und sehr, sehr tödlich. Ich baumele an der Kante, die eine Hand in Aarons, die andere an der Kante und versuche, mich hochzuziehen, doch der Ghul hat andere Pläne mit mir. Seine Hand mit den langen Fingernägeln saust auf mich zu. Brennend graben sie sich in mein Gesicht und hinterlassen feurige Striemen auf meiner linken Wange. Ich schreie auf, doch mehr aus Wut als aus Schmerz. Wie kann dieses Vieh es wagen? Ich bin diejenige, die siegen sollte. Ich habe es geschlagen. Mit dem rechten Bein hole ich aus und trete mit aller Kraft zu. Mit einem Heulen wird der Ghul fortgeschleudert. Sofort nutze ich alle mir verbliebene Kraft und ziehe mich endlich die Kante hoch.

„Was ist passiert? Geht es dir gut?“ Aaron tastet mit beiden Händen nach mir. Doch wir sind noch nicht in Sicherheit. Breitbeinig stelle ich mich über ihn und packe ihn am Kragen seiner Jacke. Schwer schnaufend schleife ich ihn die restlichen Zentimeter zur Mauer. Erst, als ich das leichte Kribbeln spüre, lasse ich ihn fallen. Das plötzliche Fehlen eines Gegengewichts lässt mich stolpern. Beide Arme nach vorn ausgestreckt, lande ich auf Aaron. Unsere Gesichter sind nur noch wenige Zentimeter voneinander entfernt. Mit einem Mal wird mir klar, was gerade geschehen ist, wie knapp ich dem Tod entkommen bin. Ich sacke auf Aaron zusammen und umklammere seinen Hals.

„Valeria?“

Unbeholfen tätschelt er mir den Rücken. Ich vergrabe mein Gesicht tiefer an seinem Hals und versuche, mich zu beruhigen. Doch die ganze Panik, die ich während der letzten Minuten unterdrückt habe, sprudelt in mir hoch.

Dann schließen sich Aarons Arme um mich, fest und sicher. Ein paar Minuten bleiben wir so liegen, ineinander verschlungen und wortlos. Dann mache ich mich von ihm los. Die Wunden in meinem Gesicht haben deutliche Spuren an seinem Hals hinterlassen. Offenbar blute ich stärker, als ich gehofft habe.

„Verrätst du mir, was passiert ist?“, fragt Aaron mit sanfter Stimme. „Du musst nämlich wissen... ich bin blind.“

Meiner Kehle entringt sich ein ersticktes Lachen. „Zufällig habe ich mir das schon gedacht.“ Ich atme tief durch und ordne meine Gedanken. „Ich habe den Ghul abgewehrt und verletzt. Ich dachte, er wäre schwer genug verletzt, damit wir entkommen können, aber er hat mich noch einmal angegriffen, als du mich hochziehen wolltest.“

„Hat er dich erwischt?“

„Im Gesicht. Und am Hals.“ Ich betaste vorsichtig die Wunden und zucke zusammen. Dort, wo der Ghul meine Haut aufgekratzt hat, brennt mein Fleisch wie Feuer.

„Wie schlimm ist es?“ Aaron streckte die Hände nach meinem Gesicht aus, überlegt es sich offenbar auf halbem Weg anders und lässt sie wieder sinken.

„Keine Ahnung“, gebe ich mit einem Seufzen zu. „Es brennt ganz schön.“

„Das haben die Kratzer von Ghulen leider so an sich.“ Aarons Gesicht verzieht sich zu einem schiefen Grinsen. „Aber es blutet nicht allzu stark?“

„Nicht mehr, nein.“ Das Blut ist zuvor meinen Hals hinuntergelaufen, jetzt spüre ich bereits eine leichte Kruste, wenn ich das Gesicht bewege.

„Dann wirst du es überleben“, diagnostiziert Aaron und steht auf. Er klopft sich die Asche von der Kleidung und tastet dann mit einer Hand nach der Mauer.

„Danke, Herr Doktor“, gebe ich sarkastisch zurück. Doch trotz meiner Äußerung beruhigt es mich, dass Aaron meine Verletzung so entspannt sieht. Denn ich hatte bereits begonnen zu überlegen, welche Krankheiten so ein Ghul wohl übertragen könnte. Und ob ein Kratzer von ihm mich in eines dieser Wesen verwandeln würde.

„Wofür war die Mauer eigentlich?“ Ich betrachte das Gebilde, das sich, so weit ich blicken kann, durch die Landschaft zieht.

„Die wurde gebaut, als die Leute glaubten, man könnte den Äther noch eindämmen. Und die Ghule.“

„Und dieses Loch?“

„Ich vermute, ein Angriff der Menschen, die sich noch nicht vollständig in Ghule verwandelt hatten. Das ist schon da, seitdem ich denken kann.“

„Und wie funktioniert die Mauer?“ Ich denke an das seltsame Gefühl, das mich erfasst hat, als ich sie durchquert habe.

„Ein elektrisches Feld oder etwas in der Art. Es schreckt die Ghule ab."

Nickend betrachte ich die Mauer noch die Zerstörung dahinter noch eine Weile und versuche mir vorzustellen, was hier vor Jahrzehnten vor sich gegangen ist.

„Wie weit ist es noch bis zu deinem Dorf?"

„Wir sollten in ungefähr zwei Stunden dort sein. Natürlich nur, wenn uns vorher nicht noch mehr Ghule überfallen." Mit unsicheren Schritten geht Aaron vor. Hinter der Schneise schließt sich kein Wald an, wie dort, von wo wir gekommen sind. Hier gibt es nur kargen Boden, dessen rötliche Färbung die einzige Farbe hier draußen ist. Der Boden ist rissig, als hätte es hier ewig nicht geregnet. Es gibt keine Bäume, keine Blumen. Kein Leben.

„Warum ist es hier so... öde?" Die Arme ausgebreitet deute ich auf die Gegend um uns herum und im nächsten Augenblick komme ich mir blöd vor. Aaron kann mich nicht sehen. Ich lasse die Arme sinken.

„Wir sind ungefähr dort, wo die Experimente mit dem Äther gemacht worden sind. Er scheint die Atmosphäre hier nachhaltig beschädigt zu haben. Es regnet niemals hier im Toten Land."

Das erklärt natürlich, warum keine Pflanzen wachsen. „Und wir müssen dadurch? Es gibt keinen anderen Weg?" Es ist nicht allzu warm, die Sonne scheint zwar, doch durch die Ätherschicht in der Luft ist sie abgeschwächt und eigentlich recht angenehm. Doch die Gegend ist mir unheimlich. Wir sind hier mitten auf dem Präsentierteller. Jeder, der sich dem Toten Land auch nur nähert, kann uns sehen. Und was ist mit den Ghulen? Gibt es sie nur in der Schneise oder auch hier?

„Machst du dir Sorgen?“ Über seine Schulter hinweg grinst Aaron mich an.

„Quatsch“, murmele ich, doch ich lasse meinen Blick stetig von rechts nach links schweifen. Das Gute daran, keine Deckung zu haben, ist, dass auch mögliche Gegner keine haben und ich sie aus hunderten Metern Entfernung sehen werde.

„Es gibt keinen anderen Weg“, antwortet Aaron nach einigen Augenblicken. „Nicht, wenn du nicht einen Umweg von mehreren Tagen machen willst.“

„Will ich nicht unbedingt.“

„Und die Ghule kommen nicht hierher, wenn du dich das gefragt hast.“

„Wäre mir nie in den Sinn gekommen“, gebe ich möglichst entspannt zurück.

„Na klar.“ Wieder grinst Aaron. Er scheint mir nicht zu glauben. Ich mir selbst auch nicht. „Sie kommen nie hierher, diese Gegend scheint irgendetwas an sich zu haben, was sie abschreckt.“ Er zuckt mit den Achseln. „Umso besser für uns.“

„Umso besser“, murmele ich, doch gleichzeitig frage ich mich, was die Ghule wohl wissen, was die Menschen nicht wissen.

Eine Weile gehen wir schweigend nebeneinanderher. Erst als Aaron stolpert und sich gerade so wieder fangen kann, fällt mir ein, dass der Ghul ihn ja ebenfalls verletzt hat.

„Was ist mit deinem Bein?“ Ich greife nach Aarons Arm. „Tut es sehr weh?“

„Ein wenig“, gibt Aaron zu, zuckt dann aber mit den Achseln. „Aber nichts, was nicht wieder verheilt.“

„Darf ich mir das mal ansehen?“

„Kennst du dich mit Wunden aus?“ Aaron zieht eine Augenbraue in die Höhe.

„Nö.“ Trotzdem will ich mich davon überzeugen, dass mein Führer auf dem Erdboden mir nicht gleich verblutet. Nicht, bevor er mich in Sicherheit gebracht hat. Und am besten auch nicht danach. „Ich will nur sichergehen, dass dein Fleisch dir nicht in Fetzen hängt.“

„Das hätte ich wohl gemerkt.“ Aaron rollt mit den Augen und will weitergehen, doch ich greife nach seiner Hand.

„Nur einen Blick.“

„Na schön.“ Aaron seufzte genervt und bückt sich dann, um das Hosenbein hochzuziehen.

Ich hole tief Luft, als ich sein Bein sehe. Doch es ist nicht die Wunde, die mir einen Schrecken versetzt. Es ist Aarons Haut. Sie ist von einem blassen Grün, ganz anderes als im Gesicht oder an den Armen.

„Stimmt was nicht da unten?“ Ich höre an Aarons lauernden Unterton, dass er mit meiner Reaktion gerechnet hat.

Nach einem kurzen Augenblick beuge ich mich vor und betrachte die Wunde. Ich sehe die beiden strichförmigen Wunden, die von den Eckzähnen des Ghuls stammen. Sie sind zwar in sein Fleisch eingedrungen, aber es ist kaum Blut zu sehen. Ich kann nichts feststellen, was eine sofortige Handlung nötig machen würde.

„Sieht nicht so schlimm aus“, sage ich und richte mich wieder auf. Aaron lässt sein Hosenbein sinken und wir gehen weiter.

„Willst du gar nicht fragen?“ Wir sind vielleicht zehn Minuten gegangen und Aarons Stimme schreckt mich aus meinen Gedanken auf.

„Was fragen?“

„Warum...“ Aaron räuspert sich. Er scheint verlegen zu sein. Es gibt also tatsächlich ein Thema, das ihn in Verlegenheit bringt? „Warum meine Haut teilweise grün ist.“

„Ach, ist sie das?“ Ich kann es nicht lassen, Aaron ein wenig aufzuziehen und zappeln zu lassen.

„Zumindest war sie das, als ich das letzte Mal sehen konnte“, gibt er brummig zur Antwort.

„Und, warum ist sie das?“ Natürlich bin ich neugierig, aber ich habe gedacht, es wäre unhöflich, danach zu fragen.

„Du kennst es nicht, weil du nicht auf der Erde geboren worden bist. Oben in den Türmen...“ Aaron seufzt. „Da kennt ihr Upper das nicht. Aber hier unten sorgen die Reste des Äthers für... Veränderungen.“ Er nickt, als hätte er das richtige Wort dafür gefunden. „Jedes Kind – oder so gut wie jedes – wird mit irgendeiner Form von Veränderung geboren. Grüne Haut, grüne Augen, grüne Haare ... Aber auch schlimmere Dinge. Blindheit, Hautwucherungen, Verformungen...“ Er hebt die Hände und lässt sie wieder fallen. „Zum Glück haben meine Augen nur diese seltsame Farbe und meine Haut ist nur grün. Und das auch nur teilweise. Es geht so viel schlimmer."

Schlimmer. Was also werde ich in seinem Dorf zu sehen bekommen? Was erwartet mich, wenn er meint, dass es „viel schlimmer" geht? „Wie heißt dein Heimatdorf eigentlich?"

„Evo."

Aaron gibt keine weiteren Erklärungen dazu ab, wie es in diesem Dorf wohl aussieht und obwohl ich neugierig bin, halte ich mich mit Fragen zurück. Aaron hat mir gerade eine meiner Fragen, die ich nicht einmal ausgesprochen habe, beantwortet. Ich will seine Geduld und seine Freundlichkeit nicht überstrapazieren.

Statt also Fragen zu stellen, konzentriere ich mich auf meine Schritte. Nun, da ich schweige, spüre ich jeden Muskel in meinen Beinen. Und ich danke mir selbst, dass ich im Turm trainiert und meinen Körper gestärkt habe. Ich bin natürlich nicht so stark wie Aaron – wie könnte ich auch? – aber ich bin kräftig genug, um diese Wanderung zu überstehen. Mir schmerzen zwar viele Muskeln, einige davon kannte ich noch gar nicht, aber es geht mir gut. Ich kann noch gehen und es ist nicht mehr weit. Nur noch fast zwei Stunden. Innerlich beginne ich zu zählen, in der Hoffnung, dass es mich von der Aufregung ablenkt, die sich mit jedem Schritt weiter in meinem Körper ausbreitet. Jetzt ist es nur Aaron, doch schon bald werde ich vielen anderen Menschen gegenüberstehen. Menschen, die ich nicht kenne und die so anders sind als alle, denen ich jemals begegnet bin. Was, wenn sie mich ablehnen? Was, wenn ich hier unten auf dem Erdboden nicht zurechtkomme? Was, wenn eine Heirat doch die bessere Möglichkeit gewesen wäre?

Ich bin vertieft darin, zu zählen und die anderen Gedanken zu verdrängen, sodass ich erst gar nicht bemerke, dass Aaron wieder mit mir spricht.

„... da war ich zehn Jahre alt."

„Moment mal." Ich schließe zu ihm auf. „Hast du gerade mit mir geredet?"

Aaron wendet mir sein Gesicht zu, das einen verwirrten und leicht verletzten Ausdruck zeigt. „Mit wem denn sonst?"

„Entschuldige bitte, ich habe vor mich hingeträumt."

Aaron nickt langsam.

„Fängst du bitte nochmal von vorne an?"

„Du hast gefragt, warum ich blind bin."

Ja, das habe ich. Nachdem er nicht darüber hatte reden wollen, bin ich davon ausgegangen, dass es etwas mit dem Äther zu tun hatte.

„Wie gesagt, ich war nicht immer blind." Aaron hält den Blick nach vorn gerichtet und schreitet gleichmäßig aus. „Ich war damals zehn Jahre alt. Es gibt bei uns eine Mutprobe. In der Nähe der Stadt ist ein Wald, in dem ein Feld voller Rosen wächst. Jeder Junge muss sich irgendwann beweisen und sich von einer auf die andere Seite des Feldes kämpfen." Aaron verstummt für einen Moment und ich betrachte ihn immer wieder von der Seite. Den dunkelbraunen, fast schwarzen Umhang, der mitsamt der Kapuze hinten auf seinem Rücken hängt. Die braunen Haare, die ihm wirr und verschwitzt ins Gesicht hängen. Die schweren Stiefel an seinen Füßen. Er wirkt unverwundbar und stark, doch das, was er mir jetzt erzählen wird, wird ein anderes Bild von ihm zeigen, das weiß ich. Innerlich wappne ich mich gegen das, was er sagen wird.

„Ich war immer ein abenteuerlustiges Kind. Habe mich oft weggeschlichen, um das Tote Land zu erkunden oder im Wald herumzustreifen. Ich habe meine Freunde zu jedem Blödsinn angestiftet, der mir eingefallen ist." Er nickt und ein kleines Lächeln erscheint auf seinem Gesicht. „Vier meiner Freunde waren an dem Tag mit am Rosenfeld. Dazu noch einige Zuschauer. Meine Eltern waren da, meine älteren Brüder..." Er hebt den Kopf und scheint ganz in den vergangenen Tag einzutauchen. Ich nutze seine Geistesabwesenheit, um sein Gesicht in aller Ruhe immer wieder zu betrachten.

„Ich wollte ihnen allen beweisen, dass ich der Schnellste bin, der Beste. Der Mutigste." Er schnaubt. „Und das war ich auch. Ich habe gewonnen. Ich habe als erster das Feld durchquert. Aber auf dem Weg habe ich kaum darauf geachtet, den Dornen auszuweichen. Ich habe den direkten Weg genommen. Und dabei haben die Dornen meine Augen zerkratzt." Er wendet sich mir zu und deutet auf sein Gesicht. Nun, da er mir so nah ist und sich nicht mehr bewegt, erkennen ich feine Kratzer rund um seine Augenhöhlen, die aber in seinem sonnengebräunten Gesicht kaum auffallen. „Es war auch gar nicht so schlimm. Es tat kaum weh, ich konnte ganz normal sehen. Also bin ich abends ins Bett gegangen. Und als im am nächsten Morgen aufgewacht bin, war ich blind.“ Er hält inne, ich bemerke nur an seinen Schritten, wie nah ihm das Gesagte geht. Denn seine Schritte werden heftiger, weniger leichtfüßig. „Es war eine Infektion, übertragen von den Rosendornen. Hätte man mich am Abend noch behandelt, wäre wohl nichts geschehen, doch meine Eltern halten nichts von Ärzten. Für sie sind solche Behandlungen etwas für Weicheier und Feiglinge.“ Er hebt das Kinn.

„Wie hast du gelernt, dich zurechtzufinden?“ Nun muss ich doch etwas sagen, denn ich muss wissen, wie es ihm gelungen ist, sich damit zu arrangieren, plötzlich blind zu sein.

„Ein paar Tage nach der Mutprobe habe ich meine Eltern miteinander reden hören.“ Er holt tief Luft. „Sie überlegten, mich auszusetzen, nun, da ich blind und eine Belastung war. Ich würde ihnen niemals Ehre bringen, niemals so werden wie ihre anderen Söhne.“

Damit hatte ich nicht gerechnet. Schockiert sehe ich Aaron an und kann nicht verhindern, dass Mitleid mit diesem zehnjährigen Jungen in mir hochkriecht.

„Bitte, sag nichts.“ Abwehrend hebt Aaron die Hände. Er muss gespürt haben, wie sehr mich seine Geschichte und die Reaktion seiner Eltern getroffen haben. „Ich trainierte danach wochenlang. Ich wollte keine Belastung sein, sondern jemand, auf den meine Eltern stolz waren. Am besten sollten sie stolzer auf mich als auf meine Brüder sein. Ich übte Tag und Nacht. Wie ich mich zurechtfinde, wie ich kämpfe, jage und all die alltäglichen Dinge tun kann, die jeder andere auch tut."

„Scheint funktioniert zu haben", sage ich, da ich endlich wieder etwas sagen will. Meine Stimme ist ein wenig heiser und Aaron lacht kurz auf.

„Ja, kann man so sagen. Ich komme zurecht. Bis zu einem gewissen Grad kann ich durch mein Gehör sehen. Ich kann mir meine Umgebung gut vorstellen. Aber Kleinigkeiten eben nicht. Und auch keine Ghule, die auf mich zustürmen, während ich einer Prinzessin aus Turrim das Leben rette."

Ich schnaube. „Prinzessin, sicher." Und habe nicht eher ich ihn gerettet?

„Lass mir doch meine Illusion."

Wieder gehen wir schweigend nebeneinanderher und ich versuche, das, was Aaron mir anvertraut hat, zu verarbeiten. „Und deine Eltern?"

„Was soll mit denen sein?"

„Bist du ihr Liebling? Sind sie stolzer auf dich als auf ihre anderen Söhne?"

„Nein." Aaron seufzt. „Nein, sind sie nicht. Aber vielleicht werden sie es eines Tages noch." Er reckt das Kinn vor. Seine Entschlossenheit ist deutlich zu sehen. Nur frage ich, wie er es anstellen will, die Anerkennung seiner Eltern zu gewinnen.

„Wie viele Brüder hast du denn überhaupt?"

„Vier", murmelt Aaron.

„Wow, da muss es bei euch zuhause ja turbulent zugegangen sein. Oder zugehen. Wohnst du noch bei deinen Eltern?“

Aaron schüttelt wortlos den Kopf.

„Ein eigenes Haus?“

„Genau.“ Er geht ein paar Schritte. „Mit etwas Abstand zu meinen Eltern.“

„Wenn du ein Haus hast, hast du dann auch einen Beruf?“

„Ja. Ich bin Schmied.“

„Schmied? Müsste man dafür nicht sehen können?“ Die Worte sind aus meinem Mund geschlüpft, bevor ich es verhindern kann.

Aaron schüttelt lachend den Kopf. „Für so ziemlich alles wäre es wohl besser, sehen zu können, aber ich komme zurecht. Meine Waren sind sogar ziemlich beliebt. Ich bin sorgfältiger als andere Schmiede. Weil ich alles doppelt und dreifach überprüfe und mich dabei nicht allein auf meine Augen, sondern auch auf mein Tastgefühl verlasse. Wenn ich Waffen schmiede, müssen diese gut in der Hand liegen.“

„Waffen?“ Zum ersten Mal wird mir klar, dass der Erdboden nicht einfach nur eine andere Art von Turrim ist. Hier unten geht es anders zu. Mit Waffen. Waffen, die die Menschen vermutlich auch einsetzen. Aber gegen wen? Gegeneinander oder gegen...

„Wir sind bald da.“ Aarons Stimme unterbricht meine hin und her springenden Gedanken. „Eigentlich müsstest du von hier die Stadt schon sehen können.“

Ich hebe meinen Blick und suche die Umgebung begierig nach einer Ansammlung von Häusern ab. Ich sehe toten Boden weit und breit, in einiger Entfernung rechts einen grünen Streifen. Vermutlich ein Wald. Dann noch einen hoch aufragenden Felsen. „Wonach suche ich denn?“, frage ich enttäuscht, nachdem ich die versprochene Stadt nirgendwo entdecken kann.

„Eine Felswand. Sie ist so hoch, von hier solltest du sie eigentlich erkennen können.“

Der Berg. Rasch lasse ich meinen Blick wieder zur der rötlich-gelben Felsmasse schweifen. Angestrengt kneife ich die Augen zusammen. Ich glaube, Konturen an der vorderen Felswand zu entdecken, doch sicher bin ich mir nicht. Gut möglich, dass ich sie mir auch einbilde, weil ich die Stadt so unbedingt sehen möchte.

„Also ist es nicht mehr weit?“

„Wir sind bald da.“ Aaron sagt es in einem düsteren Tonfall, den ich nicht ganz nachvollziehen kann. Evo ist seine Heimatstadt, seine Familie lebt dort, sie ist sein Zuhause. Sollte er nach der Reise, die wir hinter uns haben, nicht froh sein, bald wieder dort zu sein?

• Kapitel 7 •

Inzwischen sind wir der Felswand so nah, dass ich weiß, dass ich mir nichts daran eingebildet habe. Starr ragt sie in den Himmel auf, dessen grünliche Färbung auf den Äther hinweist, der darin umherschwirrt. Doch es ist nicht die schiere Masse des Felsens, die dazu führt, dass ich meinen Mund vor Staunen gar nicht mehr schließen kann. Es ist die Stadt. Evo. Sie ist anders als alles, was ich jemals gesehen habe, in der Realität und in Büchern und Bildern. Sie ist gigantisch. Sie umschließt die gesamte Felswand, zieht sich in Reihen um sie herum, klammert sich an den Fels. Und sie glänzt in der Sonne wie ein Edelstein. Überall Metall: Bronze, Kupfer, Eisen. Alles schimmert. Und dazwischen immer wieder Holz. Die Stadt beginnt etwa ab einer Höhe von gut zwanzig Metern, eine sich hebende und senkende Plattform ist der einzige Zugang.

Viel zu bald sind wir so nahe herangegangen, dass mein Nacken zu schmerzen beginnt, weil ich nicht aufhören kann, zur Stadt hochzustarren. Und so bemerke ich gar nicht, dass Aaron stehen geblieben ist.

Erst als ein Signalton ertönt, reiße ich meinen Blick

von der Stadt los und blicke mich hektisch um. Wir stehen ein paar Meter von der Plattform entfernt, die den Zugang zu Evo bildet. Doch vor der Plattform befinden sich rechts und links zwei Gebilde, die aus glänzendem bronzenem Metall bestehen. Als ich noch einen Schritt nähertrete, drehen sich Zahnräder an ihren Seiten, Dampf stiebt aus Öffnungen auf ihrer Oberseite. Klicken ertönt und die Rohre an ihrer Vorderseite richten sich auf mich. Waffen, das sind Waffen. Ich erkennen sie aus den Büchern, die ich verschlungen habe. Aber warum zeigen sie auf mich?

„Keine Zutrittsberechtigung." Eine unangenehm blecherne Stimme ertönt und ich blicke hektisch hin und her, um herauszufinden, wer gesprochen hat.

„Komm zurück." Aaron packt mich an der Schulter und schiebt mich hinter seinen Rücken. „Den solltest du nehmen." Er legt mir ohne weitere Erklärungen seinen Umhang um und zieht die Kapuze über meinen Kopf. Dann tritt er vor, eine Metallkarte in der Hand, die er in den Schlitz an einer der seltsamen Maschinen schiebt. „Aaron West, mit einer Begleitperson."

Sekundenlang geschieht nichts und ich halte unwillkürlich den Atem an. Was tut er da?

Dann springt die Karte wieder aus dem Schlitz und die blecherne Stimme erklingt erneut. „Zutritt gewährt."

Die Plattform, deren Heben und Senken ich schon aus beträchtlicher Entfernung gesehen habe, senkt sich auf Erdoberflächenniveau und ich folge Aaron hinauf. Es ist lediglich ein metallischer Käfig mit einem Boden aus groben Holzplanken. Er ist an Metallketten befestigt, die sich nun, da wir eingestiegen sind, in Bewegung setzen und die Plattform Stück für Stück in die Höhe ziehen. Mein Magen hebt sich mit jeder ruckartigen Bewegung der Ketten und ich klammere mich an die metallischen Streben des Käfigs. Es wäre der Gipfel der Lächerlichkeit, wenn ich nach meiner Flucht nun aus diesem Ding fallen würde. Das Rasseln der Ketten und das metallische Knirschen der Zahnräder übertönt das heftige Klopfen meines Herzens.

Endlich verlangsamt sich die Plattform und mit einem Ruck rastet sie ein. Auf der Hinterseite gleiten die Streben des Käfigs auseinander und geben uns frei. Ich möchte meinen Körper dazu bewegen, den Käfig zu verlassen und Evo zu betreten, doch zwischen dem Holzboden und dem metallischen Boden der Stadt klafft ein Spalt, durch den ich bis hinab zum Erdboden sehen kann. Meine Knie werden weich. Obwohl ich mein Leben lang in schwindelerregender Höhe gelebt habe, war mir diese Höhe nie bewusst. Nie habe ich hinunterblicken können und mir vorstellen können, ich könnte hinabfallen.

Aaron hat den Käfig bereits verlassen. Mit sicheren Schritten schreitet er auf der metallischen Straße entlang, bis er schließlich stehen bleibt und seinen Kopf suchend hin und her dreht.

„Valeria?“

Ich räuspere mich. „Ja, ähm...“

„Wenn du in die Stadt willst, solltest du mit mir kommen.“ Er lächelt mich an und streckt seine Hand ungefähr in meine Richtung aus.

Ich atme einmal ein und aus und lasse meinen Blick die bronzen glänzende Straße entlanggleiten. Die Ebene scheint lediglich eine Art Empfangsebene zu sein. Außer uns ist niemand hier, es gibt keine Häuser, nur diese Straße, an deren äußeren Rand sich ein Geländer aus Metallplatten wölbt. Die Ebene ist etwa zwanzig Meter lang und auf beiden Seiten erheben sich die gleichen metallischen Waffen, die uns auch auf dem Erdboden vor der Stadt begrüßt haben.

Am linken Ende gibt es einen weiteren Käfig.

Seufzend greife ich nach Aarons Hand und lasse mich von ihm hinüber auf die Ebene ziehen. Ich zwinge mich dazu, nicht mehr hinabzublicken und nicht mehr daran zu denken, wie hoch oben wir über dem Boden sind. Und wie schmerzhaft der Fall wäre, wenn ich hinabstürzen würde. Als ich auf der Plattform stehe, wage ich es, mich umzusehen. Die einzelnen Metallplatten der Plattform sind miteinander vernietet und mit armdicken Bolzen in den Fels getrieben. Alles wirkt fest und stabil, doch der Anblick kann mein flatterndes Herz nicht beruhigen. Aaron zieht mich weiter, hinüber zum zweiten Käfig. „Nur noch der, dann sind wir in der Stadt."

„Wie hoch oben liegt dein Haus?"

„Auf der vierten Ebene." Aaron grinst.

Vierte Ebene, also noch höher, wunderbar. Der zweite Käfig ist ein wenig kleiner als der erste, dafür gibt es hier weniger Lücken, durch die ich nach draußen und nach unten sehen kann. Das Klicken setzte wieder ein und wir werden in die Höhe gezogen. Als der Käfig zum

Halten kommt, kann ich nicht anders, als mich mit weit aufgerissenen Augen zu allen Seiten umzusehen. Ich habe etwas erwartet, das gebe ich zu. Heilloses Chaos, Dreck, primitive Bauten.

Doch das ist nicht das, was mich in Evo erwartet. Die Straße hat einen goldenen Glanz, jedoch matt und abgeschwächt, sodass sie in der Sonne nicht blendet. Sie schmiegt sich dicht an den Fels, während auf ihrer Außenseite Häuser stehen. Die Häuser, entweder ein- oder zweistöckig, sind aus einer Mischung aus Holzbalken und Metallplatten gebaut, entweder Eisen oder Kupfer. Sie glänzen so sauber in der Sonne, dass sie wirken, wie frisch erbaut. Im Gegensatz zu der unteren Ebene sind wir hier nicht allein. Auf der Straße sind einige Menschen unterwegs, sie betreten Häuser – vermutlich Geschäfte – und verlassen sie wieder. Die meisten gehen zu zweit oder allein die Straße entlang. Sie alle tragen Mäntel mit Kapuzen, so wie ich sie nun auch trage. Doch das kann eines nicht verbergen: Die meisten von ihnen haben grüne Haut.

Ich kann mich kaum sattsehen an dem Anblick, den Evo mir bietet. Neben den Menschen gibt es vielerlei Tiere, die durch die Straße huschen: Katzen, Hunde, aber auch mechanische Wesen. In einem erkenne ich eine goldglänzende Eidechse, in einem anderen einen Schwarm Vögel, die ohne Probleme in meine Handfläche gepasst hätten.

„Komm mit, wir gehen erst zu mir nach Hause, da ziehen wir dir etwas Passenderes an."

Ich blicke an mir herab. Aaron hat recht, mit meiner hellen Kleidung falle ich hier trotz seines Umhangs sofort als Fremde auf. Wenn ich hierbleiben und mich unauffällig in der Stadt bewegen möchte, brauche ich andere Kleidung.

„In Ordnung."

Ich folge Aaron die nächsten zwei Käfige nach oben. Dabei fällt mir auf, dass die Häuser prächtiger werden, je höher wir aufsteigen. Ich hatte gedacht, die Häuser auf der untersten Ebene wären schon schön, doch sie sind nichts gegen das, was uns auf Ebene vier erwartet. Die Häuser sind hier oben mehr aus Holz als aus Metall gebaut und sie haben elegante Verzierungen. Über der Tür des ersten, das ich auf der Ebene sehe, befindet sich ein Ornament, in dem sich Holz und Gold ineinanderschlingen wie in einem Tanz.

Mein Blick gleitet hierhin und dorthin, doch ich kann gar nicht alles so schnell erfassen, wie ich es gerne würde. Als wir auf der Ebene ankommen, lässt Aaron meine Hand los. „Wir sind fast da. Es ist das fünfte Haus." Er streckt die Hand aus und deutet die Straße entlang.

Das fünfte Haus... Ich suche das Gebäude, das er meint. Es ist ein wenig schlichter als die der anderen, aber vermutlich liegt es daran, dass Aaron ohnehin nichts von der äußeren Pracht seines Hauses hätte. Wenn man die Verzierungen nicht sehen kann, welchen Zweck erfüllen sie dann?

Auf dem Weg zu seinem Haus dreht Aaron den Kopf wieder und wieder von einer Seite auf die andere. Erst denke ich, er nutzt es als Hilfe zur Orientierung, dann jedoch fällt mir auf, dass er jedem Menschen ausweicht, der an uns vorbeigeht.

Als wir vor der Tür ankommen, nestelt er einen Schlüsselbund hervor und tastet nach dem Schloss. Als er die Tür zu seinem Haus aufstößt, strömt mir ein leicht muffiger Geruch nach Staub entgegen. Offenbar war Aaron schon längere Zeit nicht mehr hier. Was hat er als Schmied so lange außerhalb der Stadt gemacht?

„Dann komm doch rein in mein Schloss." Mit einer übertriebenen Verbeugung hält Aaron mir die Tür auf.

Als ich an ihm vorbei ins düstere Innere des Hauses gehe, betätigt er einen Schalter direkt neben der Tür und warmes Licht durchflutet den Flur, in dem wir stehen. Links neben der Tür entdecke ich eine Gitarre.

„So ist es vermutlich besser, oder?"

Ich nicke, dann jedoch wird mir bewusst, dass Aaron mich ja gar nicht sehen kann und ich sage: „Ja, jetzt kann ich immerhin sehen, wie du so wohnst." Mit einem Mal entstehen in meinem Kopf viele Fragen. Schön, dass das hier sein Haus ist, aber wo werde ich wohnen? Wie werde ich mir meinen Lebensunterhalt verdienen? Ich kenne hier niemanden außer Aaron, was ist, wenn er mich einfach im Stich lässt?

„Es ist nichts Besonderes", wehrt Aaron ab, doch ich spüre, dass es ihm nicht ganz so unwichtig ist, was ich von seinem Zuhause halte.

„Lass mich doch erstmal schauen, dann kann ich dir sagen, ob das hier nichts Besonderes ist." Ich bemühe mich, meine Sorgen zur Seite zu schieben und einen leichten Tonfall anzuschlagen.

„Na schön, dann hier entlang, die Dame." Aaron deutet den Flur hinunter, von dem links und rechts jeweils eine Tür abgeht. Hinter der Tür auf der linken Seite verbirgt sich ein kleines, aber gemütliches Wohnzimmer. Die gesamte Einrichtung ist aus Holz, es gibt ein gut gepolstertes Sofa und einen Sessel, neben dem ein Korb mit Wolle und Stricknadeln steht.

„Du strickst?" Ich will nicht ungläubig klingen, doch ich kann nicht anders. Aaron ist Schmied, seine Statur lässt auf harte körperliche Arbeit schließen... Stricken?

„Ja, ich stricke , ganz gut sogar, kannst du dir das so schwer vorstellen?" Defensiv verschränkt er die Arme vor der Brust.

„Nein, ich wollte nur..." Ach, was bringt es schon, ihn anzulügen? „Ja, es ist schwer, es mir vorzustellen. Ich kenne keinen Mann, der zu seinen liebsten Beschäftigungen Stricken zählt."

„Wie viele blinde Männer kennst du denn?" Aaron legt den Kopf schief und bohrt seine blinden, goldenen Augen in meine. Auch wenn er nicht sehen kann – intensiv schauen kann er.

Ich spüre, wie ich erröte. Wieder habe ich nicht daran gedacht, dass er nicht sehen kann. Das, was ich am liebsten tue – lesen – ist für ihn nicht möglich. Niemals wird er Geschichten über Prinzen und Prinzessinnen, Drachen oder Greifen lesen können. Es gibt keine Ausflüge in fremde Welten für ihn. Nur die Dunkelheit.

„Es tut mir leid, ich habe nicht nachgedacht." Beschämt senke ich den Blick. Das Mitleid, das ich für Aaron verspüre, brodelt immer heftiger in mir hoch.

„Das sieht dir wohl nicht ähnlich." Plötzlich steht Aaron dicht vor mir. Er streckt die Hand aus und tastet nach meinem Kinn, um es dann anzuheben. Wieder verliere ich mich in dem Gold seiner Augen. Sie passen in diese Stadt mit all ihrem Metall und dem Glanz. „Ich habe das Gefühl, du bist jemand, der viel nachdenkt."

„Manchmal ja. Schließlich hatte ich die letzten fünf Jahre dazu auch mehr als genug Zeit." Ich lache verlegen und will meinen Kopf zur Seite drehen, doch Aaron lässt es nicht zu. „Aber dann gibt es Momente..." Ich zucke mit den Schultern. „In denen hätte ich vielleicht etwas mehr nachdenken sollen."

„Momente, wie einem Fremden auf den unbekannten und gefährlichen Erdboden zu folgen?"

Nach einem kurzen Moment nicke ich langsam. „Ja, solche Dinge zum Beispiel." Endlich gibt er mein Kinn wieder frei. „Oder diesem Unbekannten das Leben zu retten, indem ich mich auf einen Ghul stürze."

Dieses Mal ist es an Aaron, zu schweigen. Ich kann seinen Gesichtsausdruck nicht recht einordnen. Er tritt einen Schritt zurück. „Der Unbekannte ist dir mehr als dankbar. Auch, wenn er dir gesagt hat, du sollst weglaufen."

„Tja, damit wüsstest du dann, dass ich nicht alles tue, was mir gesagt wird." Ich bemühe mich wieder um Leichtigkeit in meiner Stimme. Die Stimmung zwischen uns ist mir zu ernst, zu angespannt.

„Das weiß ich jetzt allerdings", murmelt Aaron und wendet sich von mir ab.

„Was machst du eigentlich mit den Büchern?", erst jetzt sind mir die sechs Bücher aufgefallen, die in einem Regal neben dem Sofa stehen. Wenn er nicht sehen kann – wozu stehen sie dann hier?

„Das sind die Bücher, die ich vor meinem Unfall in meinem Zimmer stehen, aber nicht gelesen hatte. Ich vermute, ich schleppe sie aus Nostalgie mit mir herum. Ich hätte sie gerne gelesen."

Ich schlucke. Mir fällt keine passende Erwiderung darauf ein. Es gibt nichts, was ich darauf sagen will, außer, dass es mir leidtut. Und das wäre unpassend. Denn ich kann nichts für seinen Zustand und ich sollte ihn auch nicht bemitleiden. Ich sollte ihn bewundern für das, was er erreicht hat. Er hat sich ein Leben in seiner Dunkelheit geschaffen, in dem er erfolgreich ist. Seine Eltern wollten ihn aussetzen, Herrgottnochmal. Nur, weil er nicht mehr sehen konnte. Und jetzt hat er es allen gezeigt. Er hat allen bewiesen, dass er ohne Augenlicht nicht weniger wert ist als all die anderen Menschen. Nicht weniger wert als seine Brüder.

„Zeigst du mir auch noch die anderen Zimmer?" Ich hoffe, er kann nicht das Zittern in meiner Stimme hören.

„Natürlich." Ich spüre das Zögern in seinen Bewegungen, doch er sagt nichts weiter, sondern tritt durch eine weitere Tür im Wohnzimmer. Nun stehen wir im Schlafzimmer. Ein Bett, ein Schrank, beides ebenfalls aus Holz. Nichts in diesem Haus erinnert an die Stadt vor der Tür, in der das meiste aus Metall besteht. Aaron hat sich mit Holz umgeben, mit Natur. Was mir auffällt, ist die extreme Ordnung, die überall herrscht. Nichts steht herum, nichts liegt auf dem Boden. So ganz anders als in meinem Zimmer im Turm. Überall lagen aufgeschlagene Bücher und meine Kleidung landete nach dem Tragen nicht immer gleich in der Wäsche. Aber vermutlich ist es so, wenn man blind ist, jedes unerwartete Hindernis bringt einen aus dem Konzept. Von Aarons Ordnung könnte ich mir auf jeden Fall eine Scheibe abschneiden.

An einem Haken neben der Wand hängt ein lederner Anzug. Das Leder ist glatt durch den häufigen Gebrauch, an manchen Stellen ziehen sich Kratzer darüber. Ich bemerke dunkle, verkohlte Stellen. Das müssen die Sachen sein, die Aaron für seine Arbeit als Schmied trägt.

Wir gehen zurück ins Wohnzimmer und von dort aus wieder in den Flur. Nun treten wir durch die Tür auf der anderen Seite und stehen in einer gut ausgestatteten gemütlichen Küche. Auf der einen Seite gibt es einen Herd, darunter einen Backofen. Staunend trete ich näher. Ich habe gehört, dass es solche Geräte gibt, habe sie aber noch nie gesehen. Viel zu teuer, kaum erschwinglich für die meisten.

„Alles elektrisch.“ Stolz schwingt in Aarons Stimme mit.

„Woher kommt die Energie?“

„Auf dem Berg stehen Windräder. Die Energie des Windes wird umgewandelt und in die Häuser geleitet.“

Ich kann nicht anders, als zu staunen. Ich bin immer davon ausgegangen, dass am Erdboden in gewisser Hinsicht kein Leben mehr herrscht und es nur noch die Ghule gibt. Niemals hätte ich damit gerechnet, dass die Städte hier unten weiter entwickelt sind als Turrim!

Über den Geräten hängen Schränke aus Holz, daneben steht ein offenes Regal, in dem sich offenbar Zutaten wie Gewürze befinden. Auch hier ist alles ordentlich und steht auf seinem Platz. Durch das Fenster, das sich in Richtung Straße befindet, kann ich den goldenen Glanz der Straße sehen.

„Blendet das Licht?“, fragt Aaron mich und geht hinüber zum Fenster.

„Ein wenig“, gebe ich zu.

„Ich habe gehört, wenn die Sonne richtig scheint, wird man in der Küche fast blind.“ Aaron grinst. „Das kann ich aber ändern.“ Er drückt einen Knopf am Fenster und Zahnräder setzen sich neben dem Rahmen in Bewegung. Mit flüssigen Bewegungen senkt sich eine Blende vor das Fenster und schirmt das Licht von draußen ab. Nun stehe ich allerdings fast im Dunkeln und taste mich zur Tür der Küche vor. Vermutlich gibt es hier auch einen Lichtschalter. Ich finde ihn und schalte das Licht ein.

„Und hier kochst du?“

„Hier koche ich“, bestätigt Aaron mir.

Ich nicke langsam und sehe mich noch einmal um. Mir gefällt Aarons Haus, obwohl ich es mir nach dem Gang durch den Rest der Stadt anders vorgestellt hatte.

Es ist gemütlich und warm, obwohl es keine Dekoration oder Ähnliches gibt.

Aaron und ich stehen eine Weile nebeneinander, bevor er wieder das Wort ergreift. „Das Bad ist übrigens da hinten." Er deutet auf eine Tür, die aus der Küche hinausführt.

„Gut zu wissen“, gebe ich zurück und Aaron grinst. Ich weiß nicht, was ich noch sagen soll, also sage ich: „Du hast ein schönes Haus.“

„Danke.“

Langsam wird das Schweigen zwischen uns unangenehm und so durchbreche ich es, indem ich eine Frage stelle. „Und was machen wir jetzt? Wie geht es weiter?“

Aaron gibt nicht sofort eine Antwort. Sein Gesicht ist undurchdringlich, ein Ausdruck, den ich mittlerweile von ihm gewohnt bin. „Wir sollten einkaufen gehen, besonders viel zu essen habe ich nicht im Haus, dazu war ich in letzter Zeit einfach zu selten hier.“

„Gut, dann lass uns gehen.“ Ich bin bereits wieder im Flur, als Aaron sagt: „Du solltest dir erst etwas anderes anziehen.“

„Stimmt etwas mit meiner Kleidung nicht?“, frage ich scheinheilig. Ich trage noch immer ein schlabbriges ausgefärbtes Oberteil und eine hervorragend dazu passende Hose. Beides zieren mittlerweile auch einige schöne Flecken von meinem gemütlichen Spaziergang von Turrim nach Evo.

„Ich weiß es nicht, aber ich könnte mir vorstellen, dass ihr in Turrim nicht das gleiche tragt wie wir hier unten. Stimmt das?“ Schalk hat sich in seine Stimme geschlichen, obwohl er noch immer ernst dreinschaut.

„Gut, vielleicht hast du recht“, gebe ich seufzend zu. „Und was soll ich anziehen?“

„Du bekommst etwas von mir“, sagt Aaron und wir gehen ins Schlafzimmer.

Er hält mir ein dunkelbraunes, langärmeliges Oberteil hin, das, wie der Umhang, den ich bereits trage, eine breite Kapuze hat. Dazu passend reicht er mir eine dunkelbraune Hose mit beigen Längsstreifen.

„Danke.“ Ich nehme die Kleidungsstücke und mustere sie. Die Stoffe fühlen sich ungewohnt rau auf meiner Haut an aber nicht unangenehm. Ein Muster wie auf der Hose habe ich bisher noch nie gesehen.

„Zieh dich um, ich warte so lange in der Küche.“ Aaron verlässt das Schlafzimmer, obwohl er mich ohnehin nicht hätte sehen können. Trotzdem fühle ich mich beim Umziehen ohne seine Gegenwart deutlich wohler. Beide Kleidungsstücke sitzen recht locker an meinem Körper, doch nicht so locker, dass es Aufmerksamkeit erregen würde. Meine leichten Schuhe aus Leder passen halbwegs zur Kleidung und fallen unter der weiten Hose kaum auf.

„Ich bin fertig.“

Ich sehe, wie Aaron in der Küche zusammenzuckt, seinen Schreck aber überspielt, indem er sich mit einem leichten Grinsen zu mir umdreht. „Und, passen sie wie angegossen?“

„Kann ich jetzt nicht behaupten, aber sie sind in Ordnung. Danke.“

„Nichts zu danken, ich möchte nicht, dass du beim Einkaufen Aufmerksamkeit auf uns ziehst." Rasch fügt er hinzu. „Aufmerksamkeit gefällt mir nicht, weißt du?"

„Kann ich verstehen." Mir gefällt sie auch nicht, vor allem, wenn sie von Magica kommt oder von der Polizei, die mich erwischt und wieder nach Hause bringt.

„Dann können wir ja gehen." Aaron greift nach einer ledernen Geldbörse und mich durchfährt mein schlechtes Gewissen wie ein Stich. Aaron wird alles für mich bezahlen müssen. Es gibt nichts, das ich ihm als Gegenwert für seine Ausgaben anbieten könnte. Doch ich benötige seine Hilfe. Ohne ihn würde ich in Evo vermutlich verhungern.

Ich gebe mir selbst das Versprechen, Aaron alles zurückzuzahlen. Mit ein wenig Glück und Fleiß meinerseits werde ich schon bald eine Arbeitsstelle haben. Und dann bekommt er sein Geld zurück, nichts davon soll geschenkt sein!

Der Gedanke erleichtert mein Gewissen ein wenig und ich folge Aaron wieder auf die Straße. Auf seinen Hinweis hin setze ich meine Kapuze auf und wir nehmen den nächsten Käfig – Aaron verrät mir, dass sie Aufzüge heißen – und fahren damit hinauf auf die fünfte Ebene. Dort angekommen greife ich nach dem Geländer, das die Straße von dem klaffenden Abgrund daneben trennt und blicke hinunter. Der Erdboden ist so weit entfernt, wie ich ihn noch nie gesehen habe und beim Blick in die Tiefe erfasst mich ein ungeahnter Schwindel. Die Tiefe zieht mich förmlich an und ich schließe die Hände fest um das kalte Metall des Geländers. Wir sind verdammt hoch oben. Nicht so hoch wie in Turrim, aber alles hier wirkt viel weniger... massiv.

„Woran denkst du?“ Aaron tastet sich neben mir zum Geländer vor und wendet mir sein Gesicht zu.

„Nur an Turrim“, erwidere ich.

„Bereust du es bereits, dass du gegangen bist?“

„Geflohen, meinst du?“ Ich ziehe einen Mundwinkel in die Höhe. „Nein, kann ich nicht behaupten. Der Gedanke, mit einem Mann verheiratet zu sein, den ich nicht kenne und schon gar nicht liebe, ist nichts, was ich ertragen kann.“ Ich will Aaron nicht sagen, was William wirklich mit mir vorhatte.

„Kann ich verstehen.“ Schweigen breitet sich zwischen uns aus. „Würdest du denn aus Liebe heiraten?“ Aarons Frage kommt aus dem Nichts.

„Ich... ich denke schon.“ Ich denke an all die Bücher, in denen Liebe und Heirat eine Rolle gespielt hatten. Und ich denke an meine Eltern. „Ich sehe keinen Grund, wieso nicht. Und du?“

„Ich glaube, es wäre schön“, sagt Aaron langsam. „Jemanden zu haben, bei dem man das Gefühl hat, für immer mit ihm zusammen sein zu wollen.“

„Ja. Nur musst du so jemanden erst einmal finden“, ziehe ich ihn auf und er stößt sich vom Geländer ab.

„Genau darin liegt das Problem. Die Frau, die ich für immer in meiner Nähe haben will, ist mir bisher noch nicht begegnet.“

„Die kommt sicher noch.“

„Vielleicht.“ Aaron deutet auf die nur mäßig belebte Straße. „Wenn ich allerdings so lange leben möchte, bis sie auftaucht, sollte ich was essen. Ich verhungere nämlich gleich.“

„Geht mir genauso.“ Schon seit dem Toten Land grummelt mein Magen vor sich hin, mittlerweile so laut, dass ich davon ausgegangen bin, dass Aaron es ebenfalls hört.

„Dann mal los.“ Aaron hält sich dicht an meiner Seite, als wir den golden schimmernden Steg entlanggehen. Ich weiß nicht, ob er sich an mir orientieren möchte oder ob er verhindern möchte, dass ich mich verlaufe – was bei einer völlig geraden Straße ohne irgendwelche Abzweigungen im Grunde unmöglich ist.

„Wo gehen wir hin?“

„Hier auf Ebene fünf gibt es einen guten Laden, da bekommt man eigentlich alles.“

Gespannt betrete ich mit Aaron zusammen das Geschäft, das dem Schild über dem Eingang nach „Ebels Gemischtwaren“ heißt. Das Gebäude ist etwa so groß wie Aarons Haus, doch besteht nur aus einem einzigen großen Raum. Direkt gegenüber der Eingangstür, über der leise ein Glöckchen klingelt, als wir hindurchtreten, befindet sich eine lange Theke mit einer Kasse. Hinter ihr steht ein Mann und kassiert die Einkäufe der Kunden. Links und rechts des geraden Weges zur Kasse stehen in ordentlichen Reihen lange Regale. Alle sind von oben bis unten gefüllt. Doch nicht vollgestopft, sondern fein säuberlich sortiert.

„Worauf hast du Lust?“ Aaron hat bereits einige Schritte in den Laden hineingemacht, während ich noch staunend am Eingang stehe.

„Ähm.“ Mein Blick schweift von rechts nach links. „Ich habe keine Ahnung. Bitte such du was aus.“

Aaron nickt. „Na schön. Aber ich möchte hinterher keine Beschwerden hören, dass es dir nicht schmeckt.“ Er zwinkert mir grinsend zu.

„Ich kann für nichts garantieren.“ Lachend hebe ich die Hände und streife mir die Kapuze ab. „Ohne das Ding auf dem Kopf ist es doch viel besser.“ Ich fahre mir durch meine langen Haare, die ich unbedingt mal wieder kämmen sollte.

Aaron will gerade weitergehen, da dreht er sich noch einmal um und kommt nah zu mir. „Tu mir einen Gefallen: Setz die Kapuze auf.“

„Wieso?“

„Es ist nicht ratsam, aufzufallen.“

„Ich trage doch schon extra eure Kleidung.“

„Es ist nicht nur deine alte Kleidung“, sagt Aaron ruhig. „Es ist deine normale Haut und es sind deine langen Haare. Sie schreien förmlich jedermann entgegen, dass du aus einer der Turmstädte kommst.“

„Oh.“ Ich kenne die Gefahren nicht, die mich erwarten, wenn die Leute bemerken, dass ich aus Turrim stamme, doch ich vertraue Aaron, dass er sie kennt. Er kennt Evo, er kennt seine Heimatstadt und die Menschen, die hier wohnen. Menschen, die vermutlich Vorurteile gegen die Menschen aus den Turmstädten haben. Vielleicht tragen sie es uns auch nach, dass wir sie hier am Erdboden im Stich gelassen haben. Zusammen mit dem Äther und den Ghulen.

Bisher hat niemand im Geschäft mich angesehen. Mit einer einzigen Bewegung streife ich mir die Kapuze wieder über den Kopf und lasse sie bis hinunter zu meinen Augen rutschen. Der feste Stoff fühlt sich schwer auf meinem Kopf an, doch ich verzichte darauf, daran herumzuziehen. Jeder hier, der eine Kapuze trägt, scheint daran gewöhnt zu sein. Ich würde genauso auffallen, wenn ich beginne, daran herumzuzupfen, als würde ich keine tragen.

Aaron geht nun etwas weiter in den Laden hinein und spricht eine Angestellte mit weißer Schürze an. Während sie sich unterhalten, nickt sie hin und wieder, dann greift sie nach einem handlichen Metallkorb und beginnt damit, die Regalreihen abzugehen und hin und wieder etwas in den Korb zu legen. Als sie mit gut gefülltem Korb zurückkehrt, dankt Aaron ihr und sie überreicht ihm den Korb.

„Das ist alles für uns?“ Ich deute auf die Einkäufe. Ich erkenne Gemüse, getrocknetes Fleisch und Eier. Alles andere ist mir unbekannt.

„Das ist alles für uns“, bestätigt Aaron. „Kannst du mich bitte zur Kasse führen?“ Er tastet nach meiner Schulter und streift dabei meine Wange. „Entschuldige.“

„Schon gut.“ Ich greife nach seiner umhertastenden Hand und lege sie auf meine Schulter. „Halt dich einfach fest.“

Normalerweise braucht Aaron meine Hilfe nicht, doch ich spüre seine Unsicherheit, nun, da mehr Menschen um uns herum sind und der Platz zum Ausweichen geringer ist. Ich stelle mich mit ein wenig Abstand hinter die letzte Kundin und Aaron nimmt seine Hand wieder von meiner Schulter.

„Danke, in Geschäften verliere ich manchmal die Orientierung“, gibt er zu.

„Kein Problem.“

Während wir warten, schaue ich mir die Menschen an, die vor uns an der Kasse stehen. Die Frau direkt vor uns dreht sich einige Male um und blickt nervös zur Tür. Die Haut in ihrem Gesicht ist von einem fleckigen Grün und wölbt sich an manchen Stellen unansehnlich vor. Das muss Aaron mit Veränderungen gemeint haben, die weitaus schlimmer sind als seine eigenen.

Dann stehen noch zwei Männer vor uns. Der eine ist in etwa so groß wie Aaron und auf den ersten Blick kann ich an ihm keine Veränderung feststellen, doch der andere... Der andere ist ein Berg von einem Mann, gut und gerne zwei Meter und fünfzig groß und mit einem breiten Kreuz, das die Hälfte der Theke verdeckt.

Als wir endlich an der Reihe sind, reicht Aaron dem Kassierer unseren Korb und bezahlt die Einkäufe. Ich habe keinen Vergleich, ob die Lebensmittel, die er gekauft hat, teurer oder günstiger als in Turrim sind, denn ich kenne die Währung nicht, mit der in Evo gehandelt wird. Ich hoffe nur, dass ihm nicht plötzlich klar wird, was ich ihn koste und womöglich noch kosten werde.

Nachdem wir das Geschäft verlassen haben, will ich den Weg zurück zu Aarons Haus einschlagen, doch er geht in die entgegengesetzte Richtung.

„Wohin willst du?"

„Du brauchst eigene Kleidung."

„Was stimmt mit der hier nicht?" Ich blicke an mir herab. Die Kleidung, die ich trage, schlabbert um meinen mageren Leib herum, doch sie ist in Ordnung. Ich sehe keinen großen Unterschied zu den anderen Menschen, denen wir auf der Straße begegnen.

„Man sieht vermutlich, dass sie nicht dir gehört. Und für Menschen, die mich kennen..." Aaron holt tief Luft. „Es würde verfänglich wirken, wenn du meine Kleidung trägst. Zu vertraut."

„Oh." Ich spüre, wie meine Wangen warm werden. Aaron will also nicht, dass die Leute glauben, wir würden eine Beziehung führen. Nun gut.

„Aber sind solche Kleider nicht furchtbar teuer?"

„Das spielt nun wirklich keine Rolle." Aaron greift nach meiner Hand und zieht mich weiter. „Du brauchst sie und damit fertig."

Seine Hand ist rau, ich spüre die Schwielen darauf, die von der Arbeit in der Schmiede stammen müssen. Aber es ist kein unangenehmes Gefühl. Seine Hand ist warm und gibt mir das Gefühl, nicht allein zu sein.

Plötzlich ertönt ein lautes Knistern, dann eine Stimme, die von überall her zu kommen scheint. „Valeria, ich weiß, du hörst mich. Wenn du sofort zum Turm zurückkommst, erhältst du keine Strafe."

Es ist Magicas Stimme, die Stimme meiner Stiefmutter. Wie kann ihre Stimme hier sein?

„Das ist eine Ansage von einem Luftschiff." Aaron packt meine Hand fester. „Wer ist die Frau, die da redet?"

„Das ist meine Stiefmutter." Ich murmle die Worte so leise, als könnte ich sie damit weniger wahr machen.

„Sie sucht dich also. Sie will dich zurück."

„Sie will ihren netten kleinen Verdienst nicht verlieren", gebe ich trotzig zurück. Bei Aarons Worten könnte man meinen, Magica suche mich aus Zuneigung. Aber das Gegenteil ist der Fall. „Sie hat mich für eine Heirat an William verkauft, einen offenbar sehr reichen Mann. Und nun, da ich weg bin..."

„...findet die Hochzeit nicht statt und der Verkaufspreis ist hinfällig."

„Genau das. Vermutlich glaubt sie, ich verstecke mich irgendwo in Turrim oder auf einem der Luftschiffe. Sie denkt vermutlich nicht, ich könnte hier unten sein." Schließlich glauben in Turrim alle, der Äther würde jeden Menschen töten, der ihn berührt.

„Sie wird dich auf jeden Fall nicht finden", versichert mir Aaron und bleibt nun doch kurz auf der Straße stehen. Er richtet seine Augen auf mich und blickt eindringlich. „Du bist hier vor ihr in Sicherheit. Noch nie ist einer von den Menschen da oben freiwillig hier runtergekommen."

„Außer mir", gebe ich zu Bedenken und Aaron lacht kurz auf.

„Ja, außer dir", pflichtet er mir dann bei. „Aber das

ist was anderes. Du hattest schließlich mich als Anreiz, hier runterzusteigen."

Ich strecke ihm die Zunge raus, was er glücklicherweise ja nicht sehen kann. „Und du bist natürlich ein guter Grund."

„Aber ja." Er wirft sich in die Brust und ein nettes Lächeln erscheint auf seinem Gesicht. Noch immer hält er meine Hand und für einen kurzen Moment stehen wir lächelnd auf der Straße. Dann jedoch rempelt ein Mann mit dunkelgrüner Haut Aaron an und der Moment vergeht.

„Komm, lass uns weitergehen." Aaron zieht mich weiter, an unzähligen Häusern vorbei. Es sind Wohnhäuser, aber auch Geschäfte, allesamt mit Verzierungen aus Metall und Holz, doch ich habe keine Zeit, sie mir genauer anzuschauen. Aaron hält erst vor einem Gebäude, dessen Eingang zwei Mannequins flankieren, wunderschöne Kleiderpuppen aus dunklem Holz und bordeauxrotem Stoff mit goldenem Muster. In geschwungenen goldenen Lettern steht „Feinster Stoff" über der Tür.

„Da gehen wir rein?", flüstere ich überrascht. Der Laden wirkt viel zu luxuriös für unsere Zwecke.

„Ich kenne den Besitzer", sagt Aaron schlicht. „Er ist jemand, der seine Klappe halten kann."

Ich weiß nicht recht, warum er jemanden sucht, der die Klappe halten kann, doch ich folge ihm in den Laden hinein. Im Inneren empfängt uns der warme Duft von Stoffen und Rosenblüten. Überall stehen Regale und Theken, sie alle sind überhäuft von Stoffrollen.

Im hinteren Teil des Ladens sehe ich Maschinen, aus denen Dampf quillt. Seitlich hängen Fäden aus ihnen heraus.

„Hallo?“ Aaron macht einen großen Schritt in den Laden hinein und wartet dann.

„Guten Tag“, ertönt wenig später die Antwort und ein Mann erscheint aus einem der Nebenräume. Er ist ungefähr so groß wie ich und spindeldürr. Die Farbe seines Gesichts ist normal, doch ich bemerke unter dem hohen Kragen und der Fliege, die er sich luftabschnürend dicht umgebunden hat, einen Hauch von Grün. Über seinem blütenweißen Hemd trägt er eine dunkelbraune Weste mit den gleichen goldenen Stickereien, die mir an den Mannequins vor der Tür aufgefallen sind. Die braune Hose, die er dazu trägt, reicht ihm nur bis zum Knie, darunter trägt er reichverzierte Gamaschen über glänzenden Schnürschuhen.

„Aaron, was kann ich für dich tun?“ Der Mann hebt erfreut die Arme und lächelt.

„Ich bin heute nicht dein Kunde, Elon, tut mir leid. Es geht um diese junge Dame.“ Aaron tastet nach meiner Schulter und schiebt mich nach vorn. „Für den Anfang brauchen wir zwei Garnituren Kleidung und ein Kleid. Unauffällig, nicht zu elegant, eher zweckmäßig. Für die Arbeit in einer Schmiede geeignet.“

In einer Schmiede? Hat Aaron etwa vor, mich mit zu seiner Arbeit zu nehmen? Ich bin überrascht und fühle mich geschmeichelt, dass er mir das zutraut. Bisher haben wir darüber noch nicht gesprochen.

„Schön. Gibt es eine besondere Vorliebe für den Stoff oder das Muster?“

„Nimm bitte das, was momentan die meisten Frauen tragen, das sollte in Ordnung sein.“

Mit großen Augen beobachte ich, wie der Schneider mit einem Maßband auf mich zukommt. „Bitte legen Sie ihren Umhang ab“, bittet er mich und deutet auf meine Kapuze.

Mit einem kurzen Blick hinüber zu Aaron folge ich seinen Anweisungen. Ich sehe die Augen des Schneiders über meine Haare wandern, dann macht er sich mit seinem Maßband an die Arbeit.

Es dauert gut und gerne eine halbe Stunde, in denen der Schneider mich mit einer solchen Sorgfalt vermisst, dass es ans Lächerliche grenzt. Aber schließlich lassen er und sein Maßband von mir ab und ich seufze erleichtert.

„Ich werde tun, was ich kann. Sobald ich fertig bin, werden die Sachen zu dir nach Hause gebracht.“

„Perfekt.“

Während ich mir meinen Umhang wieder anziehe und die Kapuze überstreife, geht Aaron mit dem Schneider schon zur Tür. Wieviel muss Aaron für meine Kleider bezahlen? Ich hoffe, ich werde ihm in der Schmiede eine Hilfe sein, um ihm zumindest einen Teil meiner Schulden zurückzahlen zu können.

• Kapitel 8 •

Als wir in Aarons Haus zurückkehren, wird es draußen schon dunkel und ich spüre die Müdigkeit in jedem meiner Muskeln. Der lange Marsch von Turrim bis Evo und die Aufregung, den Erdboden zu sehen, fordern unerbittlich ihren Tribut.

Ich schaffe es noch, ein Brot mit Käse zu essen, dann rolle ich mich auf dem Sofa zusammen, obwohl Aaron mir sein Bett anbietet. Doch ich nehme bereits genug von ihm, da will ich ihm nicht auch noch sein Bett nehmen, zumal ich kleiner bin als er und sehr viel besser auf dem Sofa Platz finde.

Ich liege noch keine Minute, als ich auch schon einschlafe.

Der nächste Morgen beginnt für mich mit einem verwirrenden Moment, in dem ich nicht weiß, wo ich mich eigentlich befinde. Die Matratze unter mir fühlt sich zu weich an, ein Sonnenstrahl fällt mir genau auf die Augenlider und ich höre Stimmen. Es ist nicht Magica, aber eine Frau. Und ein Mann. Und... Aaron. Natürlich, ich bin in seinem Haus. Rasch springe ich vom Sofa und bringe die Kissen wieder in ihre vorherige Ordnung.

Wieder dringen die Stimmen an mein Ohr. Ich höre eindeutig Aaron heraus, doch wer sind die anderen beiden, mit denen er redet? Neugierig gehe ich zur Tür, die in den Flur führt und öffne sie einen Spalt breit. Nun höre ich die Stimmen deutlich, Aaron scheint an der Haustür zu stehen.

„... ich mache Abendessen.“ Die Stimme des fremden Mannes klingt befehlsgewohnt. Er erscheint mir älter als Aaron.

„Wir wollen dich doch nur mal wieder bei uns sehen. Wir müssen über etwas sprechen.“ Die Frau tritt noch bestimmter auf als der Mann vor ihr. „Aber lass dein Spielzeug hier.“

„Mutter...“, will Aaron protestieren, doch er wird sogleich unterbrochen.

„Wir kennen das von deinen Brüdern. Das erste Mal ist immer schwer, man möchte noch spielen.“

„Mutter...“

„Komm heute Abend, dein Vater kocht.“

Von Aaron kommt nur noch ein unwilliger Laut.

„Bis später, Sohn.“

Ich höre die Tür ins Schloss fallen und laufe zurück zum Sofa. Aaron soll nicht denken, ich hätte gelauscht. Was ich habe. Was er aber nicht wissen muss.

Was haben seine Eltern mit „Spielzeug“ gemeint?

Aaron klopft an die Wohnzimmertür.

Betont verschlafen rufe ich: „Herein!“

Als Aaron das Wohnzimmer betritt, erkenne ich an seinem Gesichtsausdruck bereits, dass der Besuch seiner Eltern ihm schlechte Laune verursacht hat. Seine Mundwinkel hängen herab und seine Augen wirken müde.

„Gut, dass du wach bist. Ich gehe gleich in die Schmiede und ich möchte, dass du mitkommst.“

„Natürlich. Ich mache mich fertig.“

Während ich im Badezimmer bin, klopft es an der Haustür. Wieder höre ich Aaron reden. Als ich in die Küche komme, liegen auf einem der Küchenstühle mehrere Kleidungsstücke. Der Schneider hat also Wort gehalten und mir so schnell wie möglich ein paar passende Kleider genäht. „Die sind für mich, oder?“ Ich deute auf die Kleider, obwohl sehr offensichtlich ist, dass sie für mich und nicht für Aaron sind.

„Ja. Es ist alles fertig.“

„Soll ich etwas davon anziehen?“ Im Gegensatz zu Aaron besitze ich keine Lederschürze für die Schmiede. Ich muss dort wohl mit ganz normalen Kleidern auskommen.

„Natürlich.“ Aaron reicht mir den ganzen Berg und ich ziehe mich damit ins Wohnzimmer zurück. Ich entscheide mich für eine enganliegende dunkelbraune Hose aus einem weichen aber dicken Stoff, dazu für eine hellbraune Bluse mit halbem Arm. Da die Hose am Bund etwas lockerer sitzt, befestige ich daran braune Hosenträger mit bronzenen Schnallen. Nun bin ich gerüstet für meinen ersten Arbeitstag in der Schmiede.

Stolz spaziere ich zurück in die Küche. Die neuen Kleider stehen mir hervorragend, eindeutig eine Verbesserung zu den ausgeleierten lockersitzenden Hosen und Oberteilen, die ich in Turrim stets getragen habe. Leider kann Aaron nicht sehen, was die neuen Kleider für eine Verbesserung bewirkt haben. Dafür hat er allerdings auch zum Glück die alten nicht sehen können.

„Passt alles? Und gefällt es dir?“ Aaron lächelt mir entgegen, doch sein Lächeln wirkt steif.

„Die Sachen sind wirklich sehr schön. Ich danke dir tausendmal, das alles muss ja ein Vermögen gekostet haben.“

Aaron winkt ab. „Nicht der Rede wert.“

„Doch, ich...“

Aaron hebt beide Hände. „Du hast es verdient.“

„Womit?“

„Ich glaube, du bist ein guter Mensch und bisher hat es das Leben nicht allzu gut mit dir gemeint. Das mindeste sind doch da ein paar schöne neue Anziehsachen und frisches Rührei, das von einem unverschämt gutaussehenden Mann für dich zubereitet wurde, oder?“

Lachend nehme ich den Teller entgegen, den er mir reicht. Das Rührei duftet herrlich und er hat mir auch noch eine dicke Scheibe eines goldgelben Brotes daraufgelegt. Ich bin ein wenig verlegen, ich bin es nicht gewohnt, so freundlich behandelt zu werden, doch gleichzeitig freue ich mich auch.

Ich setze mich zum Essen zu ihm an den Tisch. Während ich esse, warte ich darauf, dass er das Gespräch mit seinen Eltern erwähnt, doch das tut er nicht. Stattdessen spricht er über den Auftrag, den er erhalten hat und den wir gleich abarbeiten müssen. Ein Messerset, offenbar nichts Aufregendes, doch das hält Aaron nicht davon ab, mir groß und breit davon zu erzählen.

Als wir uns auf den Weg zur Schmiede machen, habe ich das Gefühl, der Auftrag wäre eigentlich bereits fertiggestellt, so viel weiß ich darüber.

Die Schmiede liegt auf Ebene zwei, weswegen wir mit mehreren Aufzügen fahren müssen. Langsam gewöhne ich mich an die Dinger. Während wir durch die Straßen von Evo gehen, ziehe ich mir die Kapuze ins Gesicht, wie Aaron es mir geraten hat und tatsächlich falle ich auf die Art deutlich weniger auf. Jeder trägt irgendeine Art von Kopfbedeckung. Hüte, Kapuzen, Schleier... In Evo scheint es Mode zu sein, sein Gesicht so wenig wie möglich zu zeigen.

Die Schmiede ist ein unspektakulär aussehendes Gebäude aus silbernem Metall, aus dessen Dach ein gewaltiger Schornstein ragt. Aaron tastet nach dem Schloss und schließt es auf. Er stößt die Tür auf und atmet tief ein. „Das hat mir gefehlt."

Ich atme ebenfalls ein, doch vom rauchigen Geruch nach verbrannter Kohle muss ich husten. „Was? Die Erstickungsgefahr?"

„Du gewöhnst dich daran." Aaron lacht. „Und du wirst auch nicht ersticken, keine Angst." Er betätigt den Lichtschalter und große runde Lampen an der Decke des Gebäudes flammen auf.

Skeptisch blicke ich mich ein wenig in der Schmiede um. Sie besteht aus einem sehr großen Raum und einer Tür, die offenbar in einen Nebenraum führt. Exakt in der Mitte befindet sich die Feuerstelle, darüber der Abzug, dessen Schornstein ich bereits draußen gesehen habe. Darüber hängen fein säuberlich an Haken aufgereiht mehrere Werkezuge – ich vermute, dass es Zangen sind – und ein paar Schritte neben der Feuerstelle erkenne ich einen mechanischen Amboss, dessen Arm von einer Dampfmaschine in der Ecke angetrieben wird.

An der linken Wand befinden sich mehrere Holzkisten, jede mehrere Meter lang, in denen ich verschiedene Metalle erkenne. Direkt daneben befindet sich auch eine solche Kiste mit Kohlestücken. Aaron greift nach einem Zündholz und entzündet das Feuer in der Feuerstelle. Die kleine Flamme frisst sich durch die Kohle und schon bald lodert sie hoch. Ich beobachte Aaron dabei, wie er eine Form aus Stein hervorzieht und Metallstücke hineingibt. Ich habe nicht die geringste Ahnung, was er tut und er scheint auch nicht das Bedürfnis zu haben, es mir zu erklären. So stehe ich also schweigend in der Schmiede herum und warte darauf, dass Aaron mir eine Aufgabe zuweist.

„Also…“, sage ich nach einer Weile, als ich immer noch keine Aufgabe erhalten und genug vom Herumstehen habe. „Was soll ich tun?“

Aaron zuckt heftig zusammen, wobei das verflüssigte Metall, das er gerade aus den Flammen nimmt, unheilverkündend schwankt. Doch er stabilisiert die Form, die er mit einer Zange hält. Offenbar hat er meine Anwesenheit tatsächlich vergessen.

„Du kannst..." Unentschlossen steht Aaron mit der Zange in der Hand da und scheint fieberhaft nachzudenken. „Feg doch bitte den Boden, ja?" Er deutet in eine Ecke des Raums, in der ich einen Besen erkenne. Unwillig gehe ich hinüber. Ich hatte mich darauf gefreut, tatsächlich etwas über die Arbeit in einer Schmiede zu lernen und nun soll ich den Boden fegen? Da hätte ich auch bei William bleiben können, um eine brave Hausfrau zu werden.

Trotzdem fege ich den Boden, wie Aaron es mir aufgetragen hat. Ich schulde ihm alles und werde ihn nicht enttäuschen. Auch, wenn ich auf interessantere Arbeit gehofft hatte.

Als er beginnt, mit dem mechanischen Hammer auf das Metall einzuschlagen, das er zuvor geschmolzen und dann in eine Form gegossen und abgekühlt hat, blicke ich auf und sehe ihm zu. Funken sprühen jedes Mal, wenn der Hammer das noch etwas unförmige Metall trifft, doch man erkennt bereits das Messer, das Aaron daraus fertigt.

Als er damit zufrieden ist, tritt er mit dem Messer an einen Schleifstein heran schleift eine Seite des Messers. Hin und wieder betastet er die Klinge, schleift wieder und betastet die Klinge erneut, bis er schließlich nickt und das Messer auf einem Tisch ablegt. Als er daraufhin wieder zur Feuerstelle geht und sich daran macht, das nächste Metall zu schmelzen, verliere ich die Geduld.

„Wann willst du mir eigentlich erzählen, dass wir heute Abend zu deinen Eltern zum Essen eingeladen sind?"

Wieder zuckt Aaron zusammen. Entweder ist er es nicht gewohnt, dass andere Menschen in der Schmiede in seiner Nähe sind, oder aber es liegt an der Frage.

„Du hast das gehört?"

„Sieht wohl ganz so aus." Warum wollte er mir davon nichts erzählen?

„Ich hätte es dir noch gesagt", grummelt er, während er das Metall in der Schmelzform zurechtschiebt. „Meine Eltern sind nur... schwierig. Ich wollte dir das eigentlich nicht so bald antun. Belauschst du mich etwa?"

„Unfreiwillig." Ich stelle den Besen zur Seite und gehe auf Aaron zu. „Ich habe Stimmen gehört und habe mich gefragt, wer das ist. Und dann habe ich gehört, dass es deine Eltern sind und..." Ich lasse den Rest des Satzes in der Luft hängen. „Ich war neugierig", macht sich nämlich nicht besonders gut als Argument.

„... Und du wolltest hören, was ich mit ihnen bespreche", führt Aaron meinen Satz fort. Er stellt das Behältnis für das Metall zur Seite und wendet sich mir zu. „Ich wollte dir davon erzählen, dann, wenn wir wieder zuhause sind. Jetzt haben wir zu tun." Er klingt abweisender als sonst. Vermutlich gefällt es ihm nicht besonders, dass ich gelauscht habe.

„Tut mir leid."

Schweigen breitet sich zwischen uns aus. Ich weiß nicht, was ich sagen soll.

„Hör mal, das Verhältnis zu meinen Eltern ist angespannt“, ergreift Aaron ein paar Sekunden später wieder das Wort.

„Das verstehe ich.“ Ich muss daran denken, dass Aaron gesagt hat, sie wollten ihn aussetzen, nur weil er erblindet ist.

„Ich denke nicht, dass du das vollkommen verstehen kannst.“ Aaron tritt näher an mich heran. Ich spüre unter der Wärme der Feuerstelle nun die Wärme seines Körpers und ich rieche den Geruch, der von Aaron ausgeht. Er ist angenehm, ein wenig riecht er nach Kiefernnadeln und Kohle.

Einem plötzlichen Impuls folgend ergreife ich seine Hand. „Ich kenne die Situation selbst nicht, aber ich kann mir vorstellen, dass deine Gefühle ihnen gegen über schwierig sind“, erkläre ich. „Du hast ihnen vertraut und sie wollten dich loswerden, als du Schwäche gezeigt hast.“

„Das, was sie getan haben, ist normal hier in Evo“, murmelt Aaron. Sein Blick ist hinunter auf unsere Hände gerichtet. Ganz leicht fährt er mit dem Daumen über meinen Handrücken.

„Aber nicht richtig.“ Auch meine Stimme ist leiser geworden. Mein Herz schlägt plötzlich schnell, als wäre ich gerannt.

„Ich möchte nicht, dass sie dich mit ihren Gedanken infizieren“, sagt Aaron plötzlich. „Du sollst nicht denken wie sie.“

„Das werde ich nicht“, verspreche ich. Ich werde ihn

niemals für schwach halten, völlig ausgeschlossen, egal, was seine Eltern sagen werden.

Aaron hebt eine Hand und fährt mir ganz sachte über die Wange, als versuchte er, sich meine Konturen einzuprägen. Sein Finger ist ein wenig rau. Mein Herz macht einen Satz.

Seine Finger gleiten von meiner Wange in meinen Nacken und ich bekomme eine Gänsehaut am ganzen Körper. Dann beugt Aaron sich zu mir, für einen kurzen Moment erhasche ich noch einen Blick in seine goldenen Augen, dann schließt er sie und seine Lippen berühren meine.

Nach all den Büchern, die ich gelesen habe, habe ich mir immer vorgestellt, wie mein erster Kuss wohl sein würde. Tatsächlich ist er besser als alles, was ich mir vorgestellt habe. Seine Lippen legen sich ganz sanft auf meine und als ich den Druck erwidere, zieht er mich dichter zu sich heran. Ich schmiege mich an seine Brust und fühle, wie sein Herz ebenfalls rast. Seine Hände gleiten beide hinauf in meinen Nacken und von dort in mein Haar. Unsere Lippen suchen einander immer wieder.

Doch plötzlich schiebt Aaron mich von sich.

„Wir sollten das nicht tun."

„Was?" Was ist denn auf einmal los? Hat er nicht gespürt, was ich gespürt habe? Dass es sich verdammt richtig angefühlt hat? Meine Lippen brennen ebenso wie meine Wangen. Habe ich etwas falsch gemacht?

„Wir..." Aaron schüttelt den Kopf. „Es ist einfach nicht richtig."

„Was daran ist nicht richtig?“ Ich bin den Tränen nah, möchte es Aaron aber nicht merken lassen.

„Belassen wir es einfach dabei, ja?“ Aaron wendet sich von mir ab und tastet nach dem Behältnis für das Metall und beginnt damit, einzelne Metallspäne hineinzufüllen. Einen Moment lang glaube ich, der Kuss hätte nichts in ihm ausgelöst, dass er ihm egal ist. Dann aber bemerke ich, dass seine Hände ein wenig zittern.

Doch wenn er beschlossen hat, dass ich es nicht wert bin, dass er mit mir so etwas nicht tun möchte... Ich wende mich ebenfalls ab und greife nach dem Besen. Heftiger als nötig fege ich die Schmiede. Ich fege so lange, bis meine Rückenmuskeln brennen und ich meine Arme kaum noch spüre. Ich fege so lange, bis Aaron die Feuerstelle endlich löscht.

„Lass uns nach Hause gehen.“ Er geht zur Tür und tastet nach dem Lichtschalter. „Ich könnte etwas zu essen vertragen.“

Mein Magen knurrt schon seit geraumer Zeit, doch ich habe keine Lust, mit ihm zu reden. Wortlos gehe ich zur Tür und stoße sie auf. Als das Licht auf der Straße mich blendet, greife ich nach meinem Mantel und streife ihn über. Mit der Kapuze über dem Kopf fühle ich mich deutlich sicherer, obwohl ich nicht genau weiß, wovor ich mich eigentlich verstecke.

Ich höre Aaron hinter mir aus der Schmiede treten und die Tür verschließen. Ich gehe bereits ein paar Schritte in Richtung Aufzug.

„Valeria?“

Als ich mich umdrehe, steht Aaron verloren auf der Straße. Auf seinem Gesicht spiegelt sich Verwirrung.

„Ja, ich bin hier." Meine Füße bewegen sich keinen Schritt auf ihn zu. Es besteht keine Notwendigkeit, ihn zu führen, ihn am Arm zu nehmen und ihm den Weg zu weisen. Das hier ist seine Stadt. Er ist auch sehr gut allein zurechtgekommen, bevor ich hier war.

Auch ihm scheint nun klar zu werden, dass ich nicht vorhabe, neben ihm her zu gehen, und er setzt sich in Bewegung. Eine Hand am Geländer geht er die Straße entlang, den Blick zu Boden gerichtet.

Als wir am Haus ankommen, ist unser Schweigen eisig. Und ich bin nicht bereit, es zu brechen. Laut meinem Vater war ich immer schon sehr stur, ein richtiger Dickschädel. Und wenn ich einmal zu schweigen begonnen habe, breche ich diese Stille so schnell nicht wieder.

Als Aaron die Tür aufschließt, gehe ich direkt an ihm vorbei ins Wohnzimmer und schließe die Tür hinter mir. Ein Teil von mir hofft, er lässt mich einfach in Ruhe, sodass ich meine Gedanken ordnen kann. Ein anderer Teil – natürlich ein sehr viel kleinerer – hofft, Aaron würde mir folgen und mir erklären, warum er mich von sich gestoßen hat.

Es folgen einige Minuten, in denen ich einfach im Wohnzimmer herumsitze. Dann allerdings frage ich mich, warum ich mich eigentlich hier einigeln sollte. Aarons Reaktion hat mich verletzt, ja, aber kann ich ihn dafür völlig verantwortlich machen? Wenn er den Kuss für einen Fehler hält, dann muss ich das wohl so hinnehmen. Ich verlasse das Wohnzimmer, um mich im Bad zu waschen. Als ich wieder herauskomme, finde ich Aaron in der Küche, wo er mit aufgestützten Armen am Tisch sitzt. Ich trete extra laut auf, damit er mich bemerkt und sich nicht wieder erschreckt.

„Wann gehen wir zu deinen Eltern?"

Aaron blickt auf. Er wirkt erleichtert. „Wir sollten uns umziehen, dann können wir gehen." Düster fügt er hinzu: „Je früher wir gehen, desto früher haben wir es hinter uns."

„Was soll ich anziehen?" Die Aussicht, Aarons Eltern zu treffen und auch von ihnen gesehen zu werden, macht mich nervös. Sie sind die ersten Menschen am Erdboden, die ich außer Aaron tatsächlich kennenlerne.

„Was immer dir gefällt", gibt Aaron zurück. Ich bemerke, dass er blasser aussieht als sonst.

„Schön." Wieder herrscht Schweigen zwischen uns.

„Das von vorhin tut mir leid", sagt Aaron dann. „Es sollte nicht so wirken, als hätte ich es nicht gewollt. Es ist nur der falsche Zeitpunkt."

Ich nicke und als mir einfällt, dass Aaron mich nicht sehen kann, sage ich tonlos: „Ja." Was soll ich dazu großartig anderes sagen? Wir werden einfach weitermachen wie vorher. Ich werde bei ihm arbeiten und mit ihm leben, bis ich es allein in Evo schaffe.

„Dann ziehe ich mich jetzt um."

„Das werde ich auch tun."

Unschlüssig stehe ich neben dem Küchentisch. Ich habe das Gefühl, ich sollte noch irgendetwas sagen, aber mir fällt nichts ein. Schließlich drehe ich mich einfach um und gehe zurück ins Wohnzimmer, wo ich eins der neuen Kleidungsstücke nach dem anderen hochhalte und darauf überprüfe, ob es für ein Abendessen wohl angemoooen iot.

Schließlich entscheide ich mich für eine blutrote Bluse mit kurzen Ärmeln und dezenten Rüschen am Kragen. Dazu trage ich eine dunkelgraue Hose.

Als ich fertig bin, warte ich im Flur auf Aaron. Während ich warte, steigt meine Nervosität immer weiter. Gleich werde ich andere Menschen aus Evo kennenlernen. Ich werde mich mit ihnen unterhalten müssen. Was soll ich nur sagen? Darf ich ihnen verraten, woher ich stamme? Was soll ich ihnen sonst erzählen?

Als Aaron in den Flur kommt, platzen diese Fragen aus mir heraus.

„Sag ihnen einfach gar nichts“, erwidert er steif. „Sie werden dir keine Fragen dazu stellen.“

Verwirrt will ich fragen, warum sie das nicht tun sollten, doch Aaron hebt die Hand. „Lass uns losgehen, sie sollen ja nicht auf uns warten müssen.“

„Natürlich.“

Doch die Frage nagt weiter an mir, auch, als wir den ersten Aufzug auf die nächste Ebene nehmen. Und den nächsten. Und den nächsten.

„Sag mal, wie weit oben wohnen deine Eltern?“ Wir sind inzwischen auf der neunten Ebene angekommen und der Erdboden ist von hier oben nur noch eine grünbraune Mischung. Es ist auch deutlich kälter als noch auf den unteren Ebenen und ein leichter Wind weht, der meine Haare vor meinen Augen tanzen lässt.

„Noch ein Stück."

Noch ein Stück bedeutet letztendlich noch fünf Ebenen – und damit die Spitze von Evo. Als wir die oberste Ebene betreten, habe ich das Gefühl, nicht länger in der Stadt zu sein. Zwar gibt es auch hier das goldene Geländer wie auf den anderen Ebenen, doch die Straße ist mit roten Steinen gepflastert, an den Rändern wachsen Büsche und Bäume. An einer Stelle gabelt sich der Weg und in der Mitte befindet sich ein Blumenbeet mit wunderschönen gelben Blumen.

Im Gegensatz zu den anderen Ebenen gibt es hier keine Häuser am Rand, nur ein einziges. Etwa in der Mitte der Ebene steht ein riesiges Gebäude. Es hat drei Stockwerke, jedes davon aus einem anderen Metall. Die unterste Etage ist kupferfarben, darüber folgt Bronze und ganz oben Silber.

„Deine Familie wohnt wohl nicht einfach nur in Evo, oder?", frage ich bei dem Anblick leise.

„Evo gehört ihnen", erwidert Aaron tonlos.

Ich schlucke. Ich habe mit normalen Eltern gerechnet. Eltern, die einem Beruf nachgehen und denen keine ganze Stadt gehört. Auf einmal fühle ich mich in meiner Bluse unwohl. Ich hätte doch das elegantere Kleid nehmen sollen, das ebenfalls bei meinen neuen Sachen lag. Doch nun ist es zu spät. Ich straffe meine Schultern. „Gehen wir?"

Aaron nickt nur und bietet mir seinen Arm an. Ich

ergreife ihn und zusammen gehen wir zur Haustür, wo Aaron klingelt. Wir müssen nicht lange warten, da öffnet eine Frau die Tür. Doch es ist nicht Aarons Mutter, das erkenne ich auf den ersten Blick. Sie trägt eine dunkelrote Uniform und verbeugt sich, als sie Aaron sieht.

„Aaron, schön, dich zu sehen."

„Danke, Jane", gibt Aaron steif zurück.

„Ich soll euch direkt in den Salon bringen", sagt Jane und deutete den langen Flur entlang. „Deine Eltern warten schon."

„Natürlich tun sie das", murmelt Aaron, folgt Jane aber, als sie sich abwendet und den Flur entlanggeht. Plötzlich spüre ich Aarons Hand, die nach meiner tastet, und ich ergreife sie. Im ersten Moment glaube ich, dass Aaron meine Hilfe möchte, doch dann wird mir klar, dass er ja hier aufgewachsen ist. Er dürfte dieses Haus wie seine Westentasche kennen. Trotzdem lasse ich seine Hand nicht los. Die Wärme, die er ausstrahlt, beruhigt mich.

Jane öffnet eine Tür ganz am Ende des Flurs und sinkt wieder in eine kurze Verbeugung. Nachdem wir durch die Tür getreten sind, schließt sie sie hinter uns.

Ich finde mich in einem quadratischen Raum wieder, der von mehreren Lampen erhellt wird. In der Mitte des Raumes steht ein runder Tisch, der mit einer blütenweißen Tischdecke und Kaffeetassen gedeckt ist.

Auf einem bordeauxroten Sofa auf der gegenüberliegenden Seite des Raumes sitzen ein Mann und eine Frau, beide in den Vierzigern. Die Schläfen des Mannes sind grau, der Rest seines Haares schwarz und voll. Er ist glattrasiert und trägt einen eleganten dunkelbraunen Anzug mit einer bronzefarbenen Fliege. Die Hände sind unter hellbraunen Handschuhen aus Leder verborgen. Seine eine Hand ruht auf einem Stock mit goldenem Knauf. Die Frau neben ihm trägt ein elegantes Kleid mit langen Ärmeln in einem hellen Beige, dessen Ausschnitt mit kupferfarbenen Bögen verziert ist. Ihre dunkelblonden Haare sind zu einem perfekten Knoten im Nacken verschlungen. Unter ihrem Kleid zieht sich grüne Farbe in dezenten Schlieren den Hals empor.

Auf Sesseln sitzen vier junge Männer neben ihnen. Ich gehe davon aus, dass sie Aarons Brüder sind. Auch sie tragen alle elegante Anzüge und auch sie starren uns beim Eintreten in den Salon ungeniert an.

„Aaron." Die Frau erhebt sich vom Sofa und schwebt auf Aaron zu. „Wie schön, dass du gekommen bist." Sie beugt sich vor und haucht einen Kuss auf Aarons Wange.

„Ihr habt mir ja kaum eine Wahl gelassen", murmelt Aaron leise, doch seine Mutter übergeht seine Worte.

„Wir freuen uns, heute endlich wieder mit der gesamten Familie zusammen zu essen. Ein großes Abendessen, so wie früher." Ihr Blick zuckt kurz in meine Richtung, streift mich jedoch lediglich.

„Natürlich."

Nun erhebt sich auch sein Vater und schüttelt Aaron die Hand, eine Geste, die er steif erwidert. „Kilian hat uns gerade von seiner letzten Reise nach Jerrik berichtet. Dein Bruder ist einfach ein Naturtalent, wenn es um diplomatische Verhandlungen geht." Aarons Vater wirft einem seiner Söhne einen stolzen Blick zu. Kilian lächelt selbstzufrieden und ich beschließe genau in dem Augenblick, dass ich ihn nicht mag.

„Natürlich ist er das", murmelt Aaron. An seiner Haltung merke ich, wie unwohl er sich fühlt.

„Es ist ihm gelungen, einen Handelsvertrag mit Jerrik zu schließen. Einen für unsere Seite äußerst positiven, will ich meinen."

„Es war nicht allein mein Verdienst", meldet sich nun Kilian in wenig bescheidenem Tonfall zu Wort. „Du hast mir gute Handelsgüter zur Verfügung gestellt, Vater."

Mit einem Lächeln nickt sein Vater und hebt den Stock in seine Richtung. „Wohl wahr, wohl wahr."

Ich fühle mich in dem ganzen Gespräch, als wäre ich unsichtbar. Kann keiner dieser Menschen mich sehen? „Mein Name ist Valeria", höre ich mich plötzlich sagen, da keiner die Muße hat, danach zu fragen, und Aaron offenbar auch nicht vorhat, mich vorzustellen. „Ich freue mich sehr über Ihre Einladung zum Abendessen." Einem Reflex folgend will ich einen Knicks machen, bremse mich aber gerade noch rechtzeitig und verschränke nur sittsam die Hände vor meinem Körper.

Alle Augen sind nun auf mich gerichtet. Doch die Blicke sind nicht wohlwollend. Ausnahmslos alle aus Aarons Familie blicken mich an wie etwas Schmutziges, das geradewegs aus der Gosse gekrochen ist.

„Wir sollten uns setzen." Nach einigen Sekunden der Stille deutet Aarons Mutter auf den gedeckten Tisch.

„Wir beginnen mit einem Kaffee." Nach diesen Worten läutet sie eine kleine Glocke, die auf der Kommode neben der Tür steht und wenige Augenblicke später erscheinen zwei Frauen in Uniform, die Kaffeekannen herbeitragen und die Tassen auf dem Tisch auffüllen.

Aarons Eltern setzen sich an den Tisch, ihre vier anderen Söhne beanspruchen die Plätze neben ihnen. Somit bleiben für Aaron und mich nur noch die Stühle ihnen direkt gegenüber. Mit einem mulmigen Gefühl setze ich mich und rücke Aaron den Stuhl zurecht. Als er sich setzt, lässt er sich fallen wie ein nasser Sack. Die Hände legt er in seinen Schoß und lehnt sich so weit wie möglich im Stuhl zurück, als suchte er Abstand zu seinen Eltern. Ich dagegen krame in meinem Gedächtnis nach den Tischsitten, die mein Vater mich gelehrt hat. Sanft platziere ich meine Handgelenke an der Kante des Tisches und drücke meinen Rücken durch, um aufrecht zu sitzen.

„Also", sagt Aarons Vater, als er seine Tasse zum Mund führt. „Rodan hat es letzte Woche mit einem ganzen Rudel Ghule aufgenommen." Er nimmt einen Schluck. „Mit den anderen der Wache ist er ihnen zu ihrem Unterschlupf gefolgt und hat sie ein für alle Mal vernichtet." Sein stolzer Blick schweift hinüber zu einem seiner Söhne. Dessen Augen sind von einem so durchdringenden Grün, dass ich das Gefühl habe, die Ätherpartikel darin umherschweben sehen zu können. Er hat breite Schultern und mit seiner selbstbewussten Haltung kann ich ihn mir gut als Krieger vorstellen. Als er meinen forschenden

Blick bemerkt, verzieht er die Mundwinkel nach unten und wendet den Kopf ab.

„Nun, Aaron, wie ich sehe, haben deine Ausflüge endlich Früchte getragen."

„Meine Ausflüge haben immer Früchte getragen", erwidert Aaron tonlos. „Sie waren immer lehrreich."

„Lehrreich." Seine Mutter schnaubt. „Es geht nicht darum, etwas zu lernen. Es geht um Ergebnisse."

Aaron zuckt nur die Achseln und trinkt seinen Kaffee. Vorsichtig, um mich nicht zu verbrennen, nippe ich an meiner Tasse. Kaffee habe ich bisher nie getrunken, nur davon gehört. Das Gebräu schmeckt scheußlich. Der bittere Geschmack scheint sich wie eine pelzige Decke auf meine Zunge zu legen und sie einzuwickeln. Meine Geschmacksnerven ziehen sich zusammen und ich bekomme eine Gänsehaut. Gerade noch kann ich verhindern, dass ich mich angewidert schüttele. Wollen diese Menschen mich vergiften, oder muss das heiße Getränk so schmecken? Verstohlen beobachte ich die anderen am Tisch, aber jedem von ihnen scheint der Kaffee zu schmecken. Ich lasse meine Tasse wieder zurück auf den Unterteller gleiten.

„Brüderchen, man spielt übrigens nicht mit seiner Beute. Abgeben und die Belohnung kassieren, so funktioniert das." Kilian, der Bruder mit dem diplomatischen Geschick, grinst Aaron herablassend an. „Und dafür sollte die Belohnung nicht allzu schlecht ausfallen." Sein Blick gleitet zu mir herüber, verharrt einen Augenblick auf mir, dann schwenkt er zurück zu Aaron. „Es freut mich,

Brüderchen, dass du endlich einer von uns bist. Jeder von uns hat sich erwiesen, das ist Tradition."

„Ich weiß", gibt Aaron mit zusammengebissenen Zähnen zurück. Die Finger, mit denen er die Tasse hält, sind bleich. „Ich weiß, was ich tue."

Kilian hebt die Hände. „Natürlich, Aaron weiß immer, was zu tun ist. Niemand hat sein Leben so perfekt im Griff wie du."

Wovon reden die beiden? Prüfend mustere ich erst Aaron, dann Kilian. Was für eine Beute?

„Dein Bruder hat recht, Aaron", meldet sich nun auch sein Vater zu Wort. „Wir alle sind diesen Weg gegangen und haben damit bewiesen, dass wir echte West-Männer sind." Er stellt seine Tasse zurück auf den Unterteller. „Es kann mitunter eine Herausforderung sein, den letzten Schritt zu gehen. Aber letztendlich haben wir ihn alle gemacht."

Sein Blick bleibt auf Aaron gerichtet, der den Kopf in Richtung Schoß geneigt hat und immer wieder nickt. „Ich weiß, ich weiß. Ich brauchte nur noch etwas Zeit."

„Lass dir nicht zu viel Zeit, das macht es nicht einfacher", bemerkt seine Mutter spitz. „Es wäre vermutlich besser, es schnell zu machen. Wie beim Abreißen eines Pflasters."

Wieder nickt Aaron nur. Ich kann mir nicht helfen: Ich verstehe die Worte, die Aarons Familie an ihn richtet, doch ich habe keine Ahnung, was sie damit eigentlich sagen wollen. Ich weiß nur, dass Aaron es ihnen offenbar nicht recht macht.

„Wollen wir nicht langsam essen?“, fragt einer von Aarons Brüdern, der sich bisher noch nicht zu Wort gemeldet hat. „Ich verhungere langsam.“ Er lächelt in die Runde und Aaron atmet hörbar auf.

„Roman, du denkst auch an nichts anderes als ans Essen“, tadelt ihn seine Mutter.

„Wenn du nicht aufpasst, muss der Schneider noch den Stoffpreis erhöhen, weil du so viel davon verbrauchst.“ Kilian grinst und deutet auf Romans Bauch. Zwar ist Roman ein wenig fülliger als die anderen von Aarons Brüdern, doch er ist nicht dick, sondern kräftig. Auch mit ihm würde ich mich in einer Auseinandersetzung nur ungern anlegen.

„Mit deinen Frauengeschichten finanzierst du ihm schon sein Ferienhaus in Orton, da kann er bei mir mal ein Auge zudrücken“, gibt Roman unbeeindruckt und mit einem Zwinkern zurück.

Wie um die Konversation zu unterbrechen, läutet Aarons Mutter erneut nach den Dienern, die sogleich herbeieilen und silberne, mit Hauben abgedeckte Platten hereintragen. Erst als vor jedem von uns eine solche Platte steht, heben sie die Hauben. Der Duft, der sich augenblicklich im Zimmer ausbreitet, ist einfach himmlisch. Ich atme tief ein und das Wasser läuft mir im Mund zusammen. Auf dem Teller liegt ein großzügiges Stück Fleisch. Aufgrund der Farbe des Fleisches tippe ich auf Wild. Daneben türmen sich Bohnen und Möhren, dazu ein paar Kartoffeln. Abgerundet wird das Gericht von einer sämigen braunen Soße. Ich muss an mich halten, um nicht sofort nach der Gabel zu greifen und das Essen gierig in mich hineinzuschaufeln. Stattdessen warte ich, bis Aarons Eltern nach ihrem Besteck greifen. Sofort schnappe ich mir mein eigenes und schiebe mir ein Stück des butterzarten Fleischs in den Mund und kaue glückselig. Das letzte Mal, als ich so gute Soße bekommen habe, lebte mein Vater noch. Erst einige Augenblicke später bemerke ich, dass Aarons Familie mich befremdet mustert. Fragend ziehe ich eine Augenbraue in die Höhe, da mein Mund noch zu voll zum Reden ist.

„Du kannst froh sein, dass du blind bist“, bemerkt Aarons Mutter in Aarons Richtung und kräuselt die Lippen. „So musst du dir wenigstens nicht die Tischmanieren deines... Gastes mit ansehen.“

Ich schlucke das Fleisch hinunter, dass sich in meinem Mund auf einmal wie ein zäher Klumpen anfühlt.

„Es tut mir leid“, beginne ich und tupfe mir mit der Serviette den Mund ab, um Zeit zu gewinnen. „Aber ich würde zu gerne sehen, wie es um Ihre Manieren bestellt wäre, wenn sie fünf Jahre lang allein in einen Turm eingesperrt gewesen wären und dann mehrere Tage nichts gegessen hätten. Tischmanieren sind momentan nicht meine oberste Priorität.“

Stille breitet sich wie eine Welle im Salon aus. Die pikierten Gesichter von Aarons Eltern hatte ich erwartet, auch die Herablassung auf Kilians Gesicht. Aber nicht Romans Lachen. „Wo sie recht hat, hat sie recht.“ Er schnappt sich seine Gabel und steckt sich ein ebenso großes Fleisch in den Mund wie ich. „Esst lieber, solange es noch warm ist." Seine Worte müssen sich an dem Essen in seinem Mund vorbeimogeln, was bei seiner Mutter auch keine Begeisterungsstürme auslöst, doch sie und ihr Mann wenden sich endlich wieder ihrem eigenen Teller statt mir zu.

Der Rest des Essens findet in angespanntem Schweigen statt, nur ab und zu unterbrochen von Fragen von Aarons Eltern an seine Brüder. Es geht um ihre Arbeitsstellen, die wohl alle ihren Ansprüchen genügen und wohlwollend bewertet werden. Aaron hingegen erhält keine Nachfrage zu seiner Schmiede. Seine Eltern meiden vielmehr ein Gespräch mit ihm. Er und ich könnten genauso gut nicht anwesend sein.

„Aaron, würdest du mir bitte mit den Getränken in der Küche helfen?" Aarons Mutter erhebt sich.

„Getränke?" Auf Aarons Gesicht zeigt sich deutlich Ablehnung gegen den Vorschlag.

„Ja, bitte." Seine Mutter hält die Lehne ihres Stuhls umklammert und sieht Aaron ungeduldig an.

„Schön, natürlich." Aaron streckt den Arm aus und deutet seiner Mutter an, vorauszugehen.

Als sie den Raum verlassen haben, spüre ich die Blicke aller Anwesenden auf mir.

„Also… du bist also freiwillig mit Aaron mitgegangen?", erkundigt sich schließlich Kilian und macht ein ungläubiges Gesicht.

„Ganz genau."

„Davon habe ich noch nie gehört. Was hast du denn geglaubt, auf dem Erdboden zu finden? Gefiel dir das

Leben auf euren Türmen da oben nicht mehr? War es nicht gut genug?“

„Ich wollte etwas anderes“, gebe ich kurz angebunden zurück und blicke zur Tür. Innig wünsche ich mir, Aaron möge zurückkehren, damit wir endlich aus diesem Haus verschwinden können. Die eisige Atmosphäre, die zuvor geherrscht hat, hat sich in seiner Abwesenheit in eine unangenehm intensive verwandelt. Ich habe das Gefühl, etwas wird von mir erwartet.

„Und was...“, setzt Kilian zu einer weiteren Frage an, doch ich unterbreche ihn nicht gerade höflich.

„Wo finde ich das Badezimmer?“

„Auf den Flur und dann auf der rechten Seite“, antwortet mir Roman mit einem freundlichen Lächeln, während Kilian mich nur abschätzig betrachtet, als ich aufstehe und den Raum verlasse.

Auf dem Flur bleibe ich einen Moment stehen, um mein hämmerndes Herz zu beruhigen. Dieses Treffen ist anders als alle, denen ich bisher beigewohnt habe. Gegen diese Familie wirkt selbst Magica herzlich. Aaron hat mit der Erzählung von seinen Eltern nicht übertrieben. Bleibt zu hoffen, dass ich diesen Menschen nach dem heutigen Abend nie wieder begegnen muss. Als ich den Flur weiter entlanggehe, um mich noch ein paar Minuten im Badezimmer zu verstecken, höre ich Stimmen. Sie klingen unverkennbar wütend. Neugierig folge ich ihnen, bis ich zu einer angelehnten Tür komme.

„... eine Unverschämtheit, die ich nicht einmal von dir erwartet habe. So eine Person hierher zu bringen!“

„Ich habe es nicht als Unverschämtheit gemeint." Es ist Aarons Stimme. „Sie ist ein Mensch."

„Sie ist ein Upper!"

„Sie ist gut und freundlich und..."

„Hübsch? Geht es hier vielleicht darum?"

„Nein, ganz und gar nicht."

Ich rücke näher an die Tür heran, um auch ja nichts zu verpassen.

„Du musst es tun, Aaron. Wenn du weiterhin ein Teil dieser Familie sein willst, musst du es tun. Bring sie hin, gib sie ab. Das ist auch der einzige Weg, wie du deine lächerliche kleine Schmiede retten kannst." Ein höhnisches Lachen ertönt von Aarons Mutter.

„Das werde ich." Aarons Stimme ist nur noch ein leises Flüstern. „Ich drücke mich nicht davor. Es war nur noch nicht der richtige Zeitpunkt."

„Ich kenne es von Kilian, dass er erst noch mit seiner Beute spielt, aber von dir? Von dir hätte ich das nicht erwartet."

„Es ist kein Spiel."

„Dann bring es zu Ende." Ein Moment der Stille folgt. „Du weißt, dass die Upper wichtig für Evo sind, sie sind wichtig für unsere Stadt. Aber nicht, wenn du sie dir wie ein Haustier zuhause hältst."

Sie reden von mir, so viel ist mir klar. Doch wo soll Aaron mich abgeben?

Plötzlich höre ich Schritte und so schnell es geht, entferne ich mich von der Tür und schlüpfe ins Badezimmer. Ich sollte zurück in den Salon gehen, aber ich kann nicht. Jetzt noch nicht. Ich gehe in dem großzügigen Raum umher, der größer ist als mein Schlafzimmer und staune über den Luxus, mit dem Aarons Familie sich umgibt. Der Boden ist aus hellbraunem Marmor, die Armaturen aus einem durchsichtigen, hellblau schimmernden Stein. Das Waschbecken ist so breit, dass es auch glatt als Badewanne durchgehen könnte und von den kamelbraunen Handtüchern daneben weiß ich auch vom bloßen Anschauen schon, dass sie unfassbar flauschig sind.

Ich gebe mir noch ein paar Augenblicke, in denen ich versuche, meine in Aufruhr geratenen Gedanken zu ordnen, doch es will mir nicht gelingen. Worum ging es bei dem Gespräch zwischen Aaron und seiner Mutter? Warum sprachen sie über mich? Ich kann mir keinen Reim auf das Gehörte machen und irgendwann muss ich dieses Badezimmer unglücklicherweise wieder verlassen.

Also nehme ich all meinen Mut zusammen und gehe zurück in den Salon. Inzwischen ist das Dessert aufgetragen worden: Rosafarbene Eiscreme mit Schokoladenflocken und Himbeeren, die kunstvoll rund um die Eiskugel arrangiert worden sind. Leider wirkt mein Teller nicht mehr allzu vornehm, denn das Eis ist längst zu einem großen Teil geschmolzen und hat die Himbeeren mit sich gerissen.

Ohne die anderen anzusehen, setze ich mich auf meinen Platz und beginne zu essen. Dabei werfe ich Aaron hin und wieder verstohlene Blicke zu, als könnte ich seine Gedanken von seiner Stirn ablesen. Tief in meinem Inneren habe ich gewusst, dass es die Rettung aus Turrim nicht umsonst gibt. Doch was ist es, wohin Aaron mich bringen sollte? Und warum besteht seine Mutter so vehement darauf?

„Aaron, wie steht es denn um deine Pläne, ebenfalls der Stadtwache beizutreten?" Kilian lehnt sich nach vorn. „Vor ein paar Jahren warst du doch ganz wild darauf."

„Lass ihn doch", mischt sich nun einer der Brüder ein, die bisher kaum etwas gesagt haben. Seine Mutter hatte ganz am Anfang seinen Namen gesagt... Vorran, genau. „Er ist nicht aus dem Material, aus dem ein Soldat sein sollte. Er ist nicht hart genug."

„Und er ist blind", ergänzt der letzte Bruder, an dessen Stimme ich bereits zu erkennen glaube, dass er nicht die hellste Kerze auf der Torte ist. „Blinde kann man als Soldaten nicht gebrauchen."

Bei diesem Kommentar richtete Aaron sich auf seinem Stuhl auf und machte sich größer. „Ja, ich bin blind, das hast du gut erkannt, Akran." Seine Stimme klingt eisig. „Das heißt nicht, dass ich nicht hart genug bin. Es heißt auch nicht, dass ich ungeeignet für die Stadtwache bin. Es heißt nur, dass ich dein dummes Gesicht nicht sehen muss."

Aarons Mutter schnappt bei dieser Bemerkung nach Luft, während sein Vater mit der Zunge schnalzt. „Achte auf deine Worte, Aaron."

„Du solltest dich besser nicht mit mir anlegen, Bruder." Akran schnaubt und wendet sich dann wieder seinem Nachtisch zu. Innerlich klatsche ich Aaron Beifall dafür, dass er sich gegen seine Brüder zur Wehr setzt, die in ihm offenbar nur das wertlose Abbild eines Menschen sehen.

„Wir werden jetzt gehen." Alle Teller sind geleert und die Konversation findet ausschließlich zwischen Aarons Eltern und seinen Brüdern statt. Im Grunde prahlen sie alle mit ihren Leistungen und ihrem Besitz, ich höre bereits seit einer halben Stunde nicht mehr zu, als Aaron sich erhebt. „Es ist schon spät und ich bin müde."

„Nun gut, wir begleiten dich zur Tür." Auch Aarons Vater erhebt sich auf seinen Stock gestützt. Galant hilft er auch seiner Frau, aufzustehen. In einer kleinen Prozession begleitet uns Aarons gesamte Familie in den Flur und zur Haustür.

„Vielen Dank für das Abendessen, Mutter", sagt Aaron steif mit einer Hand auf der Türklinke. „Es war wie immer eine Freude."

„Ja, vielen Dank für das Essen", spreche ich ihm nach und blicke Aarons Mutter direkt an, doch sie sieht an mir vorbei, als existiere ich gar nicht.

„Vielleicht wirst du ja jetzt öfter zum Abendessen kommen, mein Sohn. Nun, da du wieder auf dem rechten Weg bist."

Ich höre, wie Aaron seine Zähne aufeinanderbeißt. Dann nickt er. „Natürlich."

„Gute Nacht", verabschiedet sein Vater uns. Kaum sind wir durch die Tür, zieht Aaron sie nachdrücklich hinter sich zu. Mit einem tiefen Seufzen lässt er die Luft aus seinen Lungen entweichen.

„Na, das war ja mal ein gemütliches Treffen", bemerke ich sarkastisch und schüttele meine Arme aus, die ich die ganze Zeit unbeweglich an meinen Körper gepresst habe. Vielleicht um den unterschwelligen Wunsch zu unterdrücken, Aarons Brüder zu schlagen.

„Das war noch gar nichts", murmelt Aaron und zusammen gehen wir zum Aufzug, der uns wieder auf eine der unteren Ebenen bringen wird. „Heute waren sie fast schon höflich."

„Wenn das höflich war, will ich unhöflich gar nicht sehen."

„Kann ich verstehen." Aaron legt den Schalter für die vierte Ebene um und der Aufzug setzt sich in Bewegung. Für einen kurzen Moment genieße ich die Fahrt. Die Sonne ist mittlerweile untergegangen und um uns herum ist es abgesehen von den Lichtern der Stadt dunkel. So weit ich blicken kann nur Schwärze. Auch Sterne sehe ich am Himmel, doch durch die Ätherschicht in der Luft schimmern sie in einem sanften Grün. Die Luft riecht frisch und trägt einen Hauch von Erde mit sich. Doch, obwohl es so schön ist, brennt mir eine Frage auf der Seele.

„Worüber hast du mit deiner Mutter gesprochen?"

Aaron zuckt zusammen, versucht die Bewegung jedoch zu überspielen. „Was meinst du?"

„Als ihr das Zimmer verlassen habt."

„Das Übliche.“ Aaron macht eine wegwerfende Handbewegung.

„Und was ist das Übliche?“

„Es ging um die Schmiede“, erwiderte Aaron. Ich warte auf weitere Erklärungen, doch es folgen keine.

„Und um was genau?“

„Meine Mutter glaubt, Schmiedearbeit wäre unter dem Niveau unserer Familie. Es gefällt ihr nicht, dass ich als Schmied arbeite. Und sie möchte, dass ich etwas anderes tue, mich nach einer neuen Arbeit umsehe. Am liebsten wäre ihr etwas, das meine Brüder tun. Die Stadtwache zum Beispiel.“ Er schüttelt den Kopf.

Kann es wirklich sein, dass es in dem Gespräch nur um die Schmiede ging? Ich hatte den Eindruck, sie hätten über mich gesprochen. Doch ist dabei jemals mein Name gefallen? „Und sonst habt ihr über nichts gesprochen?“, bohre ich nach. „Über die Schmiede hättet ihr doch auch im Salon sprechen können.“

„Meine Mutter glaubt, sie hätte mehr Einfluss auf mich, wenn sie allein mit mir spricht. Vermutlich denkt sie, die Vertraulichkeit würde mich einlullen und dann würde ich endlich ihren Wünschen folgen.“ Aaron wendet sein Gesicht dem Abgrund vor der Stadt zu. „Darauf kann sie lange warten.“

„Und wenn deine Eltern sich von dir abwenden?“, frage ich leise. Was ihren Status anbelangt, erschienen mir seine Eltern äußerst unversöhnlich. Mehr als erpicht darauf, hervorzustechen und besser zu sein als andere. Was, wenn Aaron ihrem Beispiel nicht folgt?

„Das haben sie schon vor langer Zeit getan“, sagt Aaron langsam. „An dem Tag, als ich blind wurde.“

Ich weiß nicht, was ich darauf antworten soll. Also stelle ich mich nur an das Gitter des Aufzugs und warte darauf, dass die Türe sich wieder öffnet. „Du wirst also nichts an der Schmiede ändern? Du rennst nicht los und schließt dich der Stadtwache an?“

„Abgesehen davon, dass ich kein Interesse an dieser Stellung habe, würde die Stadtwache mich ablehnen. Mein Bruder macht sich nur einen Spaß daraus, mich immer wieder anzustacheln und einzuladen, weil er sehen will, wie ich gedemütigt werde, sollte ich jemals tatsächlich dort auftauchen.“

„Das glaube ich nicht.“

„Glaub es ruhig.“ Aaron schnaubt. „Kilian ist erst dann glücklich, wenn andere vor ihm im Staub liegen.“

Der Aufzug hält an und wir steigen aus. „Ich kann mir nicht vorstellen, dass jemand so grausam ist.“

„Hat deine Stiefmutter dich nicht in einem Turm gefangen gehalten, um dich dann an einen Mann zu verkaufen?“

„Ich sehe, worauf du damit abzielst.“ Verlegen lache ich auf. „Aber Magica war nicht mit mir verwandt. Und was auch immer ich von ihr halte... Ich denke nicht, dass sie zugelassen hätte, dass mir etwas zustößt.“ Obwohl ich mir da nach Williams Worten nicht mehr ganz so sicher bin.

„Muss schön sein, in dieser Gewissheit zu leben.“ Inzwischen sind wir in Aarons Haus angekommen und er schlägt die Haustür hinter sich ins Schloss. „Ich kann nicht behaupten, dass ich das kenne."

„Das tut mir leid." Wir stehen uns im Flur gegenüber. Aarons Blick irrt unstet umher, tänzelt über meinen Kopf. Dann richten seine Augen sich auf mich.

„Ich glaube dir sogar, dass es dir leidtut", flüstert er und kommt näher. „Du bist ein guter Mensch."

Bin ich das? Ein guter Mensch? Bisher habe ich nie darüber nachgedacht. Bisher war ich ein Mensch, der allein in seinem Zimmer hockte und wartete. Bin ich gut?

Ich bekomme eine Gänsehaut, als Aaron mit den Fingern über meinen Handrücken streicht und dann weiter zum Handgelenk hinaufwandert. Unsere Finger verschränken sich ineinander und mein Herz überschlägt sich förmlich. Wir sind uns jetzt so nah, dass ich seinen Atem auf meiner Haut spüre. Ich sehe ihn einfach nur an, blicke in seine goldenen Augen, die mich magnetisch anziehen. Ich warte, warte darauf, dass er mich wieder küsst. Doch die Sekunden dehnen sich zu Ewigkeiten und nichts geschieht.

Schließlich lässt er meine Hand los. Ohne seine Wärme fühlt sie sich auf einmal kalt und leer an. Mit einem Räuspern tritt er einen Schritt zurück. „Wir sollten ins Bett gehen. Morgen Früh warten Aufträge in der Schmiede auf uns."

Irritiert sehe ich ihn an und suche nach dem Auslöser, der ihn von mir fortgetrieben hat. Liegt es an der Art, wie seine Eltern mich behandelt haben? Oder habe ich etwas getan, das ihn abgestoßen hat? Ich versuche, in seinem Gesicht zu lesen, was geschehen ist, doch er weicht meinem Blick aus, wendet den Kopf zu Boden, dann hinüber zur Wohnzimmertür. Er will mich nicht ansehen.

„Ja, ich bin müde." Demonstrativ gähne ich. Er soll bloß nicht denken, dass sein Verhalten mir etwas ausmacht. „Dann gute Nacht." Ohne seine Antwort abzuwarten, schlüpfe ich ins Wohnzimmer und schließe die Tür hinter mir. Ich lehne mich gegen das warme Holz und lasse den Kopf in den Nacken sinken. Was für ein Abend! Nichts davon hat meinen Erwartungen entsprochen. Naja – mal abgesehen vom guten Essen, das hatte ich tatsächlich erwartet. Doch Aarons Familie ist ein Fall für sich. Nie im Leben werde ich mit ihr warm werden. Diese Menschen haben mir deutlich gezeigt, was sie von mir halten. Und das ist absolut gar nichts. Sie haben mich sogar behandelt, als wäre ich nichts, als wäre ich Luft.

• Kapitel 9 •

Der nächste Tag vergeht wie der vorherige. Wir arbeiten in der Schmiede an verschiedenen Aufträgen – nun ja, Aaron arbeitet daran und ich putze und ordne seine Materialien – danach kehren wir zu seinem Haus zurück. Obwohl mir nach dem Abend mit Aarons Familie nicht so recht wohl in meiner Haut ist, versuche ich, mir nichts davon anmerken zu lassen.

„Ich werde uns etwas kochen.“ Unentschlossen stehe ich vor dem Herd und weiß nicht so recht, was ich eigentlich kochen will. Doch heute bin ich dran, ich brauche die Tätigkeit, um mich zu beschäftigen und von meinen Gedanken abzulenken. Und um Aaron nicht die ganze Zeit anzusehen.

„Na schön.“ Aaron fährt mit der Hand an der Wand entlang und setzt sich an den Esstisch. „Leg los, ich bin gespannt.“

„Sei’s besser nicht.“ Aaron lacht nur. Kurzerhand trete ich an den Vorratsschrank und mache Inventur, was mir überhaupt zur Verfügung steht. Nach ein paar Minuten Bedenkzeit ziehe ich Tomaten heraus, dazu Möhren,

Zwiebeln und ein Gemüse, das mir nicht bekannt ist, mit seiner hellen grünen Farbe aber interessant aussieht. Es wird ein Eintopf werden. Weder spannend noch etwas Besonderes, aber zumindest essbar. Ich habe seit Jahren nicht gekocht, Ich sollte klein anfangen.

Ich mache mich an die Arbeit, schneide Möhren und Tomaten, hacke Zwiebeln und brate alles an. Als der Eintopf schließlich vor sich hin köchelt und ich alles Benutzte wieder abgewaschen und in den Schränken verstaut habe, gibt es nichts mehr, das ich tun könnte, um mich abzulenken. Also drehe ich mich zu Aaron um.

Sein Blick ist aufmerksam auf mich gerichtet, als versuchte er, nur ja kein Geräusch zu verpassen, das ich machte. Vielleicht gelingt es ihm so, ein Bild davon zusammenzusetzen, was um ihn herum vorgeht.

„Aaron", setze ich an, weiß aber nicht so recht, wie ich fortfahren soll.

„Ja?" Er steht auf und kommt auf mich zu. „Soll ich dir bei deinem Festmahl helfen?"

„Nein, das kommt auch ganz gut ohne dich aus." Fieberhaft überlege ich, was ich sagen will. „Magst du mich nicht?" Die Worte sind aus meinem Mund entschlüpft, bevor ich mich daran hindern kann. Ich beiße mir auf die Lippe. Zu gern hätte ich sie zurückgenommen, doch es ist zu spät. Aaron hat mich gehört.

„Ob ich dich nicht mag?" Falten bilden sich auf seiner Stirn. „Wie kommst du darauf?"

„Vergiss es, es ist nicht so wichtig. Das war albern." Abwehrend fahre ich mit der Hand durch die Luft und streife seine Schulter, als ich mich abwenden will. Er greift nach meiner Hand und hält sie fest.

„Es ist nicht so, als ob ich dich nicht mag", sagt er leise. „Darum geht es nicht. Es geht um…" Er holt tief Luft. „Es tut nichts zur Sache. Nur ist es so, dass eine Beziehung zwischen uns nicht funktionieren würde. Sie wäre nicht gut, weder für dich noch für mich."

„Ich verstehe das nicht. Was sollte daran nicht gut sein?"

„Valeria." Aaron seufzt tief, als wäre ich ein Kleinkind, das nicht aufhört, Fragen zu stellen. „Bitte lass mich dir einfach sagen, dass etwas anderes als das, was wir jetzt haben, zwischen uns nicht möglich ist."

Ich schlucke. Seine Worte rauschen in meinen Ohren. Schließlich nicke ich langsam. „In Ordnung. Ich lasse dich in Ruhe. Ich werde dir nie wieder eine solche Frage stellen." Ich entziehe ihm meine Hand und drehe mich wieder zum Herd. Mein Körper fühlt sich taub an. Ich weiß nicht, was ich von Aaron erwartet habe. Dass er mir augenblicklich um den Hals fällt, weil er nur auf eine Initiative meinerseits gewartet hatte? Leise schnaube ich, während ich den Eintopf umrühre.

„Valeria." Aaron berührt mich sachte an der Schulter, doch ich schüttele ihn ab. Wenn er es so möchte, sollte er die Grenzen zwischen uns selbst respektieren. Keine Berührungen – sie würden alles nur verwirrender machen.

„Das Essen ist fertig." Ich nehme den Topf vom Herd und stelle ihn auf einen Untersetzer auf dem Tisch. Für einen Moment bleibt Aaron noch dort stehen, wo ich zuvor gestanden habe, dann setzt er sich an den Tisch.

Gerade, als ich mir einen großen Löffel auf meinen Teller heben möchte, läutet es an der Tür.

„Ich sehe nach." Aaron erhebt sich, bevor ich reagieren kann, und geht, immer eine Hand an der Wand, in den Flur.

Stimmen erklingen und ich weiß sofort, wer dort vor der Tür steht: Aarons Brüder und sein Vater. Ich lasse mein Essen stehen und gehe zur Küchentür.

„Geh zur Seite, Aaron. Wenn du es nicht zu Ende bringst, werden wir das für dich übernehmen." Das ist Kilian. Er klingt überdreht, viel zu aufgeregt und erregt.

„Sohn, wir haben dir gesagt, was zu tun ist. Leider musste ich heute feststellen, dass du dem nicht entsprochen hast. Der Doktor hat nicht das geringste von dir gehört, keine Meldung, kein Besuch. Du bist zu weich, zu schwach. Das warst du schon immer." Aarons Vater lacht verächtlich. „Du wirst es nicht zu Ende bringen. Also lass uns das übernehmen."

„Nein!" Aaron spreizt seine Arme und legt sie gegen den Türrahmen. „Das ist meine Aufgabe. Ich entscheide, wann ich sie dem Doktor übergebe."

„Du wirst es nicht tun." Kilian schüttelt den Kopf. „Sie hat dich mit ihren großen Kuhaugen angeschaut und dein Herz erweicht. Du bist kein richtiger Mann, du kannst nicht tun, was nötig ist."

Mit diesen Worten versucht Kilian, Aaron zur Seite zu schieben, doch Aaron stemmt sich gegen die Hände seines Bruders. „Du wirst mein Haus nicht betreten“, zischt er, doch sein Vater greift nach einem seiner Arme und schiebt ihn zur Seite, als wäre er nur ein lästiger Ast. „Mach das Ganze nicht unnötig schwer“, bemerkt er hochmütig und geht den Flur entlang. „Wo ist sie?“

„Ihr könnt sie nicht mitnehmen, gebt mir noch einen Tag Zeit, dann werde ich...“

„Gar nichts wirst du“, schneidet sein Vater ihm das Wort ab. „Sag mir einfach, wo sie ist, dann brauchst du dir nie wieder Gedanken um sie zu machen.“

„Vater!“ Aaron greift nach seinem Vater, doch verfehlt ihn. Das Pochen des Stocks erklingt im Flur und ich ziehe mich von der Tür zurück. Inzwischen bin ich mir ohne jeden Zweifel sicher, dass sie mich suchen. Sie wollen mich fortbringen. Wohin, weiß ich nicht, doch so, wie sie es sagen und wie Aaron reagiert, kann es nichts Gutes sein, was auf mich wartet.

Hastig sehe ich mich in der Küche um. Es gibt keine andere Tür als die, die auf den Flur hinausführt. Und dort warten bereits Aarons Vater und Kilian auf mich. Kann ich mich hier verstecken? In einem der Schränke? Ich stelle mir vor, wie ich dort im Dunkeln hocke und nur darauf warte, erwischt zu werden. Das kann ich nicht, selbst der Gedanke daran, verursacht mir Beklemmungen. Stattdessen stürze ich zum Fenster, öffne die Blende und zerre am Hebel. Er klemmt ein wenig und als es mir endlich gelingt, ihn zu lösen, gibt er ein hohes Quietschen von sich.

Schnell, schnell. Sie müssen mich gehört haben, es kann gar nicht anders sein. Mit aller Kraft stemme ich das Fenster in die Höhe, steige auf einen der Küchenstühle und schwinge das Bein hinaus. Bevor ich mich jedoch vollends aus dem Fenster ziehen kann, greift jemand nach meinen Haaren und reißt daran.

„Sieh mal an, wen wir da haben." Ich wende den Kopf und entdecke Kilian, der mit einem breiten Grinsen neben dem Fenster steht und genüsslich meine Haare auf seine Hand aufwickeln, einen Zentimeter nach dem anderen. Schon bald kann ich ihn nicht mehr ansehen. Schließlich wird der Zug auf meine Haare zu heftig und ich kann mich nicht mehr am Fenster halten. Ich falle rückwärts, doch nur meine Füße prallen auf den Boden. Mein Kopf wird an meinen Haaren hochgehalten. Schmerz schießt durch meine Kopfhaut, wesentlich schlimmer als der Schmerz, den Magica mir immer beim Kämmen verursacht hat. Es würde mich wundern, wenn ich überhaupt noch Haare habe, wenn Kilian wieder loslässt.

Ich zappele und winde mich in seinem Griff, versuche, nach ihm zu schlagen, doch er hält mich an seinem ausgestreckten Arm fest und ich kann ihn nicht erreichen , egal, wie sehr ich es versuche.

„Ich habe sie", ruft er über seine Schultern nach hinten und wendet seinen Blick dann wieder mir zu. In seinen Augen erkenne ich nichts als Freude an dieser Situation. Er genießt es, mich in der Hand zu haben. Wortwörtlich. Ein weiteres Mal wehre ich mich, springe hoch und trete nach ihm. Das überrascht ihn so, dass mir mein Vorhaben tatsächlich gelingt. Mein Stiefel trifft ihn seitlich in den Magen und prompt lockert sich der

Griff um meine Haare. Ich schaffe es, ein paar Zentimeter mehr zwischen ihn und mich zu bringen, dann reißt er mich wieder nach hinten und ich verliere den Halt. Hilflos hänge ich in seinem Griff. „Mach das nicht noch einmal, du Upper-Miststück", zischt Kilian und sein vor Wut rotes Gesicht taucht über mir auf. Er hebt die Hand und ich schließe die Augen.

„Nicht." Das Wort fegt wie ein Peitschenhieb durch die Küche. „Wir wollen die wertvolle Ware doch nicht beschädigen."

„Natürlich nicht, Vater", sagt Kilian mit hörbarem Zähneknirschen. „Das wollen wir auf keinen Fall." Er schenkt mir noch einen zornigen Blick, dann zerrt er mich auf die Füße. „Beweg dich."

Als er mich durch den Flur schleift, sehe ich Aaron, der sich am Türrahmen festkrallt. „Vater, ich finde wirklich, du solltest das mir überlassen."

„Du hattest deine Chance. Jeder weitere Tag bringt nur Schande über diese Familie. Und davon hast du uns wirklich schon genug gemacht."

„Ich werde es wieder gut machen. Ich brauchte nur ein wenig Zeit, um mich vorzubereiten und jetzt kann ich..."

„Du kannst hier sitzen. In diesem Ding, das du Haus nennst und weiterhin deiner lächerlichen Arbeit nachgehen. Sei froh, dass ich dir das gestattet."

Ich sehe, wie Aaron mit sich kämpft und noch etwas sagen will, doch schließlich presst er die Lippen fest aufeinander und schweigt.

„Was wollen Sie von mir?“, stoße ich an seiner Stelle hervor. Diese Männer können mich doch nicht fortbringen, ohne mir mitzuteilen, was sie vorhaben. Wo werden sie mich hinbringen?

Doch sie scheinen meine Worte nicht zu hören. Sie flankieren mich rechts und links, packen meine Arme und schleifen mich aus der Haustür. Wenigstens lässt nun der Schmerz in meiner Kopfhaut nach und meine Gedanken sind nicht mehr überlagert von der Pein, die wieder und wieder durch meinen Kopf zuckt.

Auf der Straße drehen sich alle Menschen zu uns um. Ich kann es ihnen nicht verdenken. Wer würde nicht dabei zusehen, wenn ein Mensch fortgeschleift wird?

Doch das scheint es nicht zu sein, was sie so fasziniert. Es sind meine Haare. Sie deuten auf sie und flüstern miteinander. Ist es, weil ich aus Turrim komme?

Mir gelingt es, einen letzten Blick zurück zu Aarons Haus zu werfen. Ich erwarte, ihn dort stehen zu sehen, auch wenn er mich ja nicht einmal sehen könnte. Doch die Stufen vor seiner Haustür sind leer.

• Kapitel 10 •

Kilian und sein Vater bringen mich zwei Ebenen tiefer und schleppen mich zu einem Haus, das im Gegensatz zu den anderen in dieser Straße teurer aussieht. Die Fassade ist blank poliert und mit Ornamenten geradezu überhäuft. Vor dem Haus steht eine Menschenschlange. Als wir an ihnen vorbeigehen, strecken mehrere der Wartenden ihre Hände aus und berühren mein Haar. Angewidert weiche ich ihnen aus, so gut ich es kann, während meine Arme festgehalten werden. Was soll denn dieser Unfug? Wer gibt ihnen das Recht, mich einfach zu betatschen? Als wieder jemand nach meinem Haar greifen will, schlage ich seine Hand mit meinem Kopf zur Seite.

Ich werde einfach an den Wartenden vorbeigeführt und die Stufen hochgezerrt, die ins Innere des Gebäudes führen. Ich erwarte Protestrufe, weil wir uns vorgedrängt haben, doch alles, was ich höre, ist auch hier wieder Geflüster.

Das Innere ist nur ein kleiner Warteraum mit einem Stuhl. Mehrere Türen gehen von hier aus ab, eine ist geöffnet, dahinter sehe ich Tische mit Apparaten aus silbernem Metall und Glas. Wir warten ein paar Minuten, dann klopft Aarons Vater mit seinem Stock an jede der verschlossenen Türen.

„Vander, wir haben nicht den ganzen Tag Zeit."

Schon einige Sekunden später sind Schritte zu hören und eine der Türen wird aufgerissen. Zum Vorschein kommt ein hagerer Mann mit Halbglatze, der im Laborkittel leicht vornübergebeugt dasteht und sich vor Aarons Vater verneigt. „Es tut mir leid, ich wusste nicht, dass Sie es sind." Als er einen Schritt nach vorn tritt, um die Tür zu schließen, erhasche ich einen Blick in das Zimmer hinter ihm. Es ist dunkel darin, doch ich sehe ein blondes Mädchen. Ihre großen Augen liegen tief in dem abgemagerten Gesicht. Schläuche führen zu ihrem Arm. Bevor ich mehr erkennen kann, schlägt Vander die Tür zu.

„Wie ich sehe, haben Sie mir etwas mitgebracht." Er kommt mir nahe, zu nahe, denn aus dieser Nähe rieche ich seinen Schweiß, den er offenbar mit einem grässlichen Parfum zu überdecken versucht. „Die ist gut, wirklich gut, Jost." Nickend geht er um mich herum. Als er wieder vor mir steht, greift er nach meinem Hals und zwingt meinen Kopf zurück, um mein Gesicht genauer zu betrachten. „Aber wollte nicht Aaron mir etwas bringen? Ich hatte mit ihm eine Belohnung verhandelt." Er kneift die Augen zusammen und sein Blick wandert von mir zu Aarons Vater.

„Wir haben Aaron diesen Auftrag abgenommen", mischt Kilian sich ein und reckt seine Brust vor. „Er ist für so etwas nicht geschaffen."

„Aha." Vander starrt mir in die Augen, als suchte er irgendetwas darin. „Und jetzt sind Sie hier, um es für ihn geradezubiegen? Wollen Sie seine Belohnung?"

So langsam ergibt alles, was ich von Aarons Familie gehört habe einen Sinn. Das Geflüster seiner Mutter über einen Auftrag, über seine Geldprobleme. Es ging um mich. Aaron hatte den Auftrag mich – oder irgendjemanden aus Turrim – zu entführen, so viel ist mir inzwischen klar. Was mir nicht klar ist, ist, warum dieser Mensch in Evo jemanden aus Turrim haben möchte. Was will er mit mir anfangen? Aufdringlich beschleicht mich der Gedanke, dass ich in Turrim hätte bleiben sollen. Ich hätte William geheiratet, aber ich wäre nicht in dieses Schlamassel geraten, in dem ich nun ganz offenbar stecke.

„Die Belohnung geht an Kilian", erklärt Aarons Vater hochmütig.

„Schön." Vander zuckt mit den Achseln, lässt seinen Blick aber keine Sekunde von mir. „Dieses Exemplar ist es wohl wert." Noch ein letzter Blick auf meine Haare, dann wendet er sich ab und verschwindet in einem der Räume. Kurze Zeit später taucht er mit einem Stoffsäckchen wieder auf, das er Kilian zuwirft. Beim Fangen klimpert es. „Da. Und vielen Dank nochmal."

In diesem Moment drehe ich mich einfach um und renne zur Tür. Ich bin verkauft worden, schon wieder. Und das kann ich nicht zulassen. Ich gehöre diesem Mann nicht!

Doch meine Flucht endet schon nach wenigen Metern. Aarons Vater schwingt seinen Stock und trifft mich mittig auf die Schienenbeine. Ich falle um wie ein gefällter Baum und bleibe liegen. Schmerzen zucken durch meine Beine und ich stöhne auf. Als ich Schritte höre, rolle ich mich zu einem Embryo zusammen und schütze meinen Kopf mit beiden Händen. Ich will niemanden sehen, ich will nicht... Doch jemand packt mich mit erheblicher Kraft hinten am Kragen meiner Bluse und zieht mich hoch. Hilflos hänge ich da und sehe in die amüsierten Gesichter von Kilian und seinem Vater.

„Vander, wenn du sie jetzt im Griff hast, gehen wir."

„Die wird keine Probleme mehr machen", versichert Vander hinter meinem Rücken und schüttelt mich, dass meine Zähne aufeinander klappern.

„Schön. Bis bald mal wieder." Kilians Vater hebt zum Abschied seinen Stock, dann sind sie fort und ich bin mit diesem Vander allein.

„Dann wollen wir uns mal um dich kümmern."

• Kapitel 11 •

Ich habe jedes Zeitgefühl verloren, doch ich muss schon seit Stunden angekettet in diesem abgedunkelten Raum sitzen. Hin und wieder kommt Vander zu mir, nimmt Proben von meinem Blut und meinen Haaren und verschwindet wieder. Ganz am Anfang musste ich mich ausziehen und er hat jeden Zentimeter meiner Haut untersucht. Offenbar hat das, was er gesehen hat, seine Zustimmung gefunden, denn sein Grinsen wurde breiter und ich durfte mich wieder anziehen.

Doch nun warte ich in diesem Raum darauf, was wohl mit mir geschehen wird. Was hat Vander mit mir vor? Wozu bin ich hier?

Erneut kommt er herein. Die Spritze, die er bei sich trägt, sticht er ohne Umschweife in meine Armbeuge und entnimmt mir noch mehr Blut.

„Warum machen Sie das? Was fangen Sie mit meinem Blut an?“

„Nicht dein Problem“, ist seine knappe Antwort, doch ich bin entschlossen, mich nicht abwimmeln zu lassen.

„Sie nehmen mir Blut ab. Worauf testen Sie es? Wofür wird es gebraucht?“

„Mädchen, wenn du nicht langsam still bist, muss ich nachhelfen.“ Drohend hebt er die Hand. Doch das stört mich nicht.

„Ich wurde an Sie verkauft, das heißt, sie erwarten sich einen Profit von mir, wie genau…“ Ich kann meinen Satz nicht beenden, denn Vanders flache Hand klatscht in mein Gesicht und für einen Moment sehe ich Sterne.

„Ich habe dir gesagt, was geschieht, wenn du nicht still bist“, zischt Vander in mein Ohr und reißt die nun volle Spritze aus meinem Arm. „Wenn du blaue Flecke hast, ist mir das vollkommen egal, die machen gar nichts.“

Ich bin versucht, ihn noch weiter zu reizen, doch letztendlich lasse ich nur den schmerzenden Kopf hängen. Es hat keinen Sinn. Selbst wenn er mir sagt, warum er mich gekauft hat, wird mir das nicht hier raushelfen.

Ich nicke immer wieder ein. Im Raum herrscht ein ermüdendes Dämmerlicht und ich sitze bereits seit Stunden hier. Ich habe keine Uhr, doch ich schätze, dass es inzwischen früher Abend sein muss. Die letzten Stunden ist Vander nicht mehr aufgetaucht und ich hoffe, er wird es für heute auch nicht mehr tun.

Kaum habe ich diesen Gedanken zu Ende gedacht, wird die Tür zum Raum aufgerissen und Vander tritt zu mir. Er hat eine Schale in der Hand, keine Spritze wie sonst. Er stellt die Schale auf dem Tisch neben meinem Stuhl ab und macht sich dann an meinen Haaren zu schaffen.

„Was wird denn... Ah!" Vander reißt mit Ruck an meinen Haaren und zieht einzelne von ihnen heraus, um sie in die Schale zu legen.

„Verdammt, was soll denn das?" Mit einer Hand versuche ich, ihn abzuwehren und ihn davon abzubringen, mir die Haare auszureißen. Doch mit einem Ruck enden meine Bemühungen. Meine Arme sind an den verdammten Stuhl gekettet!

Noch ein grober Griff in meine Haare, dann wendet er sich ab und verschwindet mit seiner Beute. Ich bleibe verwirrt und mit fürchterlich schmerzender Kopfhaut zurück.

Schwer atmend erwache ich aus meinem unruhigen Schlaf. Nach Vanders letztem Besuch muss ich eingenickt sein. Ich setze mich anders auf dem Stuhl hin, denn nach Stunden angekettet und in aufrechter Position schmerzt mir jeder Knochen, jeder Muskel und jedes Gelenk. Als ich mich bewege, klimpern die Handschellen, die mich an den Stuhl ketten, und erst da fällt mir auf, dass das Klimpern nicht das einzige Geräusch im Gebäude ist. Ich höre leise Schritte, die direkt an meiner Tür vorbeigehen. Ist das Vander? Doch seine Schritte klangen immer anders, entschlossener, weniger achtsam.

Gibt es hier einen Nachtwächter?

Ich höre ein Flüstern, dann gibt es ein Klicken. Ich blickte hektisch von links nach rechts, doch ich sehe nichts, im Raum ist es vollkommen dunkel.

Mit einem Knarren öffnet sich die Tür zu meinem Zimmer. Ich erwarte, dass das Licht angeschaltet wird, doch es bleibt dunkel. Wer immer da ist, es ist nicht Vander.

Wieder Schritte, langsamer diesmal. Dann flammt ein Feuerzeug auf.

„Hier ist sie.“ Ich kann den Sprecher hinter der blendenden Flamme nicht erkennen, doch die Stimme kommt mir bekannt vor.

„Valeria?“ Die zweite Stimme gehört zu Aaron. Er kommt auf mich zu und kniet sich neben dem Stuhl nieder. „Es tut mir so leid, ich wollte nicht, dass das passiert.“ Sanft greift er nach meiner Hand. „Du hättest niemals hierhergebracht werden sollen.“

„Aaron, dafür haben wir jetzt keine Zeit.“ Jetzt erkenne ich, zu wem die andere Stimme gehört. Das ist Roman, Aarons anderer Bruder.

„Valeria, du sollst nur wissen, dass es mir leidtut.“

„Das habe ich gehört“, gebe ich zurück. Noch weiß ich gar nicht so recht, was hier geschieht. Was machen Aaron und Roman hier? „Was tut ihr hier?“

„Wir holen dich hier raus“, antwortet Roman und hebt eine Zange an. Mit einer raschen Bewegung setzt er sie an meine Handschellen und sie fallen auf der rechten Seite rasselnd zu Boden. Das Gleiche wiederholt er auf der anderen Seite und meine Arme sind wieder frei.

„Und jetzt?" Atemlos halte ich mich am Tisch fest. Meine Beine wollen nach der langen Zeit auf dem Stuhl unter mir nachgeben.

„Jetzt verschwinden wir von hier", flüstert Roman und packt mich am Arm.

Während er mich zur Tür zieht, versuche ich zu verstehen, warum sie das tun. Anscheinend hatte Aaron von Anfang an den Plan, mich nach Evo zu bringen, um mich Vander für eine Belohnung zu übergeben. Warum also holt er mich jetzt wieder hier raus?

„Au." Mein Arm schmerzt an der Stelle von den vielen Nadelstichen, als Roman fester zugreift.

„Pst." Roman bleibt kurz stehen und hebt den Finger vor die Lippen. „Wir müssen so leise wie möglich sein. Wenn wir erwischt werden..."

„... dann können wir von Glück reden, wenn Vander uns nicht auf der Stelle erschießt. Oder mein Vater uns in die Finger bekommt", schließt Aaron düster.

„Hier lang." Roman fasst meinen Arm nun etwas sanfter, zieht mich aber weiterhin bestimmt hinter sich her. Wir bewegen uns durch den Flur, dann öffnet er die Eingangstür einen Spalt breit und wir schlüpfen hinaus.

Außer uns ist auf der Straße niemand zu sehen, die Gaslaternen am Geländer spenden genug Licht, um den Weg erkennen zu können.

„Wohin gehen wir?" Roman und Aaron hasten so zielstrebig die Ebene entlang, dass ich annehmen muss, dass sie ein Ziel haben.

„Raus aus der Stadt." Aaron ist ein wenig aus der

Puste. Alle paar Schritte wendet er den Kopf, um auf Verfolger zu lauschen. Doch niemand folgt uns. Noch immer sind wir allein auf der Ebene.

„Und dann?“

„Sage ich dir, wenn es soweit ist. Wir sollten besser still sein. Nicht, dass uns doch noch jemand hört.“

Ich presse die Lippen aufeinander, weil noch so viele Fragen meinen Mund verlassen wollen. Doch ich höre auf das, was Aaron mir gesagt hat. Ich werde schweigen, bis wir die Stadt verlassen haben.

Mit dem Aufzug fahren wir bis auf die unterste Ebene. Als wir aus dem Aufzug steigen, höre ich das Surren der Geschütze, die sich in unsere Richtung drehen. Doch im Gegensatz zu unserer Ankunft hier, müssen wir beim Verlassen keine Karte vorzeigen. Offenbar ist es egal, wer die Stadt verlässt. Entscheidend ist nur, wer sie betritt.

Wenig später sind wir auch schon an ihnen vorbei. Wir lassen Evo hinter uns und betreten wieder das Tote Land. Durch die Ätherschicht in der Luft wirft der Mond ein grünliches Licht, durch das ich den Boden nur schemenhaft erkennen kann. Immer öfter gerate ich ins Stolpern und halte mich an Aarons Schulter fest. Ich bin erschöpft von den Stunden in Vanders Zimmer und das Abflauen des Adrenalins, das bis vorhin noch durch meinen Körper getobt ist, macht mich müde.

„Können wir bitte mal eine Pause machen?“ Meine Stimme hat einen heiseren Unterton und ich habe schrecklichen Durst. Wie lange sind wir schon unterwegs? Eine Stunde? Zwei? Ich kann es nicht mehr sagen, ich setze nur noch mechanisch einen Fuß vor den anderen.

„Wir sind gleich an einem Versteck.“ Roman deutet in eine Richtung, die für mich auch nicht anders aussieht als die anderen. „Vielleicht noch fünf Minuten.“

Na schön. Fünf Minuten halte ich noch durch, kein Problem. Ich schleppe meinen Körper immer weiter. Schließlich läuft Roman ein gutes Stück vor und ruft dann: „Hier rüber.“ Wir folgen seiner Stimme und gelangen zu mehreren Felsen, die zu einer kleinen Höhle aufeinandergeschichtet sind. Rückwärts schiebt Roman sich mit seinem Rucksack hinein, Aaron und ich folgen ihm.

„Es ist immer besser, nur eine Richtung zu haben, auf die man seine Aufmerksamkeit richten muss“, sagt Roman und deutet auf den Eingang unserer kleinen Höhle. „Falls doch mal Ghule hier auftauchen sollten. Oder irgendwelche gefährlichen Tiere. Vor ein paar Wochen sind Wölfe hier in der Gegend gesichtet worden.“

Unwillkürlich drücke ich mich noch ein paar Zentimeter weiter in die Höhle. Wölfe. Vor meinen Augen erscheinen lange Reißzähne. Doch Wölfe sind nichts gegen die Ghule, die ich inzwischen mit eigenen Augen gesehen habe. Gnadenlose Menschenfresser, die nur darauf warten, dass man ihnen in die Arme läuft.

Nach ein paar Minuten habe ich mich so weit erholt, dass ich endlich die Fragen stellen kann, die mir schon die ganze Zeit auf der Seele brennen. „Was zur Hölle ist da passiert?“, platzt es aus mir raus. „Warum dieser

Vander? Warum hat dein Vater mich zu ihm gebracht? Warum habt ihr mich wieder rausgeholt?“ Atemlos warte ich auf eine Antwort und starre Aaron an.

Aaron holt tief Lust. „Ich fange am besten ganz von vorne an.“ „Am besten“, bekräftigt Roman.

„Wie ich dir gesagt habe, ist das Verhältnis zwischen mir und meinen Eltern nicht das beste.“

Ich nicke. Ja, das weiß ich bereits.

„Seitdem ich erblindet bin, konnte ich ihnen nichts mehr recht machen. An mir war immer etwas falsch, ich war nie so gut wie meine Brüder.“ Aaron lehnte sich gegen die Wand und verschränkt locker die Arme vor der Brust. „Ich habe es trotzdem irgendwie geschafft, ich habe gelernt, damit zu leben, dass ich nichts sehe. Ich bin bei einem Schmied in die Lehre gegangen und nachdem er in den Ruhestand gegangen ist, hat er mir seine Schmiede überlassen. Zusammen mit den Schulden, die darauf lagen.“ Aaron verzieht das Gesicht. „Ich konnte die Schulden kaum bezahlen und meine Eltern waren nicht bereit, mir für meine ‚Freizeitbeschäftigung‘ Geld zu leihen. Aber mir ist etwas eingefallen, das Kilian und Voran und auch mein Vater getan haben. Man könnte sagen, es hat Tradition in unserer Familie.“ Ein bitteres Lächeln zeigt sich auf seinem Gesicht. „Vander braucht immer Menschen von oben, so wie dich. Er ist bereit, dafür viel Geld zu zahlen. Und es macht sich gut, einen Upper zu fangen und zu ihm zu bringen.“

„Ich verstehe immer noch nicht, wozu“, sage ich. „Wozu braucht er Upper? Was fängt er mit ihnen an?“

„Ihr Blut – dein Blut – ist frei vom Äther“, sagt Aaron, als wäre das doch selbstverständlich.

„Und?“

„Wenn man das Blut gespritzt bekommt, verschwinden einige der Merkmale vom Äther. Zum Beispiel wird die Haut weniger grün.“

„Mein Blut heilt also?“

„Nur vorübergehend. Jedes Merkmal kommt wieder.“

„Und wozu dann das Ganze?“

„Wenn man es sich leisten kann, hübscht man sich mit dem Blut auf.“ Aaron zuckt mit den Schultern. „Glaub mir, für mich macht das auch herzlich wenig Sinn, wenn du verstehst.“ Er deutet auf seine Augen.

„Es geht auch um die Haare“, fügt Roman hinzu.

„Haare?“

„Die Dinger auf deinem Kopf.”

Ich schnaube. „Ich weiß, was Haare sind. Aber was fangen die Leute damit an?”

„Die Haare von Uppern haben heilende Wirkung.”

„Meine Haare sollen heilen können?” Ich glaube Roman kein Wort. Meine Haare haben noch nie irgendjemanden geheilt.

„Einmal ja. Danach lösen sie sich in Staub auf.”

Zweifelnd sehe ich von Roman zu Aaron. „Es stimmt, was er sagt”, bestätigt Aaron. „Die Leute tragen Haare in Amuletten bei sich, damit sie sie im Notfall benutzen können.”

„Am besten wirken blonde Haare”, erklärt Roman. „Und je länger desto besser.”

Ich lasse das Gesagte auf mich wirken, das mir immer noch völlig verrückt vorkommt. Meine Haare können also heilen, gut zu wissen. „Muss man die Haare abschneiden? Oder geht das nur mit Wurzel?"

„Abschneiden reicht völlig. Manche schwören zwar darauf, die Wurzel mitzuverwenden, aber die Wirkung dürfte ungefähr die gleiche sein."

„Dieser Vander hält also Upper gefangen und stiehlt ihnen ihr Blut und ihre Haare, richtig?"

„Ganz genau. Das ist sein Geschäft."

„Und warum braucht er immer wieder Upper? Könnte er nicht diejenigen, die er schon hat, weiter ausbeuten?" Es ist widerlich, was dieser Mann Menschen antut.

„Theoretisch vermutlich", erwidert Roman zögerlich und wirft Aaron einen raschen Seitenblick zu. Dessen Miene gibt jedoch gar nichts preis. „Praktisch... wenn jemand ihm genügend Geld bietet, entnimmt er den Uppern all ihr Blut."

„Er lässt sie ausbluten?" Schockiert zucke ich hoch und stoße mir dabei prompt den Kopf am Felsen. „Er tötet sie?"

Roman nickt nur. „Und eure Familie liefert Nachschub dafür?"

Ich wusste die ganze Zeit, dass Aaron und seine Familie nichts Gutes mit mir vorgehabt hatten, doch das... diese Kaltblütigkeit erschüttert mich zutiefst.

„Ich habe nur an mich gedacht", gibt Aaron leise zu. „Ich habe daran gedacht, wie ich meine Schmiede retten kann. Ohne sie bin ich am Ende, niemand würde mir in

Evo eine Anstellung geben. Nicht einem blinden Krüppel wie mir. Also habe ich nicht darüber nachgedacht, was mit dem Upper geschehen würde, die ich mitbringe."

„Und du hast dir ausgerechnet mich ausgesucht", sage ich bitter. Er hat mich aus meinem Gefängnis gelockt und mir Hoffnung auf ein freies Leben gegeben, in dem ich meinen Weg selbst bestimmen kann. Nichts hätte weniger wahr sein können.

„Mir ist eine Brotscheibe auf den Kopf gefallen", erwidert Aaron mit einem vorsichtigen Grinsen. „Und eine Scheibe Käse auf den Fuß. Es war für mich ein Zeichen, dass ich an der richtigen Stelle bin, schließlich war ich gerade am Verhungern. Seit Tagen lief ich schon um die Türme von Turrim herum und hatte doch keine Idee, wie ich an einen Upper herankommen sollte." Er rutschte auf der Stelle und beugte sich vor. „Bei meinen Brüdern und meinem Vater hatte es immer so leicht geklungen. Sie waren zu einer der Turmstädte gegangen, waren über einen Upper gestolpert, hatten ihn niedergerungen und mit nach Hause gebracht. Doch wie zur Hölle waren sie einem Upper begegnet? Ich hatte keine Ahnung." Er hob die Hände. „Ich habe mich vor deinen Turm gehockt und gewartet, ob ich noch ein Zeichen erhalte, wie ich an dich herankommen soll. Als ich auf meine Gitarre gespielt habe und du begonnen hast, zu singen, war das mein Zeichen. Im Gespräch warst du dann sofort bereit, deinen Turm zu verlassen und mit mir zu kommen. Ohne zu wissen, worauf du dich einlässt oder wohin ich dich bringen werde. Du wolltest nur fort von deinem Leben."

Scham lässt meine Wangen brennen. Ich war so einfältig. Jemandem mein Leben anzuvertrauen, den ich nie zuvor gesehen hatte, von dem ich nichts wusste... Leichtsinn ist nichts dagegen. „Meine Alternativen waren nicht gerade prickelnd", sage ich schließlich. „Dagegen erschien mir das Risiko angemessen, von einem Fremden ermordet zu werden."

„Ich habe deine Not ausgenutzt, ich weiß." Aaron senkt den Kopf. „Aber in dem Moment erschien es mir wie eine Fügung des Schicksals."

„Kann ich sogar verstehen."

„Ich wollte dir gegenüber distanziert bleiben, dich nur so schnell wie möglich nach Evo bringen und meine Belohnung einstreichen. Aber..."

„Aber?", fragte ich, als er nicht weitersprach.

„Dann kam der Ghul. Und du hast mir das Leben gerettet. Da ging mir auf, was ich mit dir vorhatte und wie unehrenhaft deine Auslieferung wäre."

„Doch wohin mit mir, richtig?", erriet ich. „Du musstest mit mir zur Stadt, weil wir sonst nirgendwohin konnten. Und da wolltest du mich verstecken."

„Nur solange, bis ich wusste, was wir tun könnten. Oder bis ich den Mut finden würde, dich doch noch auszuliefern. Dummerweise haben allerdings meine Eltern von meiner grandiosen Rückkehr erfahren."

„Und die Sache gleich mal selbst in die Hand genommen." Roman lehnt sich zurück. „Die Jagd auf Upper ist barbarisch. Das Blut, das ist nur eine kosmetische Sache, völlig unnötig. Und die Haare... wenn wir uns nur ein wenig Mühe geben würden, könnten wir einen Handel mit den Turmstädten aufbauen. Sie würden uns gegen eine Entlohnung so viele Haare geben, wie wir wollen."

„Deswegen hat Roman mir geholfen. Uns", verbessert sich Aaron. „Und weil er dich nett findet. Das hat er jedenfalls gesagt." Ein kurzes Grinsen zuckt über Aarons Gesicht. Roman stößt ihm seinen Ellenbogen in die Seite. „Sympathisch, habe ich gesagt. Jeder, der nicht vor meinen Eltern einknickt, ist mir sympathisch."

Unwillkürlich muss ich lachen. Wie absurd. Vor ein paar Stunden noch, sollte ich offenbar getötet werden. Und nun hocke ich hier in einer Höhle mitten im Toten Land und zwei Brüder diskutieren darüber, wie nett sie mich finden.

„Und wie geht es jetzt weiter? Ich nehme an, diesmal habt ihr einen etwas ausgereifteren Plan?"

„Könnte man so sagen." Aaron nickt langsam, als müsste er seine Gedanken ordnen. „Wir gehen zum verlassenen Bergwerk, das ein Stück in Westen liegt. Es ist einer der wenigen Orte in der Umgebung, an dem man noch reinen Äther findet."

„Reinen Äther?" Ich brauche ein paar Sekunden, um zu verstehen, was er sagt. „Aber reiner Äther ist doch gefährlich für mich!"

„Ganz genau", sagt Aaron ernst. „Nicht nur für dich, auch für uns."

„Und was wollen wir dann da?" Ich kenne reinen Äther nur aus Büchern und ich bin auch nicht scharf darauf, das zu ändern.

„Es gibt eine Möglichkeit, wie dich hier unten keiner mehr verfolgen wird."

„Und wie dich oben auch keiner mehr zurückhaben möchte", ergänzt Roman.

„Wenn du dich dem Äther aussetzt, wirst du dich verändern. Du wirst einer von uns, ein Downer."

Für einige Augenblicke starre ich die beiden nur sprachlos an.

„Äh...", bringe ich dann heraus.

„Wie ungemein eloquent", kommentiert Roman und grinst.

„Ihr wollt, dass ich munter in den Äther hineinspaziere?"

„Ganz genau." Aaron nickt. Seine Stirn ist in Falten gelegt, fast, als erwartete er, dass ich ablehne. Was ich ganz sicher auch tun sollte.

„Und dann werde ich wie ihr? Ich bekomme grüne Haut oder etwas dergleichen?"

„Valeria..." Ich sehe, wie Aaron schluckt. „Das Ganze ist nicht ohne Risiko, das muss dir klar sein. Die Veränderungen können extrem sein, sogar tödlich. Und es wird auf jeden Fall schmerzhaft werden."

„Ich werde also extreme Schmerzen haben und ich könnte dabei eventuell sterben?"

Roman und Aaron nicken gleichzeitig.

„Na dann, nichts wie hin." Ich grinse über die verdutzten Gesichter der beiden. „Keine Sorge, ich habe nicht den Verstand verloren. Aber welche Möglichkeit bleibt uns sonst? Mich für immer hier draußen verstecken? Über kurz oder lang kriegt mich ein Ghul oder ein wildes Tier zu fassen. Und Schmerzen? Schmerzen halte ich aus."

Aaron stößt erleichtert die Luft aus. „Ich bin froh, dass du das sagst. Roman und ich haben uns die ganze Nacht die Köpfe zermartert und nach einer Möglichkeit gesucht, die dich in Sicherheit bringt. Und das ist mit Abstand das Beste, was uns eingefallen ist."

„Dann versuchen wir das", sage ich entschlossen und schiebe energisch den Gedanken von mir, dass ich die Prozedur vielleicht nicht überlebe. „Wann gehen wir weiter?"

„Ihr könnt gleich weitergehen, aber ich werde mich verabschieden", sagt Roman und schiebt sich an mir vorbei aus der Höhle. „Von hier aus schafft ihr es allein."

„Wäre es nicht sicherer, wenn wir zusammenbleiben?" Ängstlich blicke ich in die Dunkelheit des Toten Lands. „Was, wenn dich oder uns jemand oder etwas angreift?"

„Valeria." Aaron streicht sanft über meine Schulter und schiebt mich ebenfalls aus unserem kleinen Unterschlupf. „Roman muss zurück, bevor seine Abwesenheit auffällt. Ich will nicht, dass er den Ärger für deine Flucht kassiert, das wäre nicht fair."

Nein, das wäre nicht fair. Roman hat mir geholfen und ich will nicht, dass er meinetwegen in Schwierigkeiten gerät. Ich seufze. „Das verstehe ich. Trotzdem wäre es mir lieber, wir würden uns nicht trennen." Ich ziehe eine Grimasse.

„Ja, mir auch", gibt Roman zurück und schließt mich flüchtig in die Arme. „Glaub mir, ich bin auch nicht scharf darauf, allein zurückzugehen. Aber das ist die beste Möglichkeit. Ich wünsche euch auf jeden Fall viel Glück. Die lasse ich euch hier." Er setzt eine Gaslaterne ab und hebt die Hand. Dann wendet er sich dann mit einer raschen Drehung ab. Ohne einen Blick zurückzuwerfen marschiert er in die Dunkelheit und ist schon bald verschwunden.

„Bekommt er das auch wirklich hin?" Ich kann Roman schon jetzt nicht mehr sehen und bei jedem Geräusch, das aus der Dunkelheit zu mir dringt, zucke ich schreckhaft zusammen.

„Bevor er gekündigt hat, war Roman Soldat. Er hat schon in Kriegen gekämpft, er bekommt das hin." Aaron wendet sich in die andere Richtung. „Wichtig ist jetzt, dass wir uns auf unsere Aufgabe konzentrieren."

Richtig, darauf, mich in Äther zu tunken. Was für erfreuliche Aussichten. „Und du weißt, wo wir hinmüssen?"

„Ich war schon mal beim Bergwerk", erwidert Aaron.

„Das ist keine Antwort auf meine Frage."

„Ich werde es schon finden."

„Na schön, wenn du das sagst." Schweigen breitet sich zwischen uns aus. Der Gedanke daran, dass Aaron mich im Grunde nur benutzt und beinahe getötet hat, hängt unausgesprochen zwischen uns.

„Dann gehen wir mal los." Aaron rückt seinen Gürtel zurecht, an dem ich eine Pistole baumeln sehe. Seit wann hat er die denn?

„Kannst du mit so einer Waffe umgehen?"

„Ich kann schießen, ja", gibt Aaron zurück und seine Hand gleitet über die Waffe. „Nur mit dem Zielen hapert es ein wenig. Aber wenn wir in Schwierigkeiten geraten, bekommst du sie."

Er hat zwar nicht gefragt, ob ich schießen kann, aber gut. So schwer kann das nicht sein. Das eine Ende richtet man auf den Bösewicht, das andere hält man in der Hand, nicht gerade ein Kunststück.

Wir setzen uns in Bewegung und für einige Minuten halten wir schweigend den Kurs in gerade Linie und marschieren durchs Tote Land. Erst vor wenigen Tagen sind wir hier entlang gegangen, damals habe ich noch begeistert von einem ganz neuen Leben geträumt, davon, endlich meinen Platz zu finden. Und nun plane ich, mich kopfüber in reinen Äther zu stürzen und mein Leben damit vielleicht zu beenden. Ich darf nicht darüber nachdenken, dass unser Vorhaben mich töten könnte. Denn ich weiß nicht, ob ich noch in der Lage sein werde, es durchzuziehen, wenn ich mir erst einmal jede Kleinigkeit ausgemalt habe.

„Du hast mich nicht geküsst, weil du wusstest, dass du mich töten musst, richtig?", sage ich irgendwann, als mir das Schweigen zu blöd wird. Ich habe zwar nicht so direkt mit der Frage herausplatzen wollen, aber nun ist sie gestellt.

Aaron räuspert sich und sagt dann: „Ja."

Ich nicke vor mich hin. „Dann lag es ja immerhin nicht an mir."

„Nein.“ Aaron bleibt stehen und tastet nach meiner Hand. „Du hast noch gar nichts zu meiner Entschuldigung gesagt. Verzeihst du mir, was ich getan habe?“

Meine Hand hängt schlaff in seinem Griff. Ich denke nach. Kann ich ihm das verzeihen, was er getan hat? „Ganz ehrlich? Ich bin mir nicht sicher, wie ich an deiner Stelle gehandelt hätte. Vermutlich hätte ich das Gleiche getan. Du kanntest mich nicht, im Grunde keinen Upper. Und das Wichtigste war für dich, deine Schmiede zu behalten zu können.“ Ich drücke seine Hand. „Gut möglich, dass ich unter den Voraussetzungen genauso gehandelt hätte wie du.“

„Also?“

„Also verzeihe ich dir. Vermutlich werde ich ohnehin nicht mehr genug Zeit haben, um böse auf dich zu sein.“ Ich lache kurz auf.

„Sag doch nicht sowas“, bittet Aaron, doch ich kann nicht anders. Eine Art Gleichgültigkeit hat mich erfasst, die ich nicht abschütteln kann.

„Wenn es so ist, dann ist es so.“ Ich zucke mit den Schultern. „Immer noch besser, als zurück zu Vander geschleppt zu werden. Oder nach Turrim zu einem Ehemann, der mich gekauft hat.“

„Dir wird nichts geschehen.“ Aarons Stimme ist leise, doch in der Stille des Toten Lands verstehe ich ihn trotzdem.

„Das weißt du nicht. Aber ich bin dankbar für die Lösung, die du und Roman für mich gefunden habt. Ich danke euch dafür, dass ihr mich retten wollt.“

„Ich schulde dir das und noch viel mehr."

Zwischen uns ist vorerst alles gesagt und so gehen wir eine ganze Weile schweigend. Erst als das Gelände abfällt und immer wieder eingestürzte Stolleneingänge um uns herum erscheinen, wage ich es wieder, etwas zu sagen. „Das ist die Mine?"

„Ganz genau, wir müssen nur den richtigen Eingang finden." Aarons Stirn ist gefurcht, als müsste er sich sehr konzentrieren. Ich halte die Gaslaterne, die Roman uns überlassen hat, ein Stück höher und versuche, mehr von der Gegend zu erkennen. Doch ein Eingang zum Stollen sieht aus wie der andere. Es sind noch Holzbalken zu erkennen, doch sie sind zerstört und unter Felsen und Erde begraben.

„Aaron, ich glaube, hier ist kein Eingang mehr. Die sind alle eingestürzt und verschüttet. Da kommen wir nicht durch."

„Der Haupteingang sollte nicht verschüttet sein. Zumindest war er das bis vor ein paar Monaten noch nicht." Aaron geht vorsichtig weiter, bei jedem Schritt tastet er über den Boden, um nicht über lose Steine oder Bretter zu stolpern, die überall herumliegen.

„Was hast du vor ein paar Monaten hier getan?"

„Man findet hier an manchen Stellen noch Erz." Aarons Stimme ist leiser, da er sich von mir entfernt hat, während ich noch einen Eingang beäugt habe. „Ich brauchte Material, um meine Aufträge erfüllen zu können. Und das hier ist umsonst. Gewissermaßen."

„Hat Roman dich begleitet?"

„Hat er. Deswegen sind wir auch auf die Idee mit dem Äther gekommen."

Ich schließe zu ihm auf und packe ihn an der Schulter. „Aaron, was passiert mit dir, wenn wir zurückkehren? Was geschieht mit mir?"

„Wir können nicht zurückkehren."

Wie vom Blitz getroffen bleibe ich stehen. Dann laufe ich Aaron hinterher. „Wie meinst du das? Wir können nicht zurückkehren? Aber was werden wir dann tun? Was werden wir..."

Aaron greift nach meinen umherwirbelnden Händen. „Beruhige dich, Valeria."

„Wie soll ich mich denn da beruhigen?"

„Wir können nicht zurückkehren, weil Vander wissen wird, was ich getan habe. Und er wird dich natürlich erkennen. Mein Vater wird es ebenfalls wissen. Und da meinem Vater Evo nun mal gehört..."

Weil Evo seinem Vater gehört, wird dieser uns dort nicht länger dulden. Nicht nur, weil Aaron ihn enttäuscht hat, sondern auch, weil er der gesamten Familie Schande gemacht hat. Er hat seinen Vater blamiert.

„Aber wenn wir nicht nach Evo zurückkönnen, wo gehen wir dann hin?" Immer vorausgesetzt, ich überlebe mein kleines Ätherbad.

„Ich kenne jemanden in Ätherruh. Er ist ein Kunde."

„Und?"

„Er hat mir mehr als einmal eine Stelle in seiner Schmiede angeboten. Ihm gefiel meine Arbeit. Wir werden hingehen und ich werde für ihn arbeiten."

„So einfach?“ Zweifelnd sehe ich Aaron an. Der Plan klingt nicht gerade ausgereift. „Und wenn er keine Stelle für dich freihat?“

„Dann müssen wir uns anderweitig in Ätherruh durchschlagen.“ Aarons Stimme klingt gepresst. „Valeria, ich kenne auch nicht alle Antworten, ich weiß nur, wir müssen es versuchen. Wenn du dich nicht dem Äther aussetzt, wirst du auf dem Erdboden keine Chance haben. Du wirst immer eine Art Beute sein.“

Ich schlucke. Er hat ja recht. Doch ich mache mir Sorgen um das Danach. Irgendwann könnte Aaron bereuen, mir geholfen zu haben.

„Hier müsste es irgendwo sein“, unterbricht Aaron meine nicht gerade ermutigenden Gedanken. Er bleibt stehen. „Siehst du einen Eingang?“

Wir stehen direkt vor einem riesigen horizontalen Schacht, in dessen Inneren eine hölzerne Leiter in der Dunkelheit versinkt. „Könnte man so sagen. Wir stehen direkt davor.“

„Oh, perfekt. Meine Orientierung ist sogar für mich beeindruckend.“ Aaron grinst mich an und für einen Moment erlaube ich mir ein Lachen. Wieder einen Teil des Weges geschafft. Dann jedoch bemerke ich einen Schemen, der sich hinter Aarons Rücken bewegt. Einen dunklen Schemen mit leuchtend grünen Augen.

„Aaron, weg da.“ Doch natürlich weiß Aaron nicht, wovon ich spreche, oder wohin er ausweichen soll. Die Panik in meiner Stimme bringt ihn nur dazu, den Kopf hektisch von einer zur anderen Seite zu drehen.

„Was ist?"

„Ein Ghul." Der Schemen ist nähergekommen. Er schleicht seitlich auf uns zu, noch sind seine Schritte zögerlich, doch er kommt näher.

„Wie nah?"

„Zu nah. Zehn Meter vielleicht."

„Wir laufen zur Mine. Da können wir uns besser verteidigen als hier auf offener Fläche. Führ mich hin."

Mit zitternden Händen hake ich mich bei ihm unter, dann rennen wir gemeinsam zum Minenschacht.

„Wir müssen die Leiter runter", sage ich und will Aaron in Richtung des Abstiegs schieben, doch er schüttelt meine Hand ab. „Geh du zuerst, ich halte ihn auf."

„Aber du..."

„Jetzt mach schon!"

Sein Tonfall bringt mich dazu, mit zitternden Beinen nach der obersten Stufe der Leiter zu tasten und hinab in den Schacht zu steigen. Gerade, als ich mit den Händen die oberste Stufe umfasst habe, höre ich ein schrilles Heulen, das mir eine Gänsehaut beschert. Ich kann mich noch gut an dieses Geräusch erinnern. Zu gut. Gleich darauf höre ich ein Grollen und die Aufschläge von krallenbewehrten Pfoten – Händen? – auf dem Erdboden.

„Trau dich nur, du Mistvieh." Aaron hat nun die Pistole hervorgezogen und hält sie vor sich gerichtet. Ich zögere. Soll ich weiter den Schacht hinabklettern? Oder wieder hinauf, um Aaron zu helfen? Er selbst hat mir gesagt, ich solle die Leiter nehmen und mich in Sicherheit bringen. Aber was, wenn er meine Hilfe braucht?

Ich kann mich nicht entscheiden. Eine kleine Ewigkeit hänge ich an der Leiter. Die Muskeln in meinen Armen beginnen zu zittern, doch ich kann sie weder zum Hinauf- noch zum Hinunterklettern bewegen. Die Geräusche, die von oben herabdringen, klingen alles andere als vertrauenerweckend. Ich höre Knurren und Heulen, dazwischen Schritte, ein Kratzen und Aaron, der dem Ghul immer wieder Schimpfwörter an den Kopf wirft.

Schließlich höre ich einen Schrei und ein Stöhnen. Ein Stöhnen, das von Aaron stammt. Das gibt den Ausschlag. Hastig klettere ich die Leiter wieder empor. Sobald ich über den Schacht hinwegsehen kann, erkenne ich, dass etwas ganz und gar schiefgelaufen ist. Aaron liegt am Boden, die Pistole fast zwei Meter von ihm entfernt in einem gelblichen Grasbüschel. Doch ich kann meinen Blick nicht von dem Ghul lösen. Das abartige Wesen hängt über Aaron, seine scharfen spitzen Zähne schnappen nach seiner Kehle. Noch kann Aaron ihn mit beiden Händen abwehren, doch mit jedem Angriffsversuch kommt der Kiefer des Ghuls näher an seiner Haut heran. Nicht mehr lange und er wird Aaron erreichen.

Mit neuer Kraft klettere ich aus dem Schacht und stelle die Gaslampe ab. Ich kann nicht mehr nachdenken. Aaron ist in Gefahr und ich muss ihm helfen. Mit bloßen Händen und einem markerschütternden Schrei stürze ich mich auf den Ghul. Ich stoße gegen seine braun-grüne Haut, pralle förmlich von ihr ab. Sie ist wesentlich härter als die eines Menschen und meine Schulter fühlt sich an, als hätte ich einen Felsbrocken attackiert. Keuchend taumele ich zurück. Nicht aufgeben!

Der Ghul nimmt überhaupt keine Notiz von mir, sondern konzentriert sich noch immer auf Aaron. Ich gebe ebenfalls ein wütendes Knurren von mir. Was fällt diesem Vieh ein, mich einfach so zu ignorieren?

„Valeria, verschwinde!“, presst Aaron hervor. Gleichzeitig gelingt es dem Ghul, noch ein wenig näher an seine Kehle heranzukommen.

„Nicht reden.“ Erneut stürze ich mich auf den Ghul und springe auf seinen Rücken. Ich schlinge meinen rechten Arm um seinen Hals und drücke zu, so fest ich kann. Offenbar beeindruckt das das Wesen nicht im Geringsten. Es zeigt keine Reaktion, ich könnte genauso gut eine Fliege sein, die auf ihm gelandet ist. Ich rutsche vom Rücken des Wesens. Unschlüssig stehe ich neben ihm. Ich komme mir klein und hilflos vor. Und schwach.

Dann jedoch gleitet mein Blick hinüber zur Pistole, die noch immer dort im Gras liegt. Ich bin zwar schwach, aber die Waffe ist es nicht. Ich hechte hinüber, kralle meine Finger um das kalte Metall und zwinge meinen Zeigefinger auf den Abzug. In einer flüssigen Bewegung stehe ich auf und strecke die Waffe aus, so, wie ich es in unzähligen meiner Bücher gelesen habe.

„Lass ihn los.“ Die Augen des Wesens huschen nur kurz in meine Richtung, dann beschließt es, dass ich seiner Aufmerksamkeit nicht wert bin. Ich gehe näher heran, so nah, wie ich mich traue. Gerade so außerhalb der Reichweite seiner Klauen. „Lass ihn los oder ich schieße." Ich komme mir lächerlich vor, wie ich da so stehe, mit der Waffe ziele und mich das Wesen vollkommen ignoriert. Doch was soll ich sonst tun? Steckt noch genug Menschliches in dem Ghul, dass er meine Worte verstehen kann? Oder vergeude ich nur meinen Atem?

Meine Worte zeigen keine Wirkung. Ich sehe Aarons Arme heftig zittern. Lange wird er sich nicht mehr gegen den Ghul wehren können. Offenbar versucht er, das Wesen nun zur Seite zu kippen, um es von seinem Körper zu heben, doch es gelingt ihm nicht. Ich muss schnell handeln, jetzt sofort. Ich will den Ghul erschießen, ich will es wirklich tun, doch mein Arm ist wie gelähmt. Das ist ein Mensch. Das *war* ein Mensch, da kann ich doch nicht...

Aarons Arme geben nach. Nur ein Stück, doch es reicht, dass der Ghul zuschnappt. Seine Zähne streifen Aarons Kehle, nur ein Stück, er erwischt ihn nicht komplett, doch sofort sprudelt Blut aus der Wunde hervor.

„Nein!" Plötzlich geht alles ganz schnell, es ist, als beobachtete ich einen anderen Menschen. Ich hebe den Arm erneut, mein Finger krampft sich um den Abzug, ein ohrenbetäubender Knall ertönt. Eine Wunde erblüht hinter dem Ohr des Ghuls. Für einen Moment hält er sich noch aufrecht, dann kippt er zur Seite und liegt still da.

„Aaron!" Ich lasse die Pistole fallen und stürze neben ihm auf die Knie. „Aaron?" Er hustet und Blut quillt in einem Schwall aus der Wunde an seinem Hals. Dort, wo der Ghul ihn getroffen hat, sind Zahnabrücke in seiner

Haut zu sehen. „Valeria." Seine Stimme ist schwach. „Du musst runtergehen. Der Äther ..." Wieder hustet er. Als er Luft holt, ist es ein einziges Röcheln. „Deine Chance, zu überleben."

„Ich gehe nicht ohne dich." Entschlossen greife ich nach seiner Hand und drücke sie. Er ist nicht allein, das muss er wissen.

„Geh", murmelt Aaron, während ihm die Augen zufallen.

„Du musst wach bleiben." Ich lege ihm eine Hand auf die Wange. „Wachbleiben, hörst du?"

Seine Augenlider flattern, doch sie bleiben geschlossen. Sein Kopf sackt zur Seite.

„Aaron!" Panisch beuge ich mich über ihn. Das kann es nicht gewesen sein. Nicht so, nicht so... plötzlich. Während mein Herzschlag laut in meinen Ohren dröhnt, taste ich am Handgelenk nach Aarons Puls. Ich habe das noch nie gemacht und es fällt mir schwer, mich auf das Gefühl in meinen Fingerspitzen zu konzentrieren. Doch schließlich spüre ich ein leichtes Flattern. Er lebt, gerade so noch. „Oh, Gott sei Dank." Aber was jetzt? Wie schaffe ich es, ihn auch weiter am Leben zu erhalten? Da ich keine andere Möglichkeit sehe, presse ich beide Hände auf die Wunden an seinem Hals. Blut quillt zwischen meinen Fingern hindurch, warm läuft es über meine Handrücken. Nun wird Aaron zwar langsamer verbluten, doch meine Finger auf seinen Wunden werden nicht verhindern, dass es irgendwann darauf hinausläuft. „Aaron", flüstere ich eindringlich. Ich brauche seinen Rat.

Er muss mir sagen, was ich tun soll. Doch natürlich antwortet er nicht. Seine Augen bleiben geschlossen.

Ich lasse meinen Blick über die Umgebung gleiten. Es muss hier doch irgendetwas geben, womit ich Aaron helfen kann. Irgendetwas... Ich sehe Gras, Blätter, Steine und den toten Ghul, der hinter Aaron auf der Seite liegt. Nichts davon wird Aaron helfen. Das kann nur ein richtiger Arzt. Und wo soll ich den nur hernehmen?

Das Blut, das aus Aarons Wunden rinnt, wird weniger. Zuerst hege ich die Hoffnung, dass das darauf hindeutet, dass sich die Wunden schließen. Dann jedoch wird mir klar, dass Aaron einfach schon zu viel Blut verloren hat und dass vermutlich nicht mehr viel übrig ist.

„Du darfst nicht sterben“, flüstere ich über ihn gebeugt. „Du musst leben. Wir beide, zusammen, das hast du doch gesagt.“ Ich rede auf ihn ein, obwohl er mich doch ohnehin nicht hören kann. „Bitte. Was soll ich denn ohne dich tun? Ich bin verloren, wenn du nicht wieder aufwachst.“ Ein Schluchzer bahnt sich seinen Weg aus meiner Kehle. Ich lege mich hin, bette meinen Kopf auf Aarons Arm, ganz dicht an seinem Kopf. Es kann nicht vorbei sein, bevor es begonnen hat. Das kann es einfach nicht.

„Valeria?“ Aarons Brustkorb hebt und senkt sich.

„Ja?“ Ich wische mir über das Gesicht. Wann habe ich denn angefangen zu weinen?

„Deine Haare.“ Aarons Augenlider flattern, dann schließen sie sich. Er ist wieder fort. Diesmal vermutlich endgültig. Die Haut in seinem Gesicht ist so bleich, als wäre jegliches Blut bereits aus seinem Körper gesickert. Und seine letzten Worte? Wieso galten sie meinen Haaren? Haare...

Wie elektrisiert springe ich auf. Meine Haare, meine verdammten Upper-Haare! Mit bebenden Händen löse ich das Band, das meine Haare im Nacken zusammenhält. Meine Haare fallen mir über die Schulter und ich bücke mich. Er hat gesagt, sie könnten heilen, doch wie? Mit beiden Händen drücke ich meine langen Locken auf die Wunden an Aarons Hals. Wie lange, bis etwas passiert? Wie lange, bis ich weiß, ob es funktioniert hat? Die Sekunden verstreichen und ich komme mir immer alberner vor. Aaron ist noch so bleich wie zuvor, die Wunden genauso tief. Die Haare haben nichts bewirkt. Ich versuche es anders, schlinge sie ordentlich um seinen Hals, streiche nur vorsichtig damit über seine Haut, doch das Ergebnis ist das gleiche: Nichts geschieht.

„Verdammt!" Wütend schleudere ich meine Haare über die Schulter auf den Rücken. Da hat mir Aaron schon einen Hinweis gegeben, wie ich ihn retten kann und dann bin ich zu unfähig, es hinzubekommen. Hätte ich doch Turrim niemals verlassen, dann wäre Aaron jetzt nicht in dieser Situation. Ohne mich hätte er sich niemals einer solchen Gefahr ausgesetzt.

Während ich neben Aaron auf und ab laufe, ziehe ich an meinen Haaren, diesen nutzlosen Dingern. Mir muss etwas einfallen, und zwar rasch. Plötzlich knirscht etwas unter meinen Füßen. Als ich sie anhebe, sehe ich eine Glasscherbe im Schein unserer Gaslampe glänzen.

Sie ist verdreckt und ungefähr so groß wie meine Handfläche.

Es gibt eine Sache, die ich mit meinen Haaren noch nicht ausprobiert habe. Ich bücke mich, hebe die Glasscherbe auf und wiege sie für einen Augenblick in meiner Hand. Sie wiegt fast nichts. Dann schließe ich die Hand, greife nach meinen Haaren und fahre mit der Scherbe darüber, wieder und wieder, ein reißendes Geräusch ertönt, ein Knistern, dann fallen ein paar meiner Haarsträhnen zu Boden, den Rest halte ich in der Hand. Ich werfe die Scherbe achtlos beiseite und falle neben Aaron auf die Knie. Ich weiß nicht einmal, ob er noch lebt, doch ich habe keine Zeit, mich davon zu überzeugen. Stattdessen lege ich meine abgeschnittenen Haare auf seinen Hals.

Ich merke sofort, dass es dieses Mal funktioniert, denn unter den Haaren ist ein Leuchten zu sehen. Ein grünes Leuchten geht von Aarons Haut aus, ein Leuchten, das immer größer wird, sich auszudehnen scheint.

Ehrfürchtig weiche ich ein paar Zentimeter zurück. Zwischen den Haarsträhnen sehe ich die Wunde auf Aarons Hals. Als das Leuchten heller wird, beginnt sie, sich Millimeter für Millimeter zu schließen, bis sie nicht mehr zu sehen ist. Dann verblasst das Leuchten, wird schwächer und schwächer bis es schließlich ganz verschwunden ist. Gegen den goldenen Schein wirkt das Licht der Gaslampe auf einmal schwach und kalt.

„Aaron?" Meine Stimme ist hoch und zittrig. Ich fasse nach Aarons Hand und drücke sie. Sie ist warm. Und als ich nach dem Puls an seinem Handgelenk taste, finde ich ihn sogleich. Aaron lebt! „Aaron?“ Ich beuge mich über ihn, er muss nur noch seine Augen aufmachen, wenn er seine Augen öffnet, ist alles in Ordnung.

Schließlich läuft ein Zittern durch seinen ganzen Körper. Mit einem Stöhnen öffnet er den Mund, dann dreht er den Kopf. Goldene Augen blicken mich an.

„Du bist wunderschön“, sagt Aaron heiser.

„Du lebst!“ Erleichterung fällt von mir ab wie ein tonnenschwerer Stein.

„Hast du irgendwas mit deinen Haaren gemacht?“ Als Aaron seinen Oberkörper aufrichtet, rutschen meine abgeschnittenen Haarsträhnen von seinem Hals und sammeln sich neben ihm.

„Könnte man wohl so sagen.“ Mein Herzschlag hat sich noch nicht völlig beruhigt, doch dass Aaron wieder Witze machen kann, hilft mir. Verlegen fahre ich mir durch die kurzen Stoppeln, die von meinen Haaren geblieben sind. Ohne die langen Strähnen fühlt sich mein Kopf viel leichter an, vollkommen ungewohnt. „Wie geht es dir?“

„Ich fühle mich etwas schlapp“, sagt Aaron und setzt sich auf. „Aber ich vermute, das ist normal, nachdem man fast tot war.“

Ich schlucke. Fast tot. Es war tatsächlich so knapp.

„Du hättest das nicht tun müssen.“ Er deutet auf meine Haare.

„Es sind nur Haare, nichts Wichtiges. Die wachsen nach.“ Ich zucke mit den Achseln. „Und selbst, wenn nicht... Das wäre mir auch egal. Du lebst, das ist das, was zählt."

„Danke."

In dem Moment, in dem Aaron aufsteht, fällt mir eine Sache auf. „Woher weißt du, wie ich aussehe?"

Aarons Augen wandern mit einem schelmischen Grinsen hinauf zu meinem Gesicht. „Weil ich dich sehen kann."

„Du kannst mich sehen? Bedeutet das, deine Augen sind auch wieder geheilt?"

„Ja." Auf Aarons Gesicht breitet sich ein Grinsen aus. „Ich kann alles sehen."

„Das ist fantastisch!" Ich umarme ihn ungestüm. „Warum hast du denn nichts gesagt? Du lässt mich hier plappern..."

„Ich wollte mal sehen, wann es dir auffällt. Ganz schön spät, muss ich sagen." Er lacht und drückt mich fest an sich.

„Aber warum haben deine Eltern das nicht schon vorher behandeln lassen? Sie haben doch sicherlich genug Geld, um Haare von Uppern zu kaufen."

„Das schon, aber sie haben mir gesagt, die Ärzte sähen keine Hoffnung für mich. Die Verletzungen wären zu schwer."

All die Jahre, die er in der Dunkelheit verbracht hat, sie hätten nicht sein müssen.

„Ich hätte trotzdem gerne darauf verzichtet, von diesem Vieh angegriffen zu werden." Mit dem Fuß stößt Aaron den Ghul an.

„Das glaube ich dir."

„Ich habe dir gesagt, du sollst nach unten klettern und mir auf keinen Fall helfen." Aaron nimmt meine Hände. Die nächsten Worte scheint er ganz genau abzuwägen. „Aber die Tatsache, dass du deinen eigenen Kopf hast, hat mir das Leben gerettet und dafür bin ich dir sehr dankbar. Ich werde ewig in deiner Schuld stehen."

„Auf keinen Fall", entgegne ich vehement. „So läuft das nicht. Ich denke, wir sind quitt. Du hast mich vor einem Leben in Turrim gerettet. Das wäre vermutlich schlimmer gewesen als der Tod." Ich ziehe eine Grimasse.

„Das kann ich nicht beurteilen", sagt Aaron mit einem Lächeln.

„Es gibt keinen Ort, an dem ich jetzt lieber wäre", sage ich leise. „Genau hier, mit dir." Bevor ich den Mut verliere, strecke ich die Hand nach ihm aus und berühre seinen Hinterkopf. Als meine Lippen auf seine treffen, breitet sich ein warmes Gefühl in meinem gesamten Körper aus. Er gehört zu mir. Nach einer Sekunde erwidert Aaron meinen Kuss und zieht mich fest in seine Arme.

Es dauert ein paar Augenblicke, dann mache ich mich von ihm los. Wenn wir zusammenbleiben wollen, gibt es noch eine Sache zu tun. Ich deute zur Leiter. „Wir müssen da runter."

Aaron nickt. „Ja, ich weiß. Vielleicht vorher noch einen Kuss?"

Mit einem Lachen erfülle ich ihm seinen Wunsch, dann greift er nach der obersten Sprosse und schwingt sich auf die Leiter. „Ich rufe dich, wenn ich unten angekommen bin und du mir folgen kannst."

„Vergiss nicht die Laterne.“ Ich reiche ihm die Gaslaterne, die bei dem Kampf gegen den Ghul zwar etwas abbekommen hat, aber noch immer leuchtet.

„Danke. Es wird ein wenig dauern, bis ich mich daran gewöhnt habe, wieder sehen zu können.“ Aaron lacht verlegen, dann verschwindet sein Kopf in dem Loch im Boden. Nervös warte ich auf eine Meldung von ihm und darauf, ihm zu folgen, um mein Bad im reinen Äther zu nehmen.

„Alles klar, ich bin unten“, erklingt weniger später Aarons Stimme. Als ich die Leiter herabklettere, erfüllt mich eine Mischung aus Angst und Freude. Wenn der Äther mich nicht umbringt, wird er dafür sorgen, dass Aaron und ich zusammenbleiben können. Dann werde ich weder gejagt werden, weil ich ein Upper bin, noch können William und Magica kommen, um mich zurückzuholen. Dann werde ich frei sein.

Als ich fast am Erdboden angekommen bin, spüre ich Aarons Hand auf meinem Rücken. Den letzten Meter der Leiter springe ich hinab. „Und jetzt?“, stoße ich hervor. Alles, was ich hier unten im Schein der Gaslampe sehen kann, sind dunkle Gänge, die in drei Richtungen wegführen. Die Wände der Gänge sind überzogen mit Zahnrädern, auf dem Boden führen Schienen entlang.

„Die sind für die Wagen, die für den Abtransport eingesetzt wurden. Sie wurden mithilfe von Dampfkraft hier entlanggezogen“, erklärt Aaron, der meinen Blick offenbar bemerkt hat. „Und ich würde vorschlagen, wir nehmen erstmal den Gang.“ Er deutet auf den mittleren Gang.

„Solltest du nicht wissen, wo es langgeht?"

„Ich bin mir nicht sicher. Als wir hier waren, hat Roman mich geführt. Aber wir werden den Äther schon finden, keine Sorge."

„Kann es nicht auch sein, dass er ausgetrocknet ist oder so?"

„Keine Ahnung." Aaron macht ein paar wackelige Schritte in den mittleren Gang hinein. „Könnte natürlich sein, aber wir sollten nicht das Schlimmste annehmen. Kommst du?"

„Klar, ich kann es kaum erwarten", gebe ich mit leicht ironischem Unterton zurück. Ein schmerzhaftes Bad im Äther... natürlich folge ich ihm!

Ich spüre bereits nach wenigen Metern, dass dieser Gang der richtige sein muss. Ich kann es nicht genau beschreiben, doch etwas lädt die Luft geradezu elektrisch auf. Ich kann es am ganzen Körper fühlen, wir nähern uns einer Quelle ungeheurer Kraft.

„Du fühlst es auch, oder?", flüstert Aaron mir zu.

„Ja." Wir gehen immer weiter, bis wir in einer größeren Kammer ankommen, die von einem grünen Schein erhellt wird. Er ist so grell, dass ich im ersten Moment die Augen zusammenkneifen muss, da mir der Anblick in den Augen schmerzt. Als ich sie wieder öffnen kann, sehe ich, dass der Lichtschein von der wogenden grünen Masse in der Vertiefung in der Mitte der Kammer ausgeht.

„Äther", hauche ich. Noch nie habe ich einen solchen Äther gesehen. Ich kenne die Version, die unter Turrim in der Luft schwebte, doch der Äther war ein schwacher Abklatsch gegen das, was ich in dieser Mine vor mir sehe.

Ohne Wind, ohne einen äußeren Einfluss kräuselt sich die Oberfläche des Äthers, kleine Wellen bilden sich und schlagen an den Rand der Vertiefung. Es ist, als hätte die Substanz ein Eigenleben, einen eigenen Willen. Und dieser treibt sie zu mir. Die Wellen kennen nur eine Richtung: Meine. Immer heftiger schlagen sie an den Rand, hinter dem ich stehe. Erste Spritzer lösen sich und landen auf der Erde vor mir. Erschreckt weiche ich zurück. Jetzt erst gelingt es mir, meinen Blick von der leuchtend-grünen Masse zu lösen und mich umzusehen. Am liebsten wäre ich sofort davongerannt. Rund um die Vertiefung, in der der Äther ruht, liegen Leichen. Skelette, aber auch noch frischere. Ich erkenne normale Menschen aber auch viele Ghule. Jeder einzelne der Toten hat eine Hand nach vorn zum Rand des Beckens ausgestreckt, als hätte er im Todeskampf versucht, den Äther zu erreichen.

„Die sind alle tot", flüstere ich und drehe mich dann zu Aaron um.

„Ja", gibt er ebenso leise zurück. „Es besteht ein Risiko. Der Äther..." Er sucht nach den richtigen Worten. „Er benötigt einen starken Wirt. Einen passenden."

„Aber die waren doch schon Wirte."

„Eine zweite Berührung überlebt niemand", erwidert Aaron knapp.

„Und was muss ich jetzt machen?" Unschlüssig betrachte ich die Leichen und das leuchtende Grün. Wie soll ich die Sache angehen?

„Wenn du es immer noch tun willst, solltest du hineingehen.“ Aaron deutet auf den Äther, der mittlerweile noch intensiver in meine Richtung wogt. „Aber Valeria…“ Er kommt näher und schlingt einen Arm um meine Hüfte. „Du musst das nicht tun. Wenn du dich entschließt, es nicht zu machen, finden wir auch dafür eine Lösung. Ich könnte dich sogar wieder nach Turrim zurückbringen, wenn du das willst.“

Ich schnaube verächtlich. Turrim. Keine zehn Pferde werden mich in diese Stadt zurückbringen, zurück zu Magica und meiner gekauften Ehe mit einem Psychopathen. Lieber würde ich im Äther sterben. Entschlossen schiebe ich Aaron von mir. „Falls ich es nicht schaffe, geh einfach, lass mich zurück, mach nichts Dummes, ja?“ Bevor er mir eine Antwort geben kann, beuge ich mich vor, gebe ihm einen schnellen Kuss und wende mich dann ab, bevor meine Entschlossenheit zu bröckeln beginnen kann. Wenn ich mit Aaron zusammenbleiben will, muss es sein.

Ich blende alles um mich herum aus und konzentriere mich nur auf meine Schritte. Noch fünf, dann werde ich den Äther berühren. Noch vier. Noch drei. Mich überfällt das Bedürfnis, mich noch einmal zu Aaron umzudrehen. Aber das darf ich nicht, dann werde ich es nie schaffen. Noch zwei Schritte. Beim letzten Schritt verharre ich, einen Fuß in der Luft, direkt über dem Äther. Wenn ich ihn senke, werde ich es wissen: Werde ich ein Ghul, eine Veränderte oder werde ich sterben. Ein letztes Mal betrachte ich meinen Fuß, der über der grünen Oberfläche schwebt, dann schließe ich die Augen und stoße ihn herab. Im ersten Moment spüre ich nichts und fast bin ich enttäuscht. Doch dann erfasst mein Bein eine schmerzhafte Hitze, in Schlangenlinien windet sich Feuer hindurch. Vor Schmerz beiße ich die Zähne zusammen und ziehe mein anderes Bein nach. Nun brennen beide lichterloh. Ich bin es gewohnt, Schmerz zu ertragen, und so entringt sich meiner Kehle nur ein Keuchen, obwohl ich am liebsten geschrien hätte. Was wird nun geschehen? Reichen meine Füße im Äther? Oder braucht es mehr? Ich habe nicht die Kraft, Aaron danach zu fragen und so tauche ich kurzentschlossen auch meine Arme in den Äther. Der Schmerz trifft mich so unvorbereitet und so heftig, dass meine Knie nachgeben. Wie in Zeitlupe knicken meine Beine ein und ich versinke seitlich im Äther. Während Feuer meinen Brustkorb emporkriecht, erhasche ich einen Blick auf Aaron. Er rennt mit fassungslosem Gesicht am Ufer auf und ab und ruft mir etwas zu. Doch auch meine Ohren sind mittlerweile in der Gewalt des Äthers. Ich höre nichts. Ich sehe nichts. Das einzige, das ich spüre, ist Schmerz. Brennender, lodernder Schmerz, der alles andere verzehrt.

• Kapitel 12 •

Hustend setze ich mich auf. Was war das nur für ein seltsamer Traum. Äther? Ich schüttele mich und blicke an mir herab. Ich bin nicht in einem Bett. Von der Hüfte abwärts sitze ich in einer leuchtend-grünen Flüssigkeit, die träge hin und her schwappt. Der Äther. Es ist kein Traum gewesen.

„Valeria?" Mein Blick wandert zum Ufer. Aarons Gesicht ist panisch verzerrt. „Valeria?"

Ich weiß, was er versucht. Er will wissen, ob ich noch ich bin. Oder ein Ghul. Doch ich bin noch ich, richtig? Oder nicht? Erneut huste ich. „Mir geht es gut", bringe ich mit heiserer Stimme heraus. Oh man, Tee mit Honig würde bei dieser Stimme Wunder wirken.

„Gott sei Dank." Aaron stützt sich auf die Knie. „Im ersten Moment dachte ich... du hast nichts gesagt."

„Bade du mal im Äther, dann sehen wir, wieviel du dann noch redest", murmele ich und komme auf die Knie. Mein ganzer Körper zittert, jeder Muskel scheint überanstrengt. Beim nächsten Einatmen setze ich die Füße auf. In der Position bleibe ich vorerst hocken, um wieder zu Kräften zu kommen. Wer hätte gedacht, dass Aufstehen so anstrengend sein könnte? Immerhin verursacht der Äther mir nun keine Schmerzen mehr. Stattdessen fühlt er sich wie eine hauchdünne Decke an, die meinen Körper umschmeichelt, wie um mich davon zu überzeugen, liegen zu bleiben. Aber ich kann nicht liegenbleiben, ich muss aufstehen. Aufstehen und zu Aaron gehen. Wir haben noch etwas vor. Wir müssen in diese Stadt. Wie hat Aaron sie genannt? Ätherruh?

Als ich mich erhebe, rinnt der Äther von mir herab, als bestünde er aus Rauch. Meine Schritte sind unsicher, als ich auf Aaron zugehe. „Und?" Ich stehe nun genau vor ihm. „Bin ich jetzt eine Veränderte?"

Aaron mustert mich intensiv. „Ich sehe nichts, keine Veränderung, aber das heißt nichts. Die Veränderungen von Geburt an sind oft winzig."

„Und die von denen, die im Äther gebadet haben?"

„Ich kenne niemanden."

„Du hast mich da rein geschickt, ohne zu wissen, ob die Möglichkeit auf Erfolg besteht? Ich hätte sterben können."

„Ich habe dir gesagt, dass das möglich ist."

„Wohl eher wahrscheinlich." Ich dränge die Wut zurück, die in mir aufsteigen will. Aaron wollte mir nur helfen. Und es ist schließlich gut ausgegangen. Ich lebe noch. Als ich meine Hände mustere, sehen sie ganz normal aus. Wie vorher. Ganz normale Hände eben. Entweder ist die Veränderung an anderen Stellen zu sehen oder ich habe Glück gehabt und mein Aussehen hat sich durch den Äther nicht verändert.

„Und jetzt?“ Wie geht es nun weiter?

„Fühlst du dich gut?“ Aaron mustert mich besorgt. „Oder brauchst du erstmal eine Pause?“

Ich horche in mich hinein. Geht es mir gut? „Es geht mir bestens. Ich fühle mich richtig energiegeladen.“ Es ist, als hätte der Äther Energie in mich hineingepumpt. Die Vorstellung, jetzt zu rasten, macht mich richtiggehend nervös.

Aaron lacht. „Na gut, dann würde ich vorschlagen, dass wir uns auf den Weg nach Ätherruh machen. Es ist glücklicherweise nicht allzu weit, aber die Strecke ist recht beschwerlich.“

„Dann lass uns gehen.“ Gestärkt marschiere ich voran in Richtung Ausgang. Als ich die Leiter hinaufklettere, denke ich einen Augenblick daran, dass oben ein weiterer Ghul auf mich warten könnte. Doch sofort verdränge ich den Gedanken wieder. Wir gehen nach Ätherruh und niemand wird uns davon abhalten, auch kein Ghul. Am Ausgang der Mine angekommen, marschiere ich direkt weiter. Ich weiß zwar nicht, wohin wir müssen, aber mir gelingt es nicht, stehenzubleiben.

„Valeria, mach mal langsamer.“ Ich drehe mich zu Aaron um, der gute zehn Meter hinter mir ist. „Nicht so schnell, ich war vor ein paar Minuten quasi tot, falls du dich erinnerst.“

Unwillig passe ich meine Schritten den seinen an und wir gehen nun nebeneinander. „Also... Ätherruh.“ Ich werfe Aaron einen Blick zu. „Und du glaubst wirklich, dass wir dort leben können?“

„Das werden wir." Entschlossen reckt Aaron das Kinn vor und zwinkert mir zu. „Wir werden es schaffen."

„Gut." Ich bemerke, wie Aaron oft den Kopf hierhin und dorthin dreht. „Was machst du?"

Verlegen lacht Aaron. „Es ist ungewohnt, wieder sehen zu können. Ich muss mich erst daran gewöhnen, dass Hören nicht mehr so wichtig für mich ist."

„Bist du froh darüber?"

„Sehen zu können?"

Ich nicke.

„Sehr. Es hat mir gefehlt, aber erst jetzt merke ich, wie sehr mich meine Blindheit eingeschränkt hat. Und jetzt habe ich auch endlich das Glück, dich sehen zu können." Er lächelt mich an und nimmt meine Hand. Ich bin froh, dass es dunkel ist und er im Schein der Gaslaterne vermutlich nicht erkennen kann, dass ich rot werde.

„Ich hatte mich damit abgefunden, blind zu sein. Niemals hätte ich damit gerechnet, wieder sehen zu können. Es ist ein wertvolles Geschenk." Aaron bleibt stehen und zieht mich zu sich. „Ein Geschenk, das du mir gemacht hast." Seine Stimme ist nur noch ein Flüstern, sein Mund nur wenige Zentimeter von meinem entfernt. „Ich danke dir dafür."

Verlegen fahre ich mir mit der freien Hand durch die kurzen Haarstoppel. „Habe ich gern gemacht." Als seine Lippen meine berühren, breitet sich eine feine Gänsehaut auf meinem Körper aus. Als wir uns wieder voneinander lösen, scheint die Dunkelheit um uns nicht mehr ganz so dicht zu sein.

„Es wird langsam Morgen." Aaron geht weiter, schlägt dabei eine etwas andere Richtung ein, lässt aber meine Hand nicht los. „Ich schätze, dass wir in ungefähr fünf Stunden in Ätherruh sein können. Kannst du so lange laufen?"

„Kannst du so lange laufen?", gebe ich zurück und grinse ihn an.

„Das heißt dann wohl ja." Aaron drückt meine Hand fester.

Auf dem Weg nach Ätherruh geht die Sonne langsam auf und taucht das Tote Land in goldenes Licht, das nur eine Spur Grün vom Äther in der Luft enthält.

„Lass uns hier kurz eine Pause machen." Links von uns glitzert ein ovaler Teich in der Sonne. „Ich verdurste gleich." Aaron zieht mich hinter sich her und sinkt vor dem Teich entschlossen auf die Knie. Er taucht beide Hände ins Wasser und führt sie zum Mund. „Das tut gut." Er stöhnt und nimmt gleich noch eine Handvoll Wasser. „Du solltest auch etwas trinken."

„Zu Befehl." Lachend sinke ich ebenfalls auf die Knie und tauche die Hände in den Teich. Das Wasser ist wunderbar kühl. Doch es spielt meinen Augen Streiche. Durch das Wasser hindurch erscheinen meine Hände grün. Dunkelgrün mit helleren Schlieren. Ich reiße die Hände aus dem kalten Nass und betrachte sie im Licht der Morgensonne.

„Hey", beschwert sich Aaron, den ich von oben bis unten vollgespritzt habe, doch ich beachte ihn gar nicht. Ich kann den Blick nicht von meinen Händen abwenden.

Sie sind grün. Es war keine Täuschung durch das Wasser, meine Haut ist lückenlos grün. Ich reibe meine Hände gegeneinander, als könnte ich die unerwünschte Farbe so loswerden, doch natürlich hilft das nicht.

„Oh, verdammt." Nun ist auch Aaron auf den Beinen und betrachtet meine Hände. „Das ist der Äther. Du veränderst dich doch, nur langsamer, als wir dachten."

„Ach, wirklich?" Gebe ich mit zusammengebissenen Zähnen zurück. Als wüsste ich das nicht. Als könnte es noch eine andere Ursache dafür geben, dass meine verdammten Hände auf einmal grün sind! Panisch schiebe ich meine Ärmel die Arme hinauf. Über dem Ellenbogen ist meine Haut noch normal, rosig. Darunter ist sie dunkelgrün. Und das Grün breitet sich aus, ich kann dabei zusehen, wie es meinen Arm hinaufkriecht und nun auch die normale Haut färbt. „Ist das gefährlich? Tötet mich das Zeug jetzt doch noch?" Weil mir nichts anderes einfällt, schüttele ich den Arm, doch auch das kann den Äther natürlich nicht aufhalten.

„Keine Ahnung", gibt Aaron zurück. Seine Stimme klingt höher als sonst und die Tatsache, dass er panisch ist, verstärkt meine Panik nur noch.

„Was soll ich tun?"

„Ich weiß es nicht." Aaron kommt auf mich zu, hebt die Arme, wie um mich anzufassen, doch er lässt sie hilflos wieder sinken. „Ich habe keine Ahnung, was mit dir passiert."

„Werde ich ein Ghul?" Inzwischen habe ich auch meine Hosenbeine hochgezogen, um meine Beine zu kontrollieren. Auch sie sind von einem dunklen Grün, ebenso mein Bauch.

„Nein, du wirst kein Ghul.“ Auch wenn er versucht, sie zu verbergen, spüre ich doch die Unsicherheit hinter seinen Worten.

„Ach nein? Was werde ich dann? Ein Frosch?“ Ich benötige all meine Selbstbeherrschung, um nicht zu schreien und meine Stimme ruhig zu halten. Was geschieht mit mir? Die Menschen, die ich in Evo gesehen habe, hatten ein paar grüne Flecken, extrem grüne Augen oder ein paar Auswüchse. Keiner von ihnen war von oben bis unten grün! „Wie lange dauert es, sich in einen Ghul zu verwandeln?“

„Das ist seit den Tagen der Verwandlung nicht mehr vorgekommen.“

„Seit wann?“

„Seit der Zeit, in der der Äther unsere Welt verändert hat. Die Zeit, in der eure Türme gebaut worden sind.“

„Aber du musst doch Geschichten gehört haben. Wie lange dauert es, ein Ghul zu werden?“

„Keine Ahnung...“ Aaron sieht mich nicht an. „Ein paar Tage, manchmal auch eine Woche.“

Ich atme scharf ein. Es könnte mir passieren. Ich könnte eine dieser Bestien werden, eines dieser wilden Tiere, die nur vom Hunger nach Fleisch getrieben werden. Eines dieser Wesen, denen jede Menschlichkeit verloren gegangen ist. „Versprich mir eins.“ Ich greife nach Aarons Kinn und drehe sein Gesicht in meine Richtung, so dass er mich endlich ansehen muss. „Falls ich mich verwandle, töte mich." Er will protestieren, doch ich rede einfach weiter. „Du tötest mich, sobald ich nicht mehr ich selbst bin. Denn wenn ich eins nicht will, dann so weiterzuleben. Nicht als eine von denen." Ich deute zurück in Richtung Mine. „Der Gedanke ist das Schlimmste für mich."

Einige Augenblicke lang sieht Aaron mich nur stumm an, dann nickt er. „Ich werde es tun", sagt er leise und ich glaube ihm. Erleichterung durchströmt mich. Sollte ich mich verwandeln, werde ich niemandem wehtun.

„Noch besteht die Hoffnung, dass nichts dergleichen passiert." Aaron zieht mich zu sich heran und nimmt mich in den Arm. Ich lege den Kopf an seinen Hals. Seine Wärme fließt in mich hinein und sofort fühle ich mich ruhiger. „Vielleicht ist deine Verwandlung nur ein wenig extremer als bei den meisten anderen, kann doch sein."

„Kann sein, ja", murmele ich und schließe die Augen. Nur ein paar Sekunden Ruhe, bevor wir weitergehen.

„Hey, schläfst du etwa?"

Mein Kopf zuckt hoch und streift dabei Aarons Kinn.

„Au!"

„Entschuldige." Ich kann ein Lachen nicht unterdrücken. Ich habe ihm gerade versehentlich einen Kinnhaken verpasst, weil ich eingeschlafen bin. Im Stehen. „Was ist eigentlich mit meinem Gesicht?"

„Deinem Gesicht?"

„Wie grün bin ich da?"

„Ach so." Aaron betrachtet intensiv mein Gesicht. „Nichts zu sehen vom Äther bisher, alles normal."

Da ich ihm nicht glaube, schnappe ich mir die Gaslaterne und beuge mich wieder über den Teich, aus dem wir getrunken haben. Im Schein der Laterne sehe ich meine grünen Arme. Doch Aaron hat die Wahrheit gesagt: Mein Gesicht erscheint in der Dunkelheit wie ein weißer Fleck. Alles wie immer.

„Wir sollten weitergehen, meinst du nicht?"

„Ja." Auch im Gehen kann ich mir schließlich Gedanken darüber machen, was mit mir geschieht.

Aaron tastet nach meiner Hand und lässt sie nicht wieder los, während wir nebeneinander durch das Tote Land schreiten. So unsicher die Gegend auch ist und so viele Sorgen ich mir auch um meinen Zustand mache, so schön ist es doch, neben Aaron herzugehen, ihn zu berühren und zu wissen, dass er für mich da ist.

Die Sonne geht langsam weiter auf und taucht das Tote Land in Helligkeit. Ich will nicht daran denken, doch ich kann nicht anders. „Werden deine Eltern und Brüder uns nicht verfolgen?"

Aaron sieht zur Seite, als beobachtete er die weite Gegend. „Kann sein", erwidert er dann. „Auf der einen Seite bin ich davon überzeugt, dass ich nach der Aktion für meinen Vater gestorben bin und er sich keinesfalls die Mühe machen wird, mich zu finden. Auf der anderen Seite haben wir ihn gedemütigt und das ist etwas, das er nicht auf sich sitzenlassen wird. Gut möglich also, dass er uns in Ätherruh aufspüren wird."

Ich nicke. Etwas in der Art habe ich mir schon gedacht.

• Kapitel 13 •

Es dauert einige Stunden, bis endlich Ätherruh vor uns auftaucht. Die Stadt befindet sich mitten im Toten Land, rundherum nichts als rote Erde und braunes Gestein. Im Osten führt eine Straße in die Stadt hinein. Dort befindet sich ein großes Tor. Die Stadt dahinter sieht aus wie eine riesige bronzefarbene Kugel, die jemand auseinandergeklappt hat.

„Was ist das?“ Ich deute auf die beiden Kugelhälften.

„Das ist die Schutzkuppel. Sie wird nachts hochgeklappt, um die Stadt vor Angriffen zu schützen.“

Beim Näherkommen sieht das Gebilde noch beeindruckender aus. Ein kompliziertes Gewirr aus Zahnrädern, Bolzen und Streben. Wenn mal eines der Zahnräder kaputtgehen sollte, ist die Reparatur sicher ein Alptraum.

„Und wir spazieren einfach rein?“ Ich habe die Wachen bemerkt, die am Tor stehen.

„Leider nicht.“ Aaron beschleunigt seine Schritte und schiebt sich vor mich. „Guten Tag“, spricht er die beiden Wachen an, deren Haltung sich augenblicklich anspannt. Vermutlich hätten sie am liebsten die Waffen gezogen, die an ihren Gürteln baumeln, doch Aaron hat ihnen bisher keinen Grund dafür geliefert. „Ich möchte zu Faustinus Chrome."

„Dem Schmied?" Die linke Wache zieht eine Augenbraue in die Höhe, als könnte sie nicht fassen, dass irgendjemand zum Schmied wollen könnte. „Was willst du denn da?"

„Etwas Geschäftliches besprechen."

„Was Geschäftliches?" Die Wache zieht die Nase hoch. „Und die da?" Er deutet auf mich und nun mischt sich eindeutig Ekel in seinen Gesichtsausdruck. „Was will die hier?"

„Sie will ebenfalls zum Schmied, genau wie ich."

„Aber sie ist eine Frau."

„Gut erkannt", lobt Aaron ihn ironisch.

„Was will eine Frau beim Schmied?"

So langsam macht sein abschätziger Blick mich wütend. Am liebsten würde ich ihm zeigen, dass auch eine Frau ihm in den Hintern treten kann.

„Wir wollen gemeinsam etwas mit dem Schmied besprechen", erwidert Aaron ruhig.

„Aha." Die linke Wache wechselt einen Blick mit der rechten. „Na schön. Dann Arme hoch." Wir heben die Arme und die Wachen tasten uns ab. Als sie keine Waffen finden, sehen sie eindeutig enttäuscht aus. Die Pistole habe ich nach meinem Schuss auf den Ghul achtlos liegengelassen. „Ihr könnt durchgehen. Zur Schmiede geht es linksherum."

Aaron nickt und greift nach meiner Hand, als die Wachen das Tor für uns öffnen.

„Und wir dürfen einfach hier herumlaufen? Einfach so?", flüstere ich ihm zu, als wir uns ein paar Meter von den Wachen entfernt haben.

„Hier geht es nicht so streng zu wie in Evo", gibt Aaron zurück. „Sie suchen nur nach Waffen, was du letztendlich in der Stadt willst, ist ihnen egal."

Ich werfe einen Blick zurück zum Tor, das die Wachen gerade wieder schließen. Für „egal" gibt es hier ziemlich viel Schutz.

Im Gegensatz zu Evo wirkt Ätherruh klein und ruhig. Die Häuser sind niedriger, sie sind aus Metall mit Holzdächern und sie stehen allesamt in Reih und Glied am Rand der Straße, die in einem Kreis durch die Stadt führt.

„Das hier ist der äußere Ring", erklärt Aaron mir. „Hier stehen die Häuser und Geschäfte."

„Und im inneren Ring?"

„Da gibt es die Fabriken."

Jetzt bemerke ich die Rauchsäulen, die aus der Mitte der Stadt aufsteigen. Was dort wohl hergestellt wird?

„Ist Ätherruh eine reiche Stadt?"

Aaron wiegt den Kopf hin und her. „Nicht so reich wie Evo, aber es geht ihr gut. Hier wird viel Metall verarbeitet, ganz in der Nähe gibt es viele Minen. Das Metall wird von anderen Städten gekauft."

Auf der Straße ist einiges los. Ständig passieren uns andere Menschen und ausnahmslos jeder von ihnen mustert uns. Nein, mustert mich. Selbst unter den Veränderten auf der Erde bin ich offenbar ein Kuriosum. Ein

Monster, das man anstarren darf. Inzwischen kribbelt meine Haut überall dort, wo sie grün ist. Ich weiß nicht, ob es von den Blicken kommt oder an dem Äther liegt, der sich in meinem Kreislauf befindet, aber das Gefühl ist unangenehm.

Die Schmiede erkenne ich auf den ersten Blick, noch bevor Aaron etwas sagen kann. Vielleicht liegt es an dem riesigen Schmiedehammer aus Bronze auf dem Dach des Hauses, vielleicht aber auch an meinem grandiosen Spürsinn, wer weiß. Direkt hinter einem Mann mit grünen Haaren schieben wir uns durch die Tür. Beißender Rauch empfängt uns und ich huste. Hier sollte eindeutig besser gelüftet werden.

Im Gebäude gibt es einen Vorraum, der durch eine metallische Theke von der eigentlichen Schmiede getrennt ist. Hinten an den drei Essen sehe ich mehrere Angestellte hin und her laufen. Während sich der Mann, der vor uns das Gebäude betreten hat, vor die Plakate an der Wand stellt und diese zu studieren scheint, drängt Aaron sich an die Theke.

„Hey, Faustinus!“

Ein Mann so breit wie ein Schrank dreht sich zu ihm um. Sein Gesicht ist mit einem buschigen Bart zugewuchert und die Muskeln auf seinen Armen schreien geradezu „Verändert!“.

„Aaron!“ Seine Miene hellt sich auf. „Schön dich zu sehen. Gib mir ein paar Minuten, dann bin ich bei dir.“ Nach diesen Worten beginnt er wieder, auf ein Stück Metall einzuhämmern, das auf einem Amboss liegt.

Interessiert wende ich mich nun ebenfalls den Plakaten zu, die auf der gesamten Länge der Vorderwand des Hauses aufgehängt sind. Jedes von ihnen gibt Aufschluss über verschiedene Produkte, die man in der Schmiede bestellen kann. Daneben stehen die Preise, doch die Zahlen sagen mir nichts. Sind die Produkte hier teuer oder günstig? Ich vertreibe mir die Zeit, während Aaron an der Theke auf Faustinus wartet, damit, zu raten, wieviel wohl das jeweilige Produkt kostet, über das ich gerade etwas lese. Wie viel mag es wohl kosten, einen Säbel anfertigen zu lassen? Bei der Zahl 4000, die dahintersteht, vermute ich, dass das ein etwas teureres Produkt ist.

„Hätte nicht gedacht, dich so bald wiederzusehen." Faustinus ist nun an die Theke getreten und wischt sich die schweißüberströmte Stirn an einem nicht gerade als blütenrein zu bezeichnenden Taschentuch ab. „Dachte, du hast mit deiner Schmiede genug zu tun. Du wolltest doch noch erweitern, vielleicht jemanden einstellen."

„Ja." Aaron räuspert sich und mir sinkt das Herz in die Hose. Aaron hatte so viel vor, so viele Pläne, die er jetzt – dank mir – nicht verwirklichen kann. „Daraus ist nichts geworden. Ich will Evo hinter mir lassen. Und du hast mir doch eine Stellung angeboten."

Ich schlucke, wieviel seines Stolzes muss es Aaron kosten, jetzt um diese Stellung zu bitten, nachdem er sie schon abgelehnt hatte?

„Du willst raus aus Evo? Wieso denn das?"

„Wir beide wollen uns ein Leben zusammen aufbauen." Aaron deutet über die Schulter auf mich. „Und in

Evo ist das schwer. Du weißt schon, wegen meiner Familie und weil mich alle kennen."

Faustinus nickt langsam und lässt seinen Blick über mich wandern. Er sagt nichts, doch ich bemerke, dass mein Aussehen ihn irritiert. „Ihr beide wollt also in Ätherruh wohnen?"

„Das würden wir gerne, ja."

„Nun gut..." Der Schmied blickt zurück zu den Essen, zwischen denen rege Betriebsamkeit herrscht. „Ich kann immer gute Leute gebrauchen. Wir können es probieren. Du kannst erstmal hier arbeiten. Ich habe einen Bekannten, der eine Pension leitet. Dort könnt ihr schlafen, bis ihr etwas Eigenes gefunden habt. Willst du auch hier arbeiten?" Er hebt die Stimme und deutet auf mich. Sofort trete ich näher.

„Wenn Sie Arbeit für mich hätten, würde ich nicht ‚Nein' sagen."

„Die Arbeit mit dem Metall ist erstmal nichts für dich, vielleicht kannst du das mit der Zeit lernen." Er sieht sich suchend in der Schmiede um. „Aber wir brauchen jemanden, der die Bestände verwaltet. Wir hatten es schon oft genug, dass uns die Materialien ausgegangen sind und die Produktion dadurch ins Stocken geraten ist. Ich bin einfach nicht der Typ für so einen Papierkram." Lachend kratzt er sich den Bart.

„Kein Problem." Ich weiß nicht einmal, ob es ein Problem sein wird, schließlich habe ich noch nie etwas dergleichen getan. Tatsächlich habe ich noch nie gearbeitet, da Magica mich im Turm in Watte gepackt hat.

Aber ich bin entschlossen, das zu lernen, was es braucht, um diese Stellung erfolgreich zu meistern. Wenn ich hier in Ätherruh leben möchte brauche ich einen Beruf, dann muss ich Geld verdienen, so viel ist mir inzwischen klar. Unser Überleben soll auf keinen Fall allein auf Aarons Schultern lasten.

„Ich würde sie ja im Verkauf einsetzen.“ Der Schmied redet mittlerweile wieder mit Aaron. „Aber das...“ Er deutet von oben bis unten auf mich. „Es könnte die Kunden verschrecken.“

Ich beiße die Zähne zusammen, so dass sie knirschen. Doch ich sage nichts, ich darf nichts sagen, das würde nur alles verderben.

Aaron und Faustinus schütteln sich die Hände. Plötzlich stockt Faustinus‘ Bewegung und er mustert Aaron, als würde er ihn gerade zum ersten Mal sehen. „Sag mal, deine Augen...“ Er beugt sich vor und betrachtet Aaron genauer. „Kannst du wieder sehen?“

„Ja, kann ich.“ Aaron gibt ein verlegenes Lachen von sich.

„Wie kommt das?“

„Da sind die Ärzte sich auch nicht so ganz einig.“ Aaron zuckt mit den Achseln. „Aber ich beschwere mich nicht.“

Faustinus nickt langsam. „Du konntest wieder sehen? Einfach so? Von heute auf morgen?“

„Von heute auf morgen.“ Aaron zuckt mit den Achseln, als wäre es nichts Wichtiges, dass er wieder sehen kann. Aber wenn er zugeben würde, was wirklich passiert ist, müsste er gestehen, dass ich eine Upper bin. Und dass ich dank dem Äther gerade dabei bin, mich in einen Ghul zu verwandeln. Mein Gesicht beginnt zu kribbeln und ich ziehe mir meine Kapuze tiefer in die Stirn.

„Faszinierend. Und Glück für dich." Faustinus klopft Aaron auf die Schulter und deutete dann hinter sich auf die Schmiede. „Ihr könnt gleich morgen anfangen. Wir kommen mit den Aufträgen kaum hinterher. Bis morgen habe ich einen neuen Arbeitsplan erstellt und Arbeit für dich gefunden. Dann kannst du loslegen. Und du auch." Die letzten Worte ruft er zu mir herüber, als wäre ich schwerhörig. Dabei bin ich nicht schwerhörig, nur grün. Verdammt grün, dem Anblick meiner Finger nach zu urteilen. Ich möchte im Moment nichts anderes, als mich zu verkriechen, weg von allen Menschen, die mich anstarren. Denn ich spüre die Blicke der anderen Schmiede. Immer dann, wenn sie glauben, ich bemerke es nicht, mustern sie mich und meine dunkelgrüne Haut.

Ich warte ungeduldig darauf, dass Faustinus Aaron aus dem Gespräch entlässt und wir endlich wie versprochen in der Pension untergebracht werden. Ein Zimmer für uns allein, wo mich niemand anstarrt und ich mich ein wenig von den Geschehnissen der letzten Tage erholen kann, klingt einfach himmlisch. Und Baden. Ich sehne mich nach einer Badewanne voll warmen duftenden Wassers. So etwas gibt es doch in einer Pension, oder?

„Dann lasst uns mal zu Willie rübergehen, Willie Nash, er hat drüben auf der anderen Seite der Stadt eine

Pension mit ein paar Zimmern und ganz gutem Essen. Er schuldet mir was, er wird euch einen guten Preis für euer Zimmer machen. Das Geld dafür strecke ich euch vor. Aber dafür werdet ihr arbeiten, verstanden?" Streng sieht er erst Aaron an, dann mich. Sein Blick verweilt deutlich länger auf mir und ich bemühe mich, so vertrauenswürdig wie möglich auszusehen, obwohl ich mir nicht ganz sicher bin, ob es mir gelingt. Vermutlich schaue ich einfach nur grimmig drein. Doch Faustinus scheint das zu genügen. „Dann mal los."

Er geht voran und Aaron und ich folgen ihm.

Warum wundert der Schmied sich eigentlich nicht darüber, dass wir praktisch ohne Gepäck in Ätherruh auftauchen und hier wohnen wollen? Ich beschließe, Aaron danach zu fragen, wenn wir endlich allein sind.

„Und da sind wir schon." Faustinus deutet auf ein Haus, auf dessen verputzte Front mehrere braune Zahnräder gemalt sind. Über dem Eingang hängt ein ausladendes Holzschild. „Zum Paradies", lese ich vor. „Paradies?"

„Ein wenig übertrieben, das gebe ich zu." Faustinus zuckt mit den Achseln. „Aber es ist als Übergangslösung in Ordnung. Und es gibt was Warmes zu essen, wenn ihr wollt."

Beim Gedanken an Essen rumort es in meinem Magen. „Wäre nicht schlecht."

Das Innere der Pension ist freundlich eingerichtet. Der Salon, den wir betreten, wird zusätzlich zu den Fenstern von einem Kronleuchter und einem Kaminfeuer erhellt. Rund um das Feuer sind Sessel mit roten Samtkissen verteilt. Hier und dort stehen Beistelltische mit Vasen, aus denen ein Gewächs ragt, das definitiv keine Blume ist. Die dünnen Äste sind verschlungen, korkenzieherartig verdreht und von einem eleganten Bronzeton. Der glänzende Holzboden ist von dicken Teppichen in Brauntönen bedeckt. Als wir eintreten, kommt ein Mann aus einer Tür gegenüber dem Eingang gelaufen.

„Guten Tag und willkommen." Er breitet die Arme aus. Seine Stimme ist samtig, angenehm und beruhigend. Er mag Mitte dreißig sein und sein gepflegter Dreitagebart und seine makellosen Hände lassen darauf schließen, dass er an seinem Aussehen nichts dem Zufall überlässt. „Ah, Faustinus, wen bringst du mir denn da?" Er schüttelt dem Schmied mit beiden Händen die Hand und strahlt ihn an. Als er ihn wieder loslässt, wischt er sich seine Hände unauffällig an der Hose ab.

„Das sind zwei neue Arbeiter, sie brauchen vorübergehend eine Bleibe."

„Nur so lange, bis wir etwas Eigenes gefunden haben", ergänzt Aaron.

„Das sollte kein Problem sein. Ein Doppelzimmer?" Aaron nickt.

Ich spüre den Blick des Mannes über mich gleiten, doch er ist jemand, der darin geübt ist, sich seine Meinung nicht ansehen zu lassen. Das Lächeln in seinem Gesicht bleibt bestehen, auch wenn ich glaube, es kurzzeitig flackern zu sehen. Doch dann wendet er sich schon ab und läuft beflissen zu einem in Leder eingebundenen Buch auf einem polierten Sekretär.

„Du schuldest mir noch was, Willie, denk dran." Faustinus zwinkert dem Mann zu. „Gib den beiden was für einen guten Preis."

„Natürlich." Willie lässt wieder seine Zähne sehen, doch dieses Mal wirkt es eher wie ein Zähnefletschen als wie ein Lächeln. „Ich kann euch ein Doppelzimmer anbieten, für zwei Wochen. Reicht das aus?"

Wir sehen zu Faustinus hinüber. Er ist derjenige, der einschätzen kann, ob wir in der Zeit eine eigene Bleibe finden können.

„Sollte passen. Ich kenne da ein paar Leute, die Wohnungen vermieten, die könnte ich ansprechen."

„Gut, dann nehmen wir das Zimmer."

Während Willie uns unseren Schlüssel aushändigt, verabschiedet Faustinus sich von uns. „Ich lasse euch dann mal auspacken. Erscheint morgen früh um acht in der Schmiede, dann zeige ich euch alles. Bis dann." Mit einem Winken verschwindet er durch die Tür und Willie führt uns in den ersten Stock der Pension. Auch der Flur hier ist ausgelegt mit dicken Teppichen, die jeden unserer Schritte schlucken. Willie führt uns bis zu dem letzten Zimmer auf der rechten Seite und jetzt fällt mir auf, was die Veränderung bei ihm bewirkt. Zuvor, als ich ihn nur von vorn gesehen habe, wirkte er makellos, sein Aussehen völlig glatt, ohne den Hauch einer Veränderung durch den Äther. Doch von hinten sehe ich, dass sich unter seinem Anzug entlang der Wirbelsäule etwas wölbt. Noch dazu erscheint ein Hauch von Grün unter seinem Kragen.

„Ich wünsche euch einen angenehmen Aufenthalt. Abendessen gibt es von sieben bis zehn, falls ihr etwas wünscht, lasst es mich wissen.“ Er deutet eine Verbeugung an, dann sind wir allein.

„Endlich.“ Als Aaron die Tür aufstößt, laufe ich an ihm vorbei. In der Mitte des Raums steht ein Bett, daneben ein Schrank aus dunklem Holz. Ein schmaler Schreibtisch auf der linken Seite, eine Tür, die vermutlich ins Badezimmer führt. Rasch gehe ich durch die Tür und finde endlich das, was ich gesucht habe: Über dem Waschbecken hängt ein riesiger goldgerahmter Spiegel, der sich über die komplette Breite der Wand zieht. Im hellen Licht der Deckenlampe sehe ich zum ersten Mal seit Tagen mein Spiegelbild. Doch ich erkenne mich nicht wieder. Das dort soll ich sein? Das, was mir aus dem Spiegel entgegenstarrt, hat wenig Ähnlichkeit mit dem Menschen, der ich mal war. Meine Haare sind kurz und von unterschiedlicher Länge. Unordentlich stehen sie in alle Richtungen ab. Noch dazu sind sie nicht mehr blond, sondern von einem grünlichen Schleier überzogen. Die Haut an meinen Armen ist dunkelgrün und hebt sich extrem gegen mein helles Oberteil ab. Mein Gesicht scheint auf den ersten Blick normal zu sein. Ich drehe den Kopf hin und her und beuge mich näher zum Spiegel. Meine Augen. Die eigentlich schwarze Pupille ist von einem strahlenden Grün. Ich blinzele, doch das Grün verschwindet nicht. Ich versuche zu erspüren, ob meine Augen sich anders anfühlen, doch was das angeht, ist alles wie immer.

Auch mein Hals sieht normal aus, doch direkt darunter zieht sich grüne Farbe in Schlieren hinauf, fast so, als tanzten Flammen auf meiner Haut. Ich fahre mit den Fingern über die grün verfärbten Stellen. Ganz normal. Ich streiche mit der ganzen Hand über meinen linken Arm. Er fühlt sich ein wenig rau und trocken an, die Haut ein wenig härter, doch das muss nicht am Äther liegen. Vielleicht ist es die Anstrengung, der lange Marsch, der Durst. Oder ich bilde mir das ganze nur ein.

„Alles in Ordnung da drin?" Aaron klopft vorsichtig an die Tür.

„Ja, alles gut", rufe ich zurück und gebe die Begutachtung meines Körpers auf und wasche mir die Hände. Als ich aus dem Bad komme, trifft mich Aarons besorgter Blick.

„Ist wirklich alles gut bei dir?"

„Natürlich, wieso denn nicht?"

Aaron mustert mein Gesicht eindringlich. „Du hast da drin in den Spiegel geschaut, oder nicht?"

„Ja", gebe ich zurück und ziehe eine Augenbraue in die Höhe. „Und?"

„Ich könnte mir vorstellen, dass der Anblick schwierig für dich ist."

„Ist er nicht", gebe ich leichthin zurück. „Damit komme ich klar." Und das komme ich wirklich. Ich spüre kein Bedauern, dass der Äther mein Aussehen verändert. Mein Aussehen war für Magica immer ein Mittel, um mich zu verkaufen. Eher ein Gefängnis als ein Grund zur Freude. „Mein einziges Problem ist... Wie weit geht das noch?“ Ich deute an mir auf und ab. „Wieviel kommt da noch?“

Aaron zuckt mit den Achseln. „Ich wünschte, das könnte ich dir sagen.“

„Naja, wir werden es sehen.“

„Das werden wir.“

Mit einem Seufzer lasse ich mich in Aarons Arme sinken.

„Ich kann gar nicht so recht glauben, dass wir wirklich hier sind“, flüstere ich. „Das scheint ein Traum zu sein.“

„Ein wenig hat es den Anschein, das stimmt.“ Aaron lacht leise an meinem Ohr. „Ich hatte auch mit mehr Hindernissen gerechnet. Aber wir wollen uns nicht beschweren.“

„Nein“, bekräftige ich und hebe den Kopf, um Aaron zu küssen.

• Kapitel 14 •

Die nächsten Tage vergehen wie im Rausch. Alles in Ätherruh ist neu für mich, dazu kommt die Arbeit in der Schmiede. Am Anfang verstehe ich nur Bahnhof, als Faustinus mir erklärt, was ich tun soll, doch schnell finde ich heraus, wie ich die Materiallisten zu lesen habe und für welchen Auftrag wieviel Material benötigt wird. Am dritten Tag bitte ich dann Faustinus darum, mein eigenes System erstellen zu dürfen, da ich eine Idee habe, wie man das Material sehr viel effizienter verwalten kann. Auch wenn Faustinus skeptisch erscheint, lässt er mir freie Hand, nachdem ich ihm meine Idee erklärt habe. Ich bin auch dafür zuständig, mit den Lieferanten zu verhandeln, die einmal im Monat vorbeischauen, um die neuen Liefermengen zu vereinbaren. Zwar hat Faustinus Bedenken wegen meines Aussehens, doch letztendlich lässt er mich doch zu den Treffen mit den Lieferanten. Mir gelingt es, mit einem von ihnen einen um zwei Dollar pro Kilogramm niedrigeren Preis für Eisenerz auszuhandeln, wofür ich von Faustinus glatt einen begeisterten Handschlag kassiere. Ein großes Lob, wie ich inzwischen herausgefunden habe. Als nächstes

Ziel habe ich neue Kunden ins Auge gefasst, ich werde Faustinus in den nächsten Tagen vorschlagen, auch das mir zu überlassen. Ich habe so viele Ideen, dass ich förmlich übersprudle und kaum weiß, wohin mit meiner Energie.

Das Einzige, was meine gute Stimmung hin und wieder trübt, ist der Blick in den Spiegel. Zwar hat sich die Veränderung durch den Äther verlangsamt, doch sie ist nicht zum Stillstand gekommen. Nach und nach kriecht die grüne Farbe von meinem Hals aus auch auf die Haut in meinem Gesicht. Mittlerweile haben sich auch mein Kinn und meine Lippen verfärbt, als nächstes scheinen meine Wangen an der Reihe zu sein. Ich habe Angst, was geschieht, wenn ich vollständig grün bin. Fangen dann andere Veränderungen an? Oder wachsen mir dann Krallen und Reißzähne und ich verwandle mich in einen Ghul? Ich habe Aaron meine Bedenken nicht mitgeteilt, doch er spürt, dass etwas in mir vorgeht, wenn ich das Badezimmer verlasse.

„Wir sollten einen Arzt aufsuchen", eröffnet er mir eines Abends.

„Fühlst du dich nicht gut?" Besorgt mustere ich ihn. Ist wieder etwas mit seinen Augen?

„Nicht für mich. Für dich."

„Wieso denn das?"

„Ich weiß, dass du nicht darüber reden willst. Aber..." Er deutet auf mein Gesicht. „Das macht mir Angst."

„Mein Aussehen macht dir Angst?"

„Nein, die Tatsache, dass die Veränderung durch

den Äther nicht aufhört. Das erscheint mir falsch. Und vielleicht gefährlich."

Ich schweige. Das, was er sagt, habe ich auch schon gedacht. Ich hatte nur nicht wahrhaben wollen, dass etwas Gefährliches mit meinem Körper vorgehen könnte. „Kennst du einen Arzt hier?"

„Faustinus hat mir einen genannt, der sich mit Äther auskennt."

„In Ordnung. Ich gehe nach der Arbeit hin." Ich will mich von ihm abwenden, um mich auf das Sofa zu setzen und mich auszuruhen und mich von dem Gedanken abzulenken, dass etwas in mir wütet, das mir schaden könnte.

„Hey, Valeria." Aaron nimmt meine Hand. „Nichts an deinem Aussehen stört mich, das weißt du doch, oder? Du bist wunderschön. Aber die Veränderung durch den Äther könnte dir schaden. Manchmal wachsen solche Veränderungen im Inneren des Körpers und verdrängen die Organe. Wenn es entdeckt wird, ist es kein Problem. Aber wenn nicht..."

„... dann ist es tödlich?", beende ich seinen Satz. Er nickt. „Das habe ich mir schon gedacht." Ich seufze. „Ich gehe ja hin. Ich bin mal gespannt, ob mir ein dritter Arm oder sowas wachsen wird."

Aaron grinst. „So ein dritter Arm wäre doch praktisch für die Arbeit in der Schmiede."

„Allerdings, vielleicht solltest du auch ein kleines Bad im Äther nehmen und hoffen, dass dir ebenfalls einer wächst."

Am nächsten Tag bei der Arbeit bin ich nicht recht bei der Sache. Meine Gedanken kreisen um den Besuch beim Arzt und darum, was er wohl herausfinden wird. Aaron hat so viel für mich riskiert, was, wenn alles umsonst war?

Als unsere Arbeitszeit endlich vorbei ist, verlassen Aaron und ich Hand in Hand das Gebäude. „Wohin jetzt?"

Aaron zeigt nach links und zusammen schlendern wir die Straße entlang. Ich hatte bisher kaum Gelegenheit dazu, Ätherruh zu erkunden. Durch die neue Arbeit bin ich jeden Abend so erschöpft, dass ich es nur noch schaffe, zu Abend zu essen, ein paar Minuten mit einem Buch auf dem Sofa zu verbringen und dann für einen traumlosen Schlaf ins Bett zu fallen.

Mit großen Augen betrachte ich die vielen Gebäude, die allesamt unterschiedlich aussehen. Hier gibt es Geschäfte, dort kleinere Wohnungen, da ein dreistöckiges Gebäude. Es gibt Häuser mit einem kleinen Garten davor und Manufakturen wie die Schmiede, in der wir arbeiten, in denen Dinge hergestellt werden. Das Gehen auf der mit Kopfsteinpflaster ausgelegten Straße ist gewöhnungsbedürftig. Mehr als einmal knicke ich mit dem Fuß um, kann mich jedoch auf den Beinen halten.

„Das muss es sein." Aaron zeigt auf ein Gebäude mit einer schlichten hellbraunen Holzfassade, über dessen Eingang ein bemaltes Holzschild hängt. Darauf ist ein Stab zu sehen, um den sich zwei Schlangen winden.

Beim Betreten des Gebäudes steigt mir der übliche Geruch einer Arztpraxis in die Nase: Alkohol und der leichte, nicht zu überdeckende Geruch von Angstschweiß. Im Empfangsraum steht ein dick gepolstertes grünes Sofa, sonst nichts. Es gehen drei Türen von diesem Vorraum ab, alle sind geschlossen.

Da niemand zu sehen ist, setzt Aaron sich auf das Sofa. „Setz dich doch auch. Wie es aussieht, müssen wir noch warten."

„Wenn ich mich da hinsetze, verschmelze ich mit dem Ding." Ich deute auf meine nackten Arme, deren Grün mit der ärmellosen weißen Bluse, die ich trage, hervorragend zur Geltung gebracht wird.

„Haha, so ein Quatsch." Aaron schüttelt den Kopf, doch ich bleibe trotzdem lieber stehen. So kann ich zumindest hin und her laufen und meiner Nervosität ein wenig Raum geben.

Wir warten einige Minuten, bis sich die rechte der drei Türen öffnet und eine Frau in weißem Kittel herauskommt. Sie hat lange rote Haare und ist jünger, als ich bei einem Arzt vermutet hätte. Sie begleitet eine ältere Dame, die sich schwer auf einen Stock stützt. „Jeden Abend eincremen, auf keinen Fall eine Dosis auslassen", erklärt die Ärztin der alten Dame, bevor sie ihr die Tür aufhält.

„Guten Tag, wie kann ich Ihnen denn weiterhelfen?" Mit einem breiten Lächeln hat die Ärztin sich zu uns umgedreht und mustert uns nun aufmerksam. Aaron springt vom Sofa auf und deutet auf mich. „Valeria muss..."

„Guten Tag.“ Ich strecke die Hand aus und schüttele die der Ärztin. „Ich bin Valeria.“

„Doktor Easton.“

„Ich bin hier, weil ich...“ Kurz halte ich inne. Will ich meine Geschichte wirklich jemandem erzählen? Ist es nicht gefährlich, wenn außer Aaron noch jemand davon weiß? Doch so schnell, wie die Bedenken kommen, werfe ich sie wieder über Bord. Ich benötige die Hilfe dieser Ärztin. Und sie wird mich nicht anständig behandeln können, wenn ich ihr nicht die ganze Wahrheit sage. Dass ich ein Upper bin. Und dass ich ein kleines Bad in purem Äther genommen habe.

Ich beginne also damit, ihr meine Geschichte zu erzählen. Zunächst stockend, dann immer schneller, als freuten sich die Worte, endlich aus mir heraussprudeln zu können.

„Und es hört nicht mehr auf“, beende ich die Geschichte schließlich und hole tief Luft. Die Ärztin hat mich während der Zeit, in der ich geredet habe, nicht ein einziges Mal unterbrochen. Stattdessen hat sie mich konzentriert angesehen und hin und wieder genickt.

„Gehen wir doch in das Behandlungszimmer.“ Sie deutet auf die rechte Tür.

Aaron will vorausgehen, doch sie hält ihn auf. „Ich würde Valeria gerne allein untersuchen.“ Ihre Stimme ist sanft aber bestimmt.

Mit einem mulmigen Gefühl folge ich ihr in das Behandlungszimmer, dessen Tür sich geräuschlos hinter uns schließt.

„Also, Valeria. Ich möchte dich gerne untersuchen. Ich muss aber eine Sache sagen.“ Sie schaut mir direkt in die Augen und mir fallen die leuchtend grünen Flecken rund um ihre Iris auf. „Dein Zustand ist ungewöhnlich, vielleicht sogar einzigartig. Ein Upper, der mit reinem Äther in Berührung gekommen ist. Und dazu noch mit einer solchen Menge Äther…“

„Naja, viel hilft viel.“ Ich versuche es mit einem Grinsen.

„Ja, das stimmt. In dem Fall hätte allerdings auch ein winziger Tropfen gereicht. Du hättest nicht direkt ein Ätherbad nehmen müssen.“ Doktor Easton lächelt mir beruhigend zu, ein Lächeln, das ihren Worten den Tadel nimmt.

Langsam entspanne ich mich. Ich bin bei ihr in guten Händen, das weiß ich instinktiv. „Ich wusste es nicht besser. Und Aaron auch nicht.“

„Ich kann verstehen, dass du diesen Weg gewählt hast. Upper erwartet hier unten nichts Gutes. Die wenigen, die hierherkommen, überleben nicht lange, dazu sind ihr Blut und ihre Haare zu wertvoll. Zu gefragt.“

Ich nicke. Das hat Aaron mir bereits erzählt.

„Nun ja, das Kind ist ja bereits in den Brunnen gefallen, jetzt müssen wir mit den Folgen zurechtkommen und diese behandeln.“

„Kann man es aufhalten?“ Ich deute auf mein Gesicht. Mittlerweile reicht mir die grüne Farbe fast bis zur Nase. Es fehlt nicht mehr viel, und mein Körper besteht nur noch aus Grün. Und was wird danach geschehen?

„Das weiß ich nicht."

Mein Herz stolpert. „Sie wissen es nicht?" Ich denke, diese Ärztin sei eine Expertin für den Äther. Meine Hoffnung bestand darin, dass sie wüsste, wie sie mich behandeln muss.

„Ich weiß es nicht, das ist richtig." Die Ärztin setzt sich auf einen Metallschemel und deutet auf eine Liege, die mit einem weißen Polster bedeckt ist. „Leg dich bitte hin. Ich muss eine umfangreiche Untersuchung an dir durchführen, damit wir wissen, womit wir es zu tun haben und wie unser Ausgangswert ist."

„Wofür brauchen wir einen Ausgangswert?"

„Einen Zustand wie deinen habe ich noch nie gesehen. Aber ich mag Herausforderungen, ich stelle mich ihnen." Die Ärztin beugt sich zu mir vor. „Wir werden deinen Zustand gemeinsam in Angriff nehmen und ihn bekämpfen. Wie, das weiß ich noch nicht, auch nicht, ob es uns gelingt. Aber es gibt verschiedene Dinge, die wir ausprobieren können. Verschiedene Strategien, denen wir folgen können."

Ich schlucke. Es gibt also keine Garantie, keine Erfahrungswerte, auf die diese Ärztin sich verlassen könnte. Aber habe ich eine andere Wahl, als ihr zu vertrauen? „Aber sie kennen sich mit dem Äther aus?"

„An der Universität, an der ich studiert habe, waren Experimente mit dem Äther Teil meiner Abschlussarbeit. Und auch danach habe ich viel damit geforscht. Außerdem bin ich Expertin auf dem Gebiet der Ghuls. Ich habe sie ausführlich studiert." Ihr Gesicht ist nun ernst, sie stützt beide Hände auf ihre Oberschenkel und sieht mich abwartend an. Sie möchte mein Einverständnis, die Erlaubnis, ihre Versuche nun an mir fortzuführen.

Ich denke an Aaron, der vor der Tür wartet und nicke langsam. „Ich will es versuchen."

„Schön." Die Ärztin klopft sich auf die Schenkel. „Schön. Solange du dir im Klaren bist, dass es dauern kann, schmerzhaft werden wird und ein positives Ergebnis nicht garantiert ist."

„Dessen bin ich mir bewusst." Ich setze mich auf die Liege und sehe die Ärztin an. „Wie fangen wir an?"

„Zieh deine Kleidung aus, alles bitte. Wir fangen mit den Messungen an. Anhand des Ausgangswerts können wir dann feststellen, ob die Maßnahmen, die wir ergreifen, eine Wirkung zeigen." Während ich mich ausziehe, holt sie eine Spritze aus dem Regal hinter der Liege. „Das wird jetzt ein wenig wehtun."

Sie sticht mir die Nadel in den Arm und zieht den Kolben hoch, bis die gesamte Spritze mit meinem Blut gefüllt ist. „Das werde ich später testen." Noch während sie die Spritze beiseitelegt, greift sie nach einem Maßband. „Jetz braucht du erstmal keine Schmerzen mehr zu befürchten, wir kümmern uns um deine Maße."

Die Minuten vergehen, während Doktor Easton mich vermisst. Danach folgt eine Art Farbbestimmung, danach eine genaue Zeichnung meines Grün-Musters, wie die Ärztin es nennt. Nach einiger Zeit schließe ich nur noch die Augen und stelle mir mein Zimmer im Turm von Turrim vor. Ich liege auf dem Bett und starre aus dem Fenster. Neben mir liegen mehrere aufgeschlagene Bücher. Damals war ich eine Gefangene in diesem Turm, nun bin ich eine Gefangene meines eigenen Körpers. Der Äther verursacht mir keine Schmerzen, zumindest noch nicht, doch ich spüre, dass die Verwandlung noch nicht vollständig ist. Und was der Äther mit Menschen anstellen kann, habe ich draußen vor der Stadt gesehen. Die Ghule. Ich will nicht glauben, dass ich mich in ein solches Wesen verwandeln könnte, doch langsam frage ich mich, ob meine Verwandlung nicht genau dorthin führen wird.

• Kapitel 15 •

Wir sind fertig für heute." Doktor Easton streicht mir über den Arm und ich öffne die Augen.

„Und wie geht es jetzt weiter?"

„Ich werde bis morgen alles auswerten und uns eine Strategie zurechtlegen. Da die Zeit drängt, werden wir jeden Tag etwas anderes ausprobieren und sehen, ob eine der Methoden anschlägt. Besuche mich doch gleich morgen Früh wieder, dann fangen wir an."

„Schön, ich bin gespannt." Ich rutsche von der Liege und gehe auf die Ausgangstür zu.

„Valeria?"

„Ja?" Ich drehe mich nochmal zu Doktor Easton um.

„Es gibt eine Sache, die ich dir noch sagen muss. Ich kann nichts von dem rückgängig machen, was die Verwandlung bereits angerichtet hat."

Ich bemühe mich um ein Lächeln, doch es fällt vermutlich recht schief aus. „Ich weiß", flüstere ich.

Die nächsten Tage werden härter, als ich sie mir vorgestellt habe. Faustinus stellt mich frei, damit ich mich auf meine Behandlung konzentrieren kann. Ihm ist vermutlich klar, dass es dabei um sehr viel geht und stellt keine weiteren Fragen.

Am ersten Tag beginnt Doktor Easton mit einer Spritzentherapie. Sie verrät mir zwar, was sich in den Spritzen befindet, doch es ist eine Mischung so unaussprechlicher Substanzen, dass ich sie sofort wieder vergesse, noch während Doktor Easton sie mir aufzählt. Doch ich weiß eins: Sie brennen in meinen Adern wie Feuer. Über den Tag verteilt verabreicht die Ärztin mir zwölf Injektionen und jede von ihnen scheint meinen Körper von Neuem in Brand zu setzen. Während ich mich vor Schmerzen auf der Liege krümme, misst Doktor Easton meine Temperatur, kontrolliert die Ausbreitung des Äthers und leuchtet immer wieder in meine Augen. Doch die Ausbreitung verlangsamt sich dadurch nicht.

Durch den Schleier meiner Schmerzen nehme ich wahr, dass Aaron mich hin und wieder besucht, doch ich bin nicht in der Lage, mit ihm zu reden. Wüsste ich es nicht besser, würde ich sagen, die Ärztin versucht, mich zu ermorden.

Am nächsten Tag haben die Schmerzen nachgelassen, doch genutzt haben sie nichts.

„Das ist normal, das habe ich erwartet. Ein Treffer direkt beim ersten Versuch wäre auch zu viel erwartet gewesen." Doktor Easton kramt in einem der Regale. Vermutlich bereitet sie die nächste Folter für mich vor. Und ich bin bereit, sie zu ertragen.

„Ich werde zum Ghul, habe ich recht?" Es ist die Frage, die mir schon die ganze Zeit durch den Kopf geht. Seit dem Zeitpunkt, als ich die Grünfärbung an meinem Arm entdeckt habe.

Doktor Easton wendet sich mir so ruckartig zu, dass es aussieht, als zuckte sie zusammen. „Wie kommst du darauf?"

Ich schaffe es gerade so, eine Augenbraue in die Höhe zu ziehen, für größere Gesten ist mein Körper zu geschwächt. „Ich bin verdammt nochmal grün. Und außerdem war es Ihre Reaktion, als sie mich untersucht haben. Sie wissen, was mit mir geschieht."

„Ich vermute es", gibt die Ärztin zu und kommt mit einem Glas in der Hand auf mich zu, in dem sich ein weißes Pulver befindet. „Ich habe einen solchen Fall noch nie gesehen. Zwar habe ich davon gelesen, aber eben nur die Literatur, die zum Zeitpunkt der Veränderung geschrieben wurde, nicht eine Generation danach. Damals war der Äther anders, es gab keine Upper. Viele Variablen, die das Ergebnis komplett verändern können."

Ich nicke langsam. Trotz all der Variablen glaubt sie, bald einen Ghul vor sich zu sehen. „Was passiert, wenn ich mich in einen Ghul verwandle? Was kommt noch alles?"

Doktor Easton seufzt und setzt sich auf den Stuhl neben meiner Liege. „Nun, wenn sich deine Haut vollständig verfärbt hat, beginnt die Strukturveränderung. Deine Knochen werden sich verformen und ausdehnen, deine Haut wird sich verhärten. Dann kommt das Wachstum der Zähne. Schließlich fallen deine Haare aus."

Ich sehe der Ärztin direkt in die Augen und bemühe mich, ein Schaudern zu unterdrücken. „Ab welchem Stadium ist es zu spät? Ab wann bin ich... nicht mehr ich?“

„Ich würde sagen, etwa ab Mitte der Strukturveränderung. Bis zu einem gewissen Grad, ist die Veränderung wohl noch erträglich, dann schlägt das Empfinden um und deine Persönlichkeit verschwindet mehr und mehr. Zumindest laut der Literatur, die mir zur Verfügung steht.“

Wieder nicke ich und sehe mich im Zimmer um, um Mut für meine nächsten Worte zu finden. „Wenn es dazu kommt, wenn ich nicht mehr ich selbst bin, dann möchte ich, dass Sie es beenden. Das Experiment und mein Leben. Wie ist mir egal.“

Für ein paar Augenblicke ist es ganz still im Zimmer, dann sagte Doktor Easton leise: „Ich bin Ärztin, das ist gegen alles, was ich gelernt habe.“

„Bitte.“ Ich muss sichergehen, dass ich nicht eins von diesen Wesen werde.

Doktor Easton seufzt. „Schön, ich werde sehen, was ich tun kann.“

Damit muss ich mich wohl zufriedengeben. Am besten weise ich auch noch Aaron noch einmal darauf hin, dass ich lieber sterben möchte, statt mich in einen Ghul zu verwandeln.

„Bist du bereit für den nächsten Versuch?“ Doktor Easton hält mir ein Glas hin, in dem sich das weiße Pulver zu einer milchigen Flüssigkeit aufgelöst hat.

„Soll ich das trinken?“

Die Ärztin nickt. Ich nehme das Glas und kippe die Flüssigkeit in einem Schluck herunter. Der Geschmack ist unerwartet bitter und ich bekomme vor Ekel eine Gänsehaut. „Ah, lecker." Ich gebe der Ärztin das Glas zurück und warte auf die Schmerzen, die sicher in dieser zweiten Runde folgen werden. Doch nichts geschieht, nichts beginnt zu schmerzen. Stattdessen beginnt mein Kopf sich leicht zu fühlen, mein ganzer Körper scheint zu schweben. Im Raum scheinen Regenbögen zu entstehen, alles ist bunt und hell... Dann taucht plötzlich mein Vater neben meiner Liege auf, er streicht mir übers Haar...

Als ich wieder aufwache, dröhnt mein Kopf. Mit einem Stöhnen greife ich mir an die Stirn, als wollte ich mein Gehirn davon abhalten, herauszufallen. „Oh verdammt."

„Ja, die Nachwirkungen sind nicht angenehm." Doktor Easton ist sofort an meiner Seite und misst meine Temperatur.

„Nicht angenehm, so kann man es natürlich auch nennen." Ich schließe die Augen wieder und versuche, meinen rasenden Puls zu beruhigen. Als es mir halbwegs besser geht, wage ich es, zu sprechen. „Hat es was gebracht?"

„Nein." In Doktor Eastons Stimme schwingt Bedauern mit. „Die Ausbreitung ist weiter fortgeschritten."

Ich nehme ihre Worte hin, ohne darauf zu reagieren. Ich habe nicht damit gerechnet, dass es funktionieren würde. Ich muss zugeben, ich finde mich langsam damit ab, dass es kein Heilmittel für mich gibt. Ich will nicht, dass mein Leben zu Ende geht, nicht, nachdem ich wochenlang dafür gekämpft habe und so viel ertragen musste. Und nun könnte ich endlich das haben, wofür ich all die Anstrengungen auf mich genommen habe. Wäre da nicht der Äther, der meinen Körper mehr und mehr verwandelt.

„Was machen wir als nächstes?“ Meine Stimme klingt fremd, völlig frei von Emotionen. Ich will nur weitermachen. Das Nächste ausprobieren.

„Willst du dich nicht erstmal ausruhen?“, fragt Doktor Easton besorgt und legt mir eine ihrer kühlen Hände auf die Stirn. „Die Substanzen haben deinem Körper zugesetzt. Es wäre ratsam...“

„Machen Sie weiter.“ Es ist mir egal, was ratsam wäre. Mir läuft die Zeit davon, ich werde sie nicht mit Ausruhen verschwenden. Nicht, wenn es sein könnte, dass ich Aaron nicht mit dem Chaos zurücklassen muss, das ich angerichtet habe.

„Schön.“ Die Ärztin nickt entschlossen und steuert wieder auf ihr Regal zu. Dieses Mal bückt sie sich zum untersten Brett hinunter und zieht etwas mit einem Scheppern heraus.

„Was ist das?“

„Das ist ein Gerät, mit dem man Stromstöße abgeben kann.“ Sie wuchtet es auf den Tisch in der Mitte des Raums. Ein unscheinbares Gerät mit nur einem Schalter und einem Drehknopf.

Mein Herz schlägt schneller angesichts der Maschine, die mir in wenigen Minuten Stromschläge verpassen wird. Doch entschlossen richte ich mich auf der Liege auf. „Was muss ich tun?“

„Nur die Arme ausstrecken.“

Ich folge der Anweisung der Ärztin und hebe die Arme. Mit konzentrierten Handgriffen befestigt Doktor Easton zwei Manschetten an jedem meiner Arme. Sie sind auf der Innenseite kalt, metallisch.

„Die nächsten Stunden werde ich dir Stromschläge verabreichen, unterschiedlich stark, unterschiedlich lang. Reiß die Manschetten nicht ab.“ Die Ärztin deutet auf meine Arme. „Meine Hoffnung ist, dass wir mit dem Strom den noch aktiven Äther in deinem Körper zerstören können. Wenn er in seine Einzelteile zerlegt ist, sollte dies deine Verwandlung aufhalten.“

Ich nicke nur, da ich meiner Stimme nicht traue. Die Hoffnung hatte Doktor Easton auch schon bei den anderen Experimenten.

„Können wir anfangen?“ Ich neige den Kopf und Doktor Easton tritt an ihr Stromgerät zurück. Den schwarzen Drehknopf zwischen den Fingern sieht sie mich an. „Drei, zwei, eins.“

Ihre Stimme geht in meinem Schrei unter, der mir unwillkürlich entfährt, als der Strom durch meinen Körper zuckt. „Verdammt!“ Fluchend krümme ich mich auf der Liege. „Das tat weh.“

„Ich weiß, aber der Strom ist nicht so stark eingestellt, dass er bleibende Schäden an dir verursachen würde.“

„Aber wenn sie den Äther nicht zerstören können, drehen Sie ihn höher?“

„Ich drehe ihn höher, wenn du das möchtest.“ Doktor Easton sieht mich mitfühlend an. „Du bestimmst.“

Ich nicke und schließe die Augen. Zwei Atemzüge lang lasse ich sie geschlossen. „Weiter“, sage ich dann.

Bei den nächsten Schlägen weiß ich, was mich erwartet, ich rechne damit und bleibe diesmal stumm. Nur meine Zähne presse ich so fest aufeinander, dass ich befürchte, sie könnten brechen.

Es dämmert bereits draußen, als Doktor Easton verkündet: „Hier müssen wir aufhören.“

„Weiter.“ Meine Stimme ist ein heiseres Keuchen. Seit Stunden habe ich nichts mehr gesagt, nur noch innerlich geschrien.

„Nein, nicht weiter.“ Doktor Easton nimmt mir die Manschetten ab. Meine Muskeln sind so schwach, dass ich sie nicht daran hindern kann. „Wenn wir weitermachen, wird dein Herz versagen, es ist nur eine Frage der Zeit.“

„Ich will weitermachen.“ Was, wenn es nicht genug war? Wenn ein klein wenig mehr Strom den Unterschied ausmachen würde?

„Nein.“ Doktor Eastons Stimme ist nun kühl, bestimmt, ganz die professionelle Ärztin. „Wir warten ab, wir kontrollieren, was die Behandlung gebracht hat. Falls keine Veränderung eintritt, gut, wenn nicht, versuchen wir etwas Anderes."

Etwas Anderes. Wie viele Ideen mag Doktor Easton noch haben für ein Mädchen wie mich, das sich gerade in einen Ghul verwandelt? Wie viele Möglichkeiten bleiben mir noch?

„Messen Sie." Ich deute auf meinen Hals, auch wenn mein Arm sich bleischwer anfühlt.

„Wir warten noch ein paar Minuten, um sicherzugehen." Doktor Easton lässt sich auf den Stuhl neben der Liege sinken. Erst jetzt fällt mir auf, wie grau ihr Gesicht ist. Unter ihren Augen bemerke ich tiefe Ringe. Sie tut, was sie kann, um mir zu helfen. Es geht nicht um Geld, viel kann ich ihr für die Behandlung ohnehin nicht bezahlen. Sie tut es, um zu helfen. Und vermutlich, um ihre wissenschaftliche Neugier zu befriedigen.

„Jetzt?", frage ich sie, als ein paar Minuten vergangen sein müssen.

„Na schön." Doktor Easton erhebt sich schwerfällig und die ganzen Messungen fangen von vorne an. Wie auch bei den anderen Malen schlägt mein Herz in einem schnellen Rhythmus. Diesmal muss es geklappt haben, es muss einfach.

„Keine weitere Veränderung."

Ich will jubeln, doch so, wie Doktor Easton es sagt, bleibt mir der Jubel in der Kehle stecken. „Aber?"

„Das heißt noch nichts."

„Aber es heißt doch, dass die Veränderung aufgehört hat."

„Es heißt nur, dass sie in den letzten Minuten nicht fortgeschritten ist“, entgegnet die Ärztin und setzt sich wieder neben meine Liege. Sie sieht mich ernst an. „Wir werden bis morgen warten, ob...“ Ihre Worte geraten ins Stocken, als sie mir in die Augen sieht. „Oh nein.“

„Was?“ Ich springe auf und schleppe mich zu dem Spiegel, der an einer der Wände angebracht ist. Da bin ich, ich mit meinem grünen Gesicht. Was hat Doktor Easton entdeckt? Und dann sehe auch ich es. Die Haut am unteren Lid, die bisher ihren natürlichen Rosaton behalten hatte, ist nun ebenfalls grün. Das ist sie vor dem letzten Experiment nicht gewesen.

„Es tut mir so leid.“ Doktor Easton ist hinter mir aufgetaucht und legt mir eine Hand auf die Schulter. „Ich hatte wirklich die Hoffnung...“

Ich streife ihre Hand ab und drehe mich um. „Was probieren wir als nächstes?“

Doktor Easton schüttelt den Kopf. „Heute nichts mehr“, sagt sie sanft. „Du brauchst ein paar Stunden Erholung.“

„Erholung? In ein paar Stunden könnte es zu spät sein, ich könnte dann schon ein Ghul sein!“ Sie will doch nicht ernsthaft so viel Zeit zu verschwenden!

„In so naher Zukunft sehe ich diese Verwandlung noch nicht. Und du brauchst etwas Schlaf. Ganz genau so wie ich.“ Doktor Easton reibt sich das Gesicht. Sie ist fast so erschöpft, wie ich es bin.

„Na schön“, sage ich widerstrebend. „Aber nicht lang. Können wir uns in fünf Stunden wieder hier treffen?“

„Das sollte in Ordnung sein." Doktor Easton begleitet mich zu Tür. „Und dann werden wir etwas finden, da bin ich mir sicher."

Ihre Stimme klingt weit weniger zuversichtlich als noch am Anfang unseres Experiments.

Auf dem Weg zurück zum Gasthaus versuche ich, nicht daran zu denken, dass mir bisher nichts geholfen hatte. Ich habe Schmerzen ertragen, richtige Qualen, und es hat mir nichts gebracht. Ich verändere mich weiterhin durch den Äther.

In Gedanken noch bei den Experimenten der vergangenen Stunden, steige ich die Treppe hinauf und wandere den Gang zu unserem Zimmer entlang. Die Stimmen höre ich erst, als ich die Tür aufstoße.

„... nie mehr wieder. Auch wenn du schon zuvor eine Schande für die Familie warst, hätte ich das nie von dir erwartet."

Ich erkenne die Stimme. Es ist Aarons Vater.

Wie erstarrt bleibe ich in der Tür stehen. Soll ich fortlaufen? Vermutlich ist sein Vater meinetwegen gekommen, weil er mich zurückholen will, damit ich meinem eigentlichen Zweck diene.

Vermutlich sollte ich es tun, doch meine Beine bewegen sich keinen Millimeter. Ich will Aaron nicht alleinlassen, nicht mit diesem Menschen. Von den Experimenten geschwächt, stütze ich mich an der Wand ab und gehe ins Innere des Zimmers. Als erstes taucht der Umriss von Aarons Vater vor mir auf. Vom Gegenlicht geblendet, das durch das Fenster im Wohnzimmer fällt, kann ich ihn nicht richtig erkennen. Doch ich sehe, wie er auf und abläuft, während er noch immer auf Aaron ein redet. „Deine Mutter schämt sich so sehr, sie hat seit Tagen das Haus nicht mehr verlassen. Du hast ja keine Ahnung, was du uns angetan hast. Aber du wirst dafür büßen. Du wirst mit uns zurückkommen und dich öffentlich entschuldigen."

Uns? Erst als ich mich weiter ins Wohnzimmer hineinschiebe, bemerke ich Kilian, Aarons Bruder, der an der Wand lehnt, an der er sich mit einem Bein abstützt. Als ich eintrete, bemerkt er mich sofort. Ganz genau wie Aaron.

„Lauf weg!" Aaron springt vom Sofa auf und deutet auf den Ausgang, doch es ist bereits zu spät. Kilian greift nach mir und schon umklammern seine großen Hände meine Arme wie ein Schraubstock.

„Da bist du ja." Er mustert mich gierig. „Du siehst ein bisschen anders aus, als ich dich in Erinnerung habe. Und diese Haare..." Er schüttelt tadelnd den Kopf.

Plötzlich beginnt Aarons Vater zu lachen, laut und unangenehm hallt seine Stimme durch den Raum. „Oh Aaron." Er schnalzt mit der Zunge. „Ich habe dir ja viel zugetraut, aber Äther?" Er kommt auf mich zu und zwingt mein Kinn mit seinem Zeigefinger in die Höhe. „Ein Ghul. Sie wird ein Ghul." Er betrachtet mich mit einer Mischung aus Abscheu und Neugier. „Im Grunde ist das wohl Strafe genug für dich, nicht wahr? Ihr dabei zusehen zu müssen, wie sie sich in eine dieser Bestien verwandelt?“ Ich sehe hinüber zu Aaron, der zwar vom Sofa aufgestanden ist, aber keine Anstalten macht, näher zu kommen. Sein Kiefer mahlt, aber er sagt nichts zu den Provokationen seines Vaters.

„Schau dir die an, die ist doch schon fast ein Ghul.“ Kilian hebt meine grünen Arme in die Höhe und lässt sie unsanft wieder fallen.

„Ich habe das noch nie gesehen, nur davon gelesen.“ Aarons Vater betrachtet mich wie ein Tier im Zoo. Leider hält Kilian mich so fest, dass ich mich nicht gegen diese Betrachtung zur Wehr setzen kann. „Ich glaube, wir können die Strafe noch ein wenig schmerzhafter machen. Jetzt, wo du wieder sehen kannst.“ Auf dem Gesicht von Aarons Vater zeigt sich ein widerliches Grinsen, während er mich betrachtet. Über die Schulter blickt er sich zu Aaron um. Dann, ohne weitere Vorwarnung, schnellt er wieder zu mir herum und mit einem Klatschen landet seine Hand in meinem Gesicht. Meine linke Gesichtshälfte brennt wie Feuer, doch Kilian hält mich fest, sodass ich weder ausweichen noch fühlen kann, ob ich blute.

„Dich zu schlagen, hätte keinen Sinn“, wendet Aarons Vater sich wieder an seinen Sohn. „Du kennst das bereits und bist es gewohnt. Aber ihr Schmerzen zuzufügen...“ Sein Blick wandert wieder über mein Gesicht. „Eine bessere Strafe gibt es nicht für dein Vergehen. Für die Schande, die du uns bereitet hast.“ Sein Blick wird nachdenklich. „Außer vielleicht, sie zu töten.“

„Nein.“ Aaron läuft ein paar Schritte auf seinen Vater zu, bleibt dann aber stehen. Hilflos sieht er mir in die Augen. Ich weiß, dass er nicht gegen seinen Vater und Kilian ankommen wird.

„Sieh zu, mein Sohn.“ Diesmal schlägt Aarons Vater mich mit geballter Faust, ein fester, wohl dosierter Hieb in den Magen. Stöhnend krümme ich mich nach vorn, doch Kilian hält mich so fest, dass es wohl aussieht, wie ein respektvolles Neigen des Kopfes. In meinem Magen pocht ein durchdringender Schmerz. Wieder und wieder landet die Faust von Aarons Vater auf meinem Körper: Auf meinem Bauch, meinen Rippen, meinem Oberkörper, meinem Gesicht. Irgendwann hält er außer Atem inne. „Lass sie los“, keucht er und Kilian lockert seinen Griff. „Kümmere dich um ihn.“ Er weist über die Schulter zu Aaron. „Ich habe sie allein im Griff.“

Vermutlich fühlt er sich in diesem Moment stark und mächtig, doch wie stark und mächtig muss man schon sein, um ein Mädchen zu schlagen, das keine Chance hat, sich zu wehren? Als Kilian meine Arme vollständig freigibt, sacke ich zu Boden. Meine Beine wollen mich einfach nicht mehr tragen. Mehrere Bluttropfen fallen zu Boden. Sie stammen aus einer Wunde in meinem Gesicht, doch ich schaffe es nicht, den Arm zu heben, um danach zu tasten. Tropf, tropf. Weitere Bluttropfen fallen zu Boden, während ich vor mich hinstarre und darauf warte, dass Aarons Vater zu Ende bringt, was er angefangen hat.

„Brüderchen, bereust du wenigstens jetzt, was du getan hast?“ Kilians Flüstern dringt mir bis in die Seele.

Schwerfällig hebe ich den Kopf. Ich muss sehen, was Aaron auf seine Frage antwortet. Bereut er es, mich gerettet zu haben?

Sein Blick begegnet meinem und er schüttelt den Kopf. „Kein bisschen“, sagt er mit fester Stimme.

„Dann vielleicht gleich.“ Kilian legt seine großen Hände um Aarons Hals und obwohl Aaron nach ihm schlägt, kratzt und tritt, lässt sein Bruder ihn nicht los.

Genau diesen Moment sucht Aarons Vater sich aus, um sich mir wieder mit voller Konzentration zu widmen. Dieses Mal allerdings nicht mit seinen Fäusten, sondern mit seinem Stock. Wieder und wieder lässt er ihn auf mich hinuntersausen, trifft meine Schultern, meine Beine, meinen Kopf. Als er zum wiederholten Mal meinen Arm trifft, höre ich ein Knacken und ein widerlicher Schmerz breitet sich darin aus. Doch ich schreie nicht, unterdrücke sogar ein Stöhnen. Er soll nicht die Genugtuung bekommen, mir wehgetan zu haben. Und Aaron soll nicht hören, wie es um mich steht. Wenn er es denn überhaupt noch hören kann.

Weitere Schläge. So viele, dass ich gar nicht mehr mitzählen kann. Dann höre ich Aaron nach Luft schnappen. „Bring es endlich zu Ende, Bruder.“

Er lebt noch. Aaron lebt noch. Diese Erkenntnis entfesselt ganz neue Kräfte in mir. Ein warmes Gefühl steigt in mir empor, dass ich so noch nie verspürt habe. Warm und beruhigend. Als würde alles gut werden. Die Schmerzen verschwinden, da ist nur noch dieses Gefühl, das eine nie gekannte Stärke in all meine Knochen und all meine Muskeln schickt. Der Knochen in meinem Arm rückt wieder an die richtige Stelle und ich stehe auf. Aarons Vater verharrt wie festgewurzelt und starrt mich ungläubig an. Er versucht nicht einmal, mich aufzuhalten. Das warme Gefühl verursacht ein Brennen in meiner Brust, nicht unangenehm oder schmerzhaft, eher wie ein loderndes Feuer. Die Haut an meinen Händen und Armen glüht in einem sanften Grün, hin und wieder pulsiert dieses Grün und schickt ein Wellenmuster über die Wände des Raums. Es sollte mir Angst machen, doch ich fühle mich ganz ruhig.

Direkt neben Kilian bleibe ich stehen. Noch immer hält er Aarons Hals umklammert, doch er drückt nicht mehr zu. Stattdessen starrt er mich mit geöffnetem Mund an.

„Lass ihn los.“ In meiner Stimme klingt ein bekräftigendes Rauschen mit.

Kilian schüttelt den Kopf. Statt meinem Befehl nachzukommen, umklammert er Aarons Hals nun wieder fester. „Ich sage es nicht noch einmal.“ Ich lege so viel Autorität in meine Stimme, wie ich kann, doch offenbar lässt Kilian sich davon nicht beeindrucken. Er ist viel zu erpicht darauf, seinem Bruder Schmerzen zuzufügen und so seine angeblich verursachte Schande zu tilgen.

Da er nicht reagiert, hebe ich die Hände. Im nächsten Moment trifft meine geballte Faust Kilians Schläfe und er taumelt zur Seite, wobei er Aaron loslässt. Sofort will er sich auf mich stürzen, doch ich setze nach und dem ersten Schlag folgt ein zweiter, diesmal auf seinen Brustkorb. Als Kilian keuchend zusammenzuckt, ziehe ich ihm die Beine weg und er landet hart auf dem Rücken. Ich knie mich auf seine Arme, sodass er sich kaum noch bewegen kann, und beuge mich vor. „Wenn du nicht willst, dass alles hier und jetzt zuende geht, dann solltest du verschwinden. Verschwinde und wage es nicht, uns je wieder über den Weg zu laufen." Meine Worte werden von dem pulsierenden Licht begleitet, das meine Haut ausstrahlt.

Ich warte auf einen Funken Verständnis in Kilians Augen. Ich muss lange warten, doch nach vielleicht zehn Sekunden lenkt er endlich ein und nickt ganz leicht. Die Muskeln auf seinen Wangen sind zum Zerreißen angespannt.

„Schön, dass wir uns verstehen." Ich stehe auf und gebe seine Arme wieder frei. „Das Gleiche gilt natürlich auch für Sie", wende ich mich an Aarons Vater. Er soll nicht glauben, dass er wieder bei uns aufkreuzen darf. Er und Kilian wechseln einen Blick. „Wir verschwinden." Aarons Vater packt Kilian, der ein wenig unsicher auf den Beinen ist, an der Schulter und führt ihn aus dem Zimmer. Ich höre, wie die Tür hinter ihnen zuschlägt. Erst dann wage ich es, mich zu rühren und zu Aaron hinüberzugehen.

„Bist du verletzt?"

„Nur mein Hals. Der tut ein wenig weh." Aaron verzieht das Gesicht. „Der ist es nicht gewohnt, gequetscht zu werden."

„Das ist auch nichts, an das du dich in Zukunft gewöhnen solltest." Ich wage ein unsicheres Lächeln. Zu meiner Freude erwidert Aaron es. „Ich bin so froh, dass dir nichts passiert ist." Ich beuge mich vor und küsse Aaron.

„Ich bin froh, dass du rechtzeitig gekommen bist. Aber das…" Er deutet auf das Leuchten, das mein Körper abgibt und das mittlerweile schwächer zu werden scheint. „Was ist das?"

„Ich habe keine Ahnung." Erst jetzt nehme ich meinen Arm genauer in Augenschein. „Es muss der Äther sein. Er scheint Energie freigesetzt zu haben, die ich nutzen konnte."

„So etwas habe ich noch nie gesehen. Oder gehört." Aaron schüttelt ungläubig den Kopf.

„Ich werde Doktor Easton danach fragen."

„Dann gehst du wieder zu ihr?" Ich weiß, dass seine Frage im Grunde lautet, ob ich immer noch nicht geheilt bin.

„Ja, ich gehe in ein paar Stunden wieder zu ihr." Wir setzen uns auf das Sofa und so langsam spüre ich die Erschöpfung wieder, die der Energieschub durch den Äther verdrängt hatte.

Aaron streicht über meinen Arm. „Es hat also nichts genutzt", flüstert er.

„Bisher nicht", gebe ich zurück. „Aber Doktor Easton hat noch einige Ideen. Die könnten funktionieren."

Aaron nickt. Ich kann sehen, wie seine Hoffnung schwindet. Mir geht es ja nicht anders. Aber uns bleibt nichts anderes übrig, als zu hoffen. „Wie haben dein Vater und dein Bruder es hier reingeschafft?"

„Sie waren schon hier, als ich nach Hause kam. Vermutlich hat mein Vater einen der Angestellten bestochen, um reingelassen zu werden."

„Ich habe die Vermutung, die beiden werden wir nicht mehr wiedersehen."

„Die Vermutung habe ich allerdings auch. Du hast ihnen eine Heidenangst eingejagt." Aaron lacht und legt einen Arm um mich. „Der Anblick war so ziemlich das Beste, was ich je gesehen habe."

Ich schlafe nur ein paar Stunden und als ich erwache, fühle ich mich, als wäre ich von einer Herde Elefanten zertrampelt worden. Jeder Muskel, jeder Knochen scheint zu schmerzen. Trotzdem rappelte ich mich leise hoch und verlasse unser Zimmer, ohne Aaron aufzuwecken. Er kann den Schlaf gebrauchen.

Doktor Easton wartet in der Praxis bereits auf mich.

„Du solltest doch schlafen." Stirnrunzelnd mustert sie mich.

„Habe ich auch getan", erwidere ich irritiert.

„Deine Augenringe sagen etwas anderes."

Ich sehe in den Spiegel an der Wand, auf den die Ärztin deutet und erschrecke. Unter meinen Augen liegen dunkle Schatten, ich wirke nicht nur müde, sondern krank.

„Ich versichere Ihnen, ich habe geschlafen, vielleicht ist das der Äther. Da ist nämlich gestern etwas Seltsames passiert." Ohne Umschweife berichte ich ihr von dem Besuch von Aarons Familie und davon, was dann mit meinem Körper geschehen ist. Ich erzähle ihr von dem Leuchten und davon, dass alle meine Verletzungen wie von Zauberhand geheilt worden sind.

Während ich rede, sitzt die Ärztin ganz ruhig da, stellt nur hin und wieder eine Frage, um weitere Informationen zu erhalten.

„Und? Was war das?" Gut möglich, dass sie das schon einmal gesehen hat. Vielleicht ist es etwas ganz Normales.

„Ich habe nicht die geringste Ahnung."

Wunderbar, nichts Normales.

„Aber..." Doktor Easton kommt näher. Sie bringt ihr Gesicht dicht vor meins und betrachtet mich intensiv. „Ich könnte schwören..."

„Was denn?" Was? Was hat sie entdeckt? Was ist es, das mit mir jetzt wieder nicht stimmt?

„Ich muss es nachmessen." Wenig später bewegt Doktor Easton ihr Zentimetermaß durch mein Gesicht, misst hier und dort und macht sich Notizen. Ungeduldig rutsche ich auf der Liege hin und her. Was zur Hölle hat sie entdeckt? „Was ist denn nun?", frage ich schließlich, als ich die Ungewissheit nicht mehr ertrage. „Ist es so weit? Bin ich jetzt ein Ghul?"

Doktor Easton schüttelt den Kopf. Sie hält den Blick auf ihren Notizzettel gerichtet, den sie mit dem des vergangenen Tages vergleicht. „Es sieht so aus..." Sie unterbricht sich und fährt mit dem Finger über eine der

Zahlenreihen. „Es sieht so aus, als wäre die Veränderung nicht weiter fortgeschritten."

Ich brauche einige Sekunden, um zu verstehen, was die Ärztin gesagt hat. „Die Veränderung ist nicht weiter fortgeschritten? Also hat die Behandlung gestern gewirkt?"

„Ich denke nicht, dass es die Behandlung war", erwidert Doktor Easton.

„Was denn dann?"

„Ich vermute, dass es mit dem Vorfall zusammenhängt, den du mir vorhin beschrieben hast."

„Damit, dass ich geschlagen worden bin?"

„Eher mit dem Leuchten, das du beschrieben hast. Ich erkläre es mir so..." Sie räuspert sich. „Äther enthält eine große Menge Energie. Oder ist zur Freisetzung einer Menge Energie fähig, wie auch immer man es sehen will. Deine Heilung und dieses Leuchten, das muss mit einem erhöhten Energieverbrauch einhergegangen sein. Und woher muss diese Energie davon gestammt haben? Vom Äther."

„Sie glauben also, er hat sich verbraucht?"

„Ganz genau. Ich denke, die Energie des Äthers ist aufgebraucht und dadurch kann er keine Veränderungen mehr an deinem Körper bewirken."

„Es ist also vorbei?" Ich wage es kaum, daran zu denken und mich zu freuen.

„Vielleicht, ja." Die Ärztin lächelt. „Wir sollten es noch einige Wochen im Auge behalten, vielleicht regeneriert sich die Energie, auch das ist möglich. Aber jetzt, fürs Erste denke ich, du hast es geschafft."

Ich springe von der Liege. „Das ist ja unglaublich." Ich betrachte meine ausgestreckten Arme. „Aber lassen Sie mich raten: Ich werde auch weiterhin so aussehen."

„Die Veränderungen können nicht rückgängig gemacht werden, so leid es mir tut."

„Schon in Ordnung." Im Grunde machen sie mir nichts aus. Ich hoffe, dass sich die Reaktion der anderen Menschen darauf mit der Zeit legt. Sie werden sich vermutlich daran gewöhnen, wenn ich länger in Ätherruh lebe.

„Ich hoffe, dir ist es recht, wenn ich aufschreibe und veröffentliche, was wir jetzt über den Äther erfahren haben. Ich werde natürlich deinen Namen nicht nennen." Doktor Easton beugt sich bereits wieder über ihre Notizen.

„Machen Sie das", gebe ich zurück. Sie kann veröffentlichen, was immer sie will, mir ist es recht. Möglichweise ist dies der erste Schritt zu einer vollständigen Heilung vom Äther. Der erste Schritt dazu, die Veränderungen wieder rückgängig zu machen. Doch jetzt bin ich erstmal glücklich und zufrieden mit meiner grünen Haut und meinen verfärbten Augen. Denn ich werde kein Ghul werden, ich werde mich nicht in ein Monster verwandeln.

• Die Autorin •

Jasmin Jülicher wurde 1990 geboren. Die Idee zum ersten eigenen Roman entstand während ihres Masterstudiums der »Biological Sciences« in einem aus Neugier besuchten Krimi-Seminar. Seither arbeitet die Autorin an Romanen und Geschichten, in denen sich Realität und Fantasy miteinander verbinden. Sie veröffentlicht die Steampunk-Krimi-Reihe „Der Hüter“ sowie zahlreiche Horror-Kurzgeschichten.

DER STEAMPUNK-FANTASYROMAN

Castle Rose – Das schlafende Schloss
Jasmin Jülicher

Seit mehr als einem Jahrzehnt schlafen alle Menschen im mit Rosenranken überwucherten Castle Rose. Sie sind Opfer des Aethers, einer Substanz, die jeden in einen ewigen Schlaf fallen lässt, der sie berührt.Auch Juliannas Vater ist ein Sleeper, ihre Mutter wird seit Jahren vermisst. Ganz allein kämpft sie darum, sich und ihren Bruder mit kleinen und größeren Diebstählen über Wasser zu halten. Doch dann erkrankt ihr Bruder tödlich und Heilung verspricht nur eine teure Behandlung.Um ihn zu retten, bricht Julianna in Castle Rose ein und stiehlt die Schätze des Schlosses. Doch als sie versehentlich den schlafenden Prinzen berührt, erwacht er...

Der Auftakt der spannenden Steampunk-Krimi-Reihe:

Der Hüter - Stadt der Tiefe

Jasmin Jülicher

Biota, 1888

Biota - Die Stadt, die nach dem großen Krieg auf dem Meeresboden gebaut worden ist. Für die Bewohner ist sie eine sichere Heimat, denn die Oberen haben dafür gesorgt, dass jede gewalttätige Tendenz in den Menschen ausgelöscht wurde. Doch dann taucht eine grausam zugerichtete Leiche auf, die es nie hätte geben dürfen. Alexander, oberster Hüter der Stadt, und die Biologin Nic ermitteln und stellen bald fest, dass dieser Mord erst der Anfang war. Denn Biota ist längst nicht die sichere Zuflucht, die sie zu sein scheint ... Sie müssen sich entscheiden: Ist die Wahrheit es wert, dass sie dafür ihr eigenes Leben und die Existenz der gesamten Stadt aufs Spiel setzen?